Die Ankündigung des Drachen

Das Geheimnis von Dragon Point
Buch Vier

Eve Langlais

Copyright © 2023 Eve Langlais

Englischer Originaltitel: »Dragon Foretold (Dragon Point Book 4)«
Deutsche Übersetzung: Noëlle-Sophie Niederberger für Daniela Mansfield Translations 2023

Alle Rechte vorbehalten. Dies ist ein Werk der Fiktion. Namen, Darsteller, Orte und Handlung entspringen entweder der Fantasie der Autorin oder werden fiktiv eingesetzt. Jegliche Ähnlichkeit mit tatsächlichen Vorkommnissen, Schauplätzen oder Personen, lebend oder verstorben, ist rein zufällig.
Dieses Buch darf ohne die ausdrückliche schriftliche Genehmigung der Autorin weder in seiner Gesamtheit noch in Auszügen auf keinerlei Art mithilfe elektronischer oder mechanischer Mittel vervielfältigt oder weitergegeben werden.

Titelbild entworfen von: Yocla Designs © Herausgegeben von: Eve Langlais www.EveLanglais.com

eBook: ISBN: 978-1-77384-421-3
Taschenbuch: ISBN: 978-1-77384-422-0

Besuchen Sie Eve im Netz!
www.evelanglais.com

KAPITEL EINS

Vor vielen Jahren, als in der Welt noch alles in Ordnung war und sich die Gestaltwandler unter dem Mantel der Menschlichkeit versteckten, gab es ein junges, beeinflussbares Mädchen namens Sue-Ellen Mercer.

Es ist so groß.

Onkels Haus schüchterte die einfache Sue-Ellen ein. Man musste es sich mit seinen riesigen Fenstern nur ansehen. Sie hätte darauf wetten können, dass es sich um Qualitätsfenster handelte, die bei Temperaturschwankungen nicht beschlugen und sich mit einem leichten Stoß öffnen ließen, ohne dass man einen Stock brauchte, damit sie auch geöffnet blieben.

Was war mit dem Vordereingang? Er bestand aus zwei Türen, das Holz war geschnitzt und glatt, groß genug für Riesen! Sicherlich traten nur die Reichen und Fabelhaften durch sie hindurch.

Der Rasen sah weicher aus als jeder Teppich, an den

Sue-Ellen sich in ihrem eigenen Haus erinnern konnte. Riesig und gepflegt, war das Gras wie ein lebendiger, plüschiger, grüner Teppich.

Alles in allem sah es absolut umwerfend aus. Sie hatte noch nie ein so schönes Haus gesehen. Niemals hätte sie sich diese Art von Reichtum vorstellen können. Und wenn es nach ihrer Familie ginge, hätte sie das auch nie erlebt.

Warum meiden sie diese reiche Erweiterung unserer Familie?

Entgegen dem Wunsch ihrer Mutter war Sue-Ellen zu Besuch bei ihrem Onkel Theo und ihrer Tante Hattie – die überhaupt nicht wie ihre müde und abgekämpfte Schwester aussah. Wie hätte Sue-Ellen Nein sagen können, als der Wagen mit der schönen neuen Innenausstattung ankam? Er war mit allem Schnickschnack ausgestattet, einschließlich Klimaautomatik und klimatisierten Sitzen. Wer kühlte schon seinen Hintern in einem Fahrzeug?

Reiche Leute taten es.

Die neue Limousine mit ihrer glänzenden schwarzen Lackierung und den weichen Ledersitzen – butterweich und ach so dekadent – war sicher besser als der rostige alte Pick-up, mit dem die Familie Mercer unterwegs war.

Onkel Theo selbst wirkte in seinem Geschäftsanzug mit Krawatte wie der Gipfel der charmanten Kultiviertheit. Ihre Brüder trugen nur Krawatte, wenn jemand gestorben war. Und dann, nach ein paar Trinksprüchen mit Alkohol – der mindestens ein paar Vollmonde lang gegoren war –, wickelten sie sich das Kleidungsstück um den Kopf wie ein Kopftuch und rangen miteinander, denn laut ihrer Ma war es das, was Männer taten, anstatt sich mit ihren Gefühlen auseinanderzusetzen.

Onkel Theo war nicht so. Onkel Theo war immer gut gekleidet. Er war immer der Inbegriff der Eleganz und hatte die beeindruckendsten Manieren, die sie je gesehen hatte. Es warf in einem jungen Mädchen die Frage auf, was für einen Lebensstil ihr geheimnisvoller Onkel führte.

Obwohl er mit ihrer Schwester verheiratet war, mochte und respektierte Sue-Ellens Mutter den Mann nicht. Selbst als Hattie darum gebeten hatte – und das so nett mit ihrem sanften Südstaatenakzent –, hatte Sue-Ellens Mutter sich vehement dagegen ausgesprochen, dass Hattie und Theo eines der Kinder für einen Besuch mitnahmen.

Sue-Ellens Mutter schien fest entschlossen, alle ihre Kinder in der Baracke zu behalten, die sie ihr Zuhause nannten. Da Ma viel zu stolz war – was nicht die Rechnungen bezahlte –, wollte sie nicht, dass sie Geschenke oder eine helfende Hand akzeptierten. »Wir brauchen keine Almosen. Wir kommen gut allein zurecht.«

Taten sie das? Bedeutete gut zurechtzukommen, aufgetragene Kleidung zu tragen, die bereits aufgetragen war? Abgelaufene Lebensmittel zu essen, weil sie zu einem Bruchteil des Preises gekauft worden waren? Und ihre Mutter hätte durchaus in dieser Coupon-Show auftreten können, denn sie hortete die besten Coupons und setzte sie dann mit verheerender Wirkung ein. Die Angestellten der Lebensmittelläden erschauderten, wenn sie sie mit Kindern, Einkaufswagen und ihrer Mappe kommen sahen.

Sue-Ellen war nicht völlig unwissend. Sie wusste, warum ihre Mutter das tat. Da sie keinen Mann und zu viele Mäuler zu stopfen hatte, musste Ma tun, was sie konnte, um über die Runden zu kommen.

Das verstehe ich. Sie respektierte es auch, aber es hielt Sue-Ellen nicht davon ab, nach den besseren Dingen im Leben zu streben. Sie wollte wissen, wie die Welt aussah, wenn man nicht unter der Armutsgrenze lebte. Sie sah kein Problem darin, das Angebot ihrer Tante und ihres Onkels, sie zu besuchen, anzunehmen. Sicher, Ma hasste Onkel Theo, aber er gehörte zur Familie, und wie konnte ihre Ma so grausam sein, wenn man bedachte, wie anfällig Tantchens Gesundheit war? Und das umso mehr, seit ihre Kinder das Nest verlassen und Tantchen allein zurückgelassen hatten.

Die Auseinandersetzungen mit ihrer Mutter stärkten Sue-Ellens Entschlossenheit nur noch mehr, sodass ihr Onkel bei seiner Abreise einen zusätzlichen Passagier auf dem Rücksitz verstaut hatte.

Als er sie entdeckte, hatte er ihr weder gedroht, sie wieder nach Hause zu bringen, noch zu ihr gesagt, dass sie etwas falsch gemacht hatte. Er hatte sie angesehen und gelächelt. »Ich bin froh, dass du dich entschlossen hast, deine Tante und mich zu begleiten, Nichte.«

Das war sie auch. Als sie später am Tag in einem Restaurant mit echten Tischdecken und einer Speisekarte aus echtem Papier zu Mittag aß, bereute Sue-Ellen ihre Entscheidung nicht – auch wenn das Telefonat mit ihrer Mutter ziemlich schrill ausgefallen war.

Aber sie hatte Ma schon ihr ganzes Leben lang schreien hören. Es war schwer, sich schlecht zu fühlen, denn Tante und Onkel hatten Sue-Ellen seit ihrer Ankunft nur verwöhnt. Sie überhäuften sie mit Kleidern und Geschenken, erfüllten ihr jeden Wunsch. Sie behandelten sie wie ihre Tochter.

Hier bekam sie die ganze Aufmerksamkeit und musste sie nicht mit rüpelhaften Brüdern teilen. Hier mangelte es ihr nie an Essen – und sie musste es nicht ablecken, um es für sich zu beanspruchen. Sie trug die besten Kleider – neue Kleider, nicht vom Wühltisch. Sie hatte eine Tante, die fast so roch wie ihre Mutter. Eine Frau, die Zeit hatte, ihr die Haare zu bürsten und ihr zu sagen, wie hübsch sie war.

DIE ANKÜNDIGUNG DES DRACHEN

Es war nicht so, dass ihre eigene Mutter sich nicht um sie gekümmert hätte, aber Ma war sehr beschäftigt. Nach dem Tod ihres Vaters musste sie doppelt so viel arbeiten, zumal Sue-Ellen ein paar Brüder hatte, die ständig Sachen kaputt machten und in Schwierigkeiten gerieten. In manchen Häusern gab es Gläser mit Geld darin, die sich füllten, wann immer jemand fluchte; in ihrem Glas befand sich Geld, um Kautionen bezahlen zu können.

Das war kein Leben für eine junge Dame. Ihrer Meinung nach war ihre Mutter besser dran, wenn sie ein Maul weniger zu stopfen hatte – zumindest hatte sie sich das eingeredet.

Sue-Ellen, die das gute Leben kennengelernt hatte, wollte nie wieder in den Sumpf und die überfüllte Baracke zurückkehren, die sie ihr Zuhause nannten. Sie mochte ihr eigenes Zimmer mit sauberer Bettwäsche und eigenem Bad. In ihren Schubladen befanden sich schöne Dinge. Und das Essen? Nicht jeden Abend fangfrisch aus dem Bayou.

Wenn sie also so gern hier lebte, warum setzte sie dann alles aufs Spiel, indem sie sich mitten in der Nacht in Onkels Büro schlich?

Was mache ich hier?

Ihre Wurzeln zeigen, wie es schien. Großvater sagte immer, sie stammten von Dieben ab. Auch von Schmugglern, was bedeutete, dass sie sich mit Leichtigkeit in das Büro ihres Onkels schleichen konnte. List lag ihr im Blut.

Sue-Ellen hatte kein Problem, ins Erdgeschoss zu gelangen, und die Tür zu Onkels Büro ließ sich mit einer einfachen Drehung des Knaufs öffnen. Sie trat ein und schloss langsam die dicke Holzplatte hinter sich.

Klick.

Sie hielt den Atem an und erstarrte. Hatte es jemand

gehört? Würde jemand verlangen zu erfahren, was sie da tat?

Was ist meine Ausrede?

Die dunkle Seite in ihr glaubte nicht, dass sie eine brauchte, vor allem wenn sie jegliche Zeugen fraß.

Kein Grund, rabiat zu werden. Es passierte nichts.

Sue-Ellen atmete aus und merkte, dass sie zitterte – vor Adrenalin, nicht vor Angst. Es war schwer, die ganze Zeit über brav zu sein. Das Herumschleichen und Untersuchen von Dingen hatte etwas Gefährliches an sich, was sie wiederum anspornte. Es fühlte sich großartig an, aber der eigentliche Grund, warum sie das alles tat, war, dass ihre Neugierde befriedigt werden musste.

Ein paar Stunden zuvor an diesem Tag hatte Onkel offensichtlich nicht gewusst, dass sie vor seinem Büro im Gebüsch nach der Mini-Drohne suchte, die sie wieder zum Absturz gebracht hatte. Nur eines der vielen Spielzeuge, die sie gekauft hatten, um ihre jugendliche Nichte zu unterhalten.

Als sie durch das Fenster spähte, sah Sue-Ellen, wie ihr Onkel etwas Geheimnisvolles tat. Nicht nur Katzen litten unter einer neugierigen Natur.

Jetzt, hier in seinem Büro, nach der Geisterstunde, versuchte sie, die Handlungen ihres Onkels nachzuvollziehen. Sie musste ein paar Bücher im Regal ausprobieren, bevor sie das richtige kippte.

Tick.

Mit einem kaum hörbaren Geräusch zog sich der Teil des Bücherregals vor ihr in die Wand und glitt dann zur Seite.

Heilige Scheiße.

Ihre Mutter war nicht da, um zu schreien: »Schmutziges Mundwerk!«

DIE ANKÜNDIGUNG DES DRACHEN

Andererseits hätte ihre Mutter vielleicht etwas noch Unangebrachteres gesagt, denn das sich bewegende Bücherregal offenbarte eine türgroße Öffnung mit einer Treppe nach unten. Da sprich mal einer von Scooby-Doo cool. Ein geheimer Keller. Was versteckte Onkel da unten?

Vielleicht hatte er sich einen Ort gebaut, an den er sich zurückziehen konnte, wenn der Vollmond ihn anflehte, in sein Fell zu schlüpfen. Diejenigen, die einen Wolf als Tier hatten, neigten dazu, sich sehr stark von den Mondphasen leiten zu lassen. Sue-Ellen, die zur Sorte der Alligatoren gehörte, wurde von rohem Hühnchen und matschigem Schlamm angezogen.

Sie vermisste es, sich im Schlamm zu wälzen und dann im Sumpf abzuwaschen. Seit ihrer Ankunft hatte sie sich nicht verwandeln können.

Ein Ort, an dem ich ich selbst sein kann, wäre schön.

Für ein Mädchen, das am Rande des Bayou aufgewachsen war und jederzeit in die Haut eines Alligators schlüpfen konnte, um zu schwimmen, war das Fehlen von Privatsphäre, um sie selbst zu sein, der einzige negative Punkt im Paradies, der sie störte.

Ich vermisse es, ich selbst zu sein. Auch wenn ihre Version von *ich selbst* die meisten Leute so erschrecken würde, dass sie nach einer Schrotflinte greifen würden. Alligatorleder machte eine schöne Handtasche. Obwohl ihre Großmutter immer schwor, dass Schlangenleder besser sei.

Sue-Ellen hüpfte die Treppe hinunter, wobei ihre Pantoffelsocken auf der Metalltreppe leise waren. Es war ein schmaler Abstieg und ein seltsamer, fast antiseptischer Geruch durchdrang die Luft. Was auch immer sich da unten verbarg, Onkel hielt es sauber.

War dies Onkels geheimes Versteck? Oder bewahrte er hier unten einen Schatz auf? Jeder in der Familie wusste, dass Onkel Theo und Tante Hattie reich waren. Die Art von reich, die sie bisher nur im Fernsehen gesehen hatte.

Warum setze ich es also aufs Spiel? Warum schlich sie herum? Hinterhältigkeit hatte noch nie etwas Gutes gebracht. Auf diese Weise war ihr Großonkel erschossen worden. »Geschieht ihm recht, wenn er diese Isebel besucht«, war der allgemeine Konsens unter den Frauen der Familie.

Die Treppe endete und sie betrat einen Lagerraum, einen großen Raum mit Holzregalen, die in Reihen auf beiden Seiten aufgestellt waren, als sie die letzte Stufe erreichte. Auf den vielen Ebenen lagen Weinflaschen und sie hätte vor Enttäuschung aufstöhnen können.

Ein Weinkeller. Nichts weiter als ein versteckter Vorrat an alten Flaschen. Was für eine Enttäuschung.

Sie drehte sich um, bereit, wieder nach oben zu gehen, als sie am Ende eines Ganges eine weiße Linie auf dem Boden bemerkte.

Der Lichtstreifen lockte sie an, und sie schlich den schmalen Pfad entlang und ignorierte dabei die verkorkten Flaschen – wobei sie so tat, als hätte sie keine Angst, dass sie plötzlich knallen und sie wie kleine Holzkugeln treffen könnten.

Nichts explodierte und sie erreichte die Wand, die an der Stelle, wo der Boden auf sie traf, einen dünnen Lichtstreifen zeigte.

Das konnte nur eines bedeuten.

Ein versteckter Raum.

Ihre Aufregung schoss in die Höhe. Scheiß drauf, zurück ins Bett zu gehen. Sie hatte ein neues Rätsel zu lösen. *Nennt mich einfach Daphne.* Mit aschblondem Haar und Jeans.

Sue-Ellen tastete nach einem Hebel, etwas, das ihr den

Zugang ermöglichte. Ein Haken an der Wand ließ sich herunterziehen und die Tür klickte auf.

Im Inneren befand sich ein weiterer Raum mit weiteren Regalen, diesmal aus Metall, in denen Kisten standen, von denen einige noch in Plastik eingewickelt waren. Langweilig.

Aber was nicht langweilig war? Der Stapel Kisten auf einem Schlitten an der anderen Seite, der sich mit einem einfachen Schubs bewegte und eine Tür mit einem Tastenfeld freigab.

Ein weiterer Raum. Ein verschlossener. *Schweig still, oh klopfendes Herz.*

Das Problem mit der Neugierde? Wenn sie einmal entfacht war, ging sie nicht mehr weg; sie wurde nur noch stärker. Sue-Ellen konnte nicht widerstehen. Was befand sich in dem Raum hinter der Tür?

Obwohl sie genau wusste, wie dumm sie sich benahm, konnte Sue-Ellen nicht gegen die Verlockung ankämpfen. *Ich muss es wissen.*

Sie drückte ihr Ohr gegen die Tür. Lauschte. Hörte nichts. Nicht ein verdammtes Geräusch.

Was ihr inneres Ich anging? Dieses kalte Raubtier, das einen besonderen Sinn für Gefahr hatte? Es blieb still.

Mit einer Hand umschloss sie den Griff und hielt ihn fest, aber er drehte sich nicht einmal ein wenig. Sie schaute auf das Tastenfeld. Interessanterweise sah es genauso aus wie das oben an der Haustür. Würde es auf den gleichen Code reagieren?

Schnell tippte sie die neun Ziffern ihres Onkels ein. Sie hatte sie sich nicht absichtlich eingeprägt, wenn ihr Onkel das System benutzte. Sich Dinge zu merken lag ihr einfach im Blut – wahrscheinlich hatte sie es von ihrem Urgroßvater geerbt, einem bekannten Bankräuber, der so gern Safes knackte.

Die Ziffernfolge funktionierte. Die Tür klickte und der Griff ließ sich drehen. Sie nahm einen tiefen Atemzug, bevor sie sie öffnete. Da die Scharniere gut geölt waren, gaben sie keinen Laut von sich. Andererseits hätte man es angesichts des Brummens, das aus dem Raum dröhnte, vielleicht gar nicht gehört.

Im ersten Moment blinzelte Sue-Ellen über das, was sie sah. Sie brauchte einen Moment, um es zu verarbeiten, denn was sie vorfand, war nicht das, was sie erwartet hatte.

Sie hatte gedacht, sie würde vielleicht eine Art Drogenhöhle oder einen geheimen Sexraum für perverse Sachen vorfinden. Sie sah fern. Sie las. Sie wusste, was Erwachsene im Verborgenen taten.

Das Erste, was ihr jedoch auffiel, war ein Tresen links von der Tür, aus rostfreiem Stahl und leer, der über metallgrauen Schränken stand. Keine Bechergläser oder Brenner zierten die Oberfläche, um Drogen herzustellen. Auch sah sie keine Anzeichen für eine Ausrüstung zur Weinherstellung.

Als sie die Tür weiter öffnete, stellte sie fest, dass sich der Tresen über die gesamte Länge der Wand dessen erstreckte, was sich als ein riesiger Raum herausstellte. Weiter drinnen befanden sich auf der Metallfläche Dinge – Maschinen mit blinkenden Lichtern, Glasfläschchen in Plastikständern und Mikroskope. Ganz hinten stand ein Kühlschrank, ein hohes Metallteil von industrieller Größe, bei dem sie sich fragte, was er enthielt. Vielleicht Leichen? Das wurde immer interessanter.

Sie ließ den Blick weiter durch den großen Raum wandern, unfähig, alles mit einem einzigen Mal zu erfassen. Sie holte scharf Luft, als sie ein Bett in der Mitte des

Raumes entdeckte. Ein Bett, wie man es sonst nur in Krankenhäusern sah, mit Metallgeländer und Rollen.

Es war belegt.

Der hintere Teil des Bettes war hochgeklappt, sodass sich der Mann darin in sitzender Position befand.

Eine Decke, die bis zur Brust gezogen war, verbarg das meiste von ihm, bis auf seinen linken Arm. Dieser Arm war an einer Metallleiste festgeschnallt, die aus dem Geländer des Bettes herausragte. Sie hatten ihn wegen der Infusion entblößt gelassen.

Der Schlauch, der von seinem Arm abging, war mit einer dunklen Flüssigkeit gefüllt. Die Verbindung aus Plastik wanderte zu einem Beutel, der immer praller wurde, je länger sie zusah. Er füllte sich mit seinem Blut.

Sue-Ellen trat einen Schritt näher und bemerkte seine feinen Gesichtszüge. Es war ein Junge, nicht viel älter als sie. Er trug einen Krankenhauskittel, den man am Rücken zusammenbinden konnte, nur wirkte der seine locker, da er von einer Schulter herunterhing.

Näher heran. Sie konnte nicht anders, als sich zu dem Jungen hingezogen zu fühlen, der sich unter dem Haus ihres Onkels versteckte.

Wer war er? Bestimmt kein Cousin, sie kannte sie alle mit Gesicht und Namen. Sue-Ellen erkannte in dem Jungen überhaupt keine Familienähnlichkeit.

Gut so, denn Ma sagt, es sei eine Sünde, seinen Cousin zu lieben. Das war der Grund, warum sie nicht mehr mit ihren Cousinen Patty und Thelma sprachen.

Dieser Kerl hatte Gesichtszüge, die aussahen, als wären sie aus Stein gemeißelt worden. Aus griechischem Stein, angesichts seines kantigen Kiefers und der geraden Nase. Sein kurzes Haar war an den Wurzeln dunkelblond und wurde an den Spitzen heller. Sie fragte sich, ob es in der

Sonne schimmern würde, wenn man es lang wachsen ließe. Eines war sicher, er war unglaublich gut aussehend.

»Wer bist du?«, flüsterte sie.

Das Seltsame war, dass sie hätte schwören können, ein Flüstern zu hören. »*Mein.*«

KAPITEL ZWEI

Wer bin ich? Manchmal erinnerte er sich nicht mehr. Wusste es nicht. Scherte sich nicht darum.

In dem Meer des Nichts, in dem er trieb, hörte er eine Stimme. Eine weibliche Stimme. Sie klang sanft und trällernd. Sicherlich die Stimme eines Engels.

War er endlich gestorben und in den Himmel gekommen?

Das würde die Wissenschaftler ärgern, die mit ihm spielten. Er war ihr goldenes Kind. Derjenige, auf den sie für ihre Forschungen setzten. Ihretwegen war sein Leben eine nicht enden wollende Reihe von Tests. Und noch mehr Tests.

Sie konnten einfach nicht genug von ihm bekommen. Sie stocherten in ihm herum, zapften alle möglichen Flüssigkeiten ab. Sicherlich würde ihm eines Tages das Blut ausgehen. Noch war es nicht so weit. Seine ständige Diät mit rotem Fleisch und Blattsalaten, die offenbar die perfekte Balance darstellte, sorgte dafür, dass seine Venen immer prall gefüllt waren.

»Kannst du mich überhaupt hören?«

Die sanfte Stimme neckte ihn jenseits der Schlafbarriere. Die Ärzte ließen ihn jetzt oft schlafen, mit dem Grund, er sei schwer zu bewältigen.

Ich will nicht bewältigt werden.

Gehorsam wurde seiner Meinung nach überbewertet und er hielt nichts davon, schüchtern zu sein, wenn es darum ging, seine Gedanken zu äußern.

»*Fickt euch. Ich muss nicht tun, was ihr sagt.*« Mutige Worte, aber sie reichten nicht aus, wenn er es mit vier Wachen zu tun hatte – ausgewachsene Männer, die ihn zu seinem eigenen Wohl bändigen sollten.

Ein Junge hatte seine Grenzen.

Rebellion brachte ihn nicht weiter und seine Trotzreaktionen bedeuteten, dass sie ihn unter Drogen setzten. Er schlief jetzt die meiste Zeit, und in den Momenten, in denen er wach sein durfte, bewegten sich seine Muskeln, sein ganzes Wesen, träge.

Zumindest im Moment. Er war ein kluger Junge – man musste nur die vielen Tests fragen, die das bestätigten – und ließ die Ärzte nicht wissen, dass die Medikamente immer weniger Wirkung zeigten. Sein Körper lernte, sich gegen die Narkotika zu wehren. Und sobald er sie endgültig los war?

Ich werde nicht mehr ihre Laborratte sein.

»Kannst du mich hören?«

Ja. Sein Finger zuckte, was nicht wirklich das war, was er zu tun geplant hatte. Er hatte den Kopf heben, die Augen öffnen und sprechen wollen.

Er hatte kläglich versagt.

»Du armes Ding. Bist du krank? Hält Onkel dich deshalb versteckt?«

Nicht krank.

»Bist du mein Cousin?«

DIE ANKÜNDIGUNG DES DRACHEN

Ich hoffe nicht. Der Engel, der ihn besuchte, hatte eine schöne Stimme. Eine Stimme, der er den ganzen Tag zuhören könnte.

»Ich wünschte, du könntest mir sagen, warum sie dir Blut abnehmen.«

Weil sie es für ihre ruchlosen Pläne brauchen. Stichwort für ein böses Lachen.

»Ich wünschte, du könntest reden und mir sagen, was los ist.« Ihre Stimme klang jetzt so nahe. Ihre Forderung so einfach.

Er konnte das tun. Er konnte den Kopf heben.

Nein.

Rede.

Seine Lippen bewegten sich nicht.

Aber seine Augenlider flatterten und die verschwommene Welt draußen wurde schärfer.

Braune Augen trafen auf seine. Augen, die mit unmenschlicher Intensität glühten.

Es erschreckte ihn nicht. *Denn meine glühen auch.*

Und die Bestie in ihm, die toben wollte, regte sich. Sie flüsterte. Ein zischendes Geräusch. *Issst mein.*

Mein.

Das Wort hallte wider, es läutete in ihm mit der Kraft einer Glocke. Und seine Lippen bewegten sich, flüsterten es laut. »Mein.«

Leider missverstand sie seine Beanspruchung.

KAPITEL DREI

»Was ist dein?« Sue-Ellen fragte sich, was der Junge auf dem Bett meinte. Es war schwer zu denken, wenn die schönsten Augen, die sie je gesehen hatte, sie anstarrten. Goldene Iriden, die glühten.

Was ist er?

»Hey, du!«

Der Ruf ließ sie aufschrecken und sie blickte über ihre Schulter, um zu sehen, dass ein Mann in weißem Kittel durch eine andere Tür gekommen war. Seine Miene wirkte sehr ernst und die Brille auf seiner Nase verstärkte seinen Blick. Er war außerdem hundertprozentig menschlich, während der Junge im Bett – sie nahm erneut einen tiefen Atemzug – nichts und niemandem ähnelte, dem sie je begegnet war.

»Was machen Sie mit ihm?«, fragte sie.

»Das geht dich nichts an. Du hast hier nichts zu suchen«, rief der Mann im weißen Kittel.

»In der Tat, das hat sie nicht. Wie es scheint, hat jemand meine Gastfreundschaft unverschämt ausgenutzt.« Die Stimme ihres Onkels, die von hinten kam, erschreckte sie. Vor allem weil sie so kalt klang.

Sue-Ellen wirbelte herum und sah ihren Onkel Theo in einem dicken, karierten Morgenmantel dastehen. Sein zerzaustes Haar verriet, dass er aus dem Bett gekommen war, und seine Mundwinkel waren vor Missfallen nach unten gezogen.

Schuldgefühle erfüllten sie. Sie wusste, dass sie nicht hätte hierherkommen sollen. Er hatte ein Recht auf seinen Zorn, aber ...

Ein goldener Blick bestärkte sie. Sie deutete auf den Jungen. »Warum ist er hier? Was machst du mit ihm?«

»Das geht dich nichts an.«

»Du hältst ihn gefangen.«

»Tue ich das?«

»Er ist gefesselt.«

»Zu seinem eigenen Besten.«

»Das glaube ich dir nicht.« Denn irgendetwas an dieser Sache schien falsch zu sein.

»Wirfst du mir etwas vor, Nichte?«

»Du nimmst sein Blut.«

»Hast du noch nie etwas von einer Bluttransfusion gehört?« Ihr Onkel zog eine Augenbraue hoch.

»Transfusionen gehen in zwei Richtungen.«

»Bist du jetzt Ärztin? Und ich dachte, du wärst noch auf der Highschool.«

Eigentlich ist es nur noch ein Jahr bis zum Abschluss, vielen Dank. »Warum hast du ihn in deinem Keller versteckt?«

»Er ist wohl kaum versteckt, da du ihn gefunden hast. Und jetzt musst du diesen Ort entfinden. Geh zurück in dein Zimmer.«

Sie rührte sich nicht. »Erst wenn ich weiß, dass du nichts Unrechtes tust.«

Daraufhin legte sich seine Stirn in Falten und sein

Gesichtsausdruck jagte ihr einen Schauer über den Rücken.

»Du wagst es, mich infrage zu stellen, Nichte?«

Ja, das tat sie, denn der Junge auf dem Bett hatte etwas sehr Verletzliches an sich. Wie sie war er jung, seine Haut nicht von der Zeit gezeichnet; er hatte nicht einmal Stoppeln. Sie bemerkte die kräftige Linie seines Kiefers, die geschwungene Form seiner Lippen. Er lag im Bett, und doch konnte sie erkennen, dass er groß, aber von schlanker Statur war. Ein Junge, der sich noch im Übergang zur Männlichkeit befand. Wenn sie raten müsste, war sie vermutlich nur ein wenig jünger.

Außerdem war er gefesselt. Ein Gefangener.

Sie drehte sich zu ihm um und bemerkte, dass seine Augen wieder geschlossen waren. Hatte sie sich ihr kurzes goldenes Leuchten nur eingebildet?

»Geh von dem Jungen weg.«

»Warum? Ist er ansteckend?« Denn ihr schien heißer zu sein als zuvor, fast so, als hätte ein Fieber sie gepackt.

Sue-Ellen ignorierte ihren Onkel und trat näher an den Jungen heran. Nahe genug, dass sie die Hand ausstrecken und ihn berühren könnte – wenn sie es wagte.

»Bist du wach?«, fragte sie.

Statt einer Antwort hob er den Kopf. Es dauerte einen kurzen Wimpernschlag, bis er die Augen öffnete. Zuerst schienen sie bernsteinfarben zu sein. Ein Funke flammte in ihnen auf, Interesse und noch etwas anderes. Etwas, das es in ihrem Bauch flattern ließ.

»Hallo«, sagte sie. Was sollte man sonst zu einem Jungen sagen, der unter solch seltsamen Umständen erwachte?

Sie hätte schwören können, dass sie ein geflüstertes »*Hallo*« hörte.

DIE ANKÜNDIGUNG DES DRACHEN

»Kannst du mich hören?«, fragte sie, den Kopf zur Seite geneigt.

»*Kannst du es?*«

Wieder diese Worte, seltsam gesprochen, als wären sie direkt in ihrem Kopf.

Die Augen, die sie immer noch anstarrten, loderten heller. So hell wie die Sonne. Wer wollte nicht die Sonne berühren?

Sie streckte die Finger nach seinem Gesicht aus, doch dann hielt sie inne. *Was, wenn er ansteckend ist?*

Er blähte die Nasenflügel auf. *Ich bin nicht krank.*

Vielleicht nicht. Trotzdem ...

»Geh weg.« Onkels Aufforderung veranlasste sie stattdessen dazu, ihre Hand sinken zu lassen und sie gegen die des Jungen zu drücken.

Funken sprühten. Ernsthaft, es fühlte sich an, als hätte die Berührungsstelle einen gewaltigen elektrischen Schlag bekommen.

Ihr Mund öffnete sich, als in seinem Blick ein goldenes Feuer aufflammte. So etwas hatte sie noch nie gesehen. »Was bist du?« Sie hauchte die Frage.

»Das geht dich nichts an, also nimm deine Hand von ihm«, blaffte ihr Onkel. »Beeil dich mit der Nadel, Vernon.«

Welche Nadel?

Etwas pikste sie in den Arm. Sie wirbelte herum und sah, wie der Mann im weißen Kittel eine Spritze zurückzog.

Ihre Augen weiteten sich. »Was haben Sie mir gespritzt?«

Sie schwankte auf den Füßen und blickte panisch zu dem Jungen im Bett. Sie streckte sich nach ihm aus. »Hilf mir.«

Er schrie: »Nein!«, und schnellte nach vorn.

Aber seine Fesseln hielten ihn zurück. Als die Decke von

seiner Brust fiel, kamen die Riemen zum Vorschein, die um seinen Oberkörper geschlungen waren und seine Arme fesselten – seine Beine auch, wie sie wetten würde, selbst als ihre Gedanken langsamer wurden.

Sie blinzelte und fragte sich, was mit ihr geschehen war, denn sie hätte schwören können, dass seine Haut sich wölbte. Sie kräuselte sich, als versuchte etwas darunter zu entkommen.

Der Kampf mit ihren Knien endete und sie schlug auf dem Boden auf. Gedämpft, wie aus weiter Ferne, hörte sie das Gemurmel von Stimmen, aber sie konnte den Worten keinen Sinn abgewinnen.

»Sieh ihn dir an ...«

»Er verwandelt sich.«

Warum klangen sie so überrascht? Sie wünschte, sie könnte es verstehen, aber ihr Verstand bewegte sich nur träge. Ihre Wimpern flatterten, ihre Augenlider waren so schwer und ...

Ich glaube, ich brauche ein Nickerchen.

KAPITEL VIER

Sie brach zusammen.

Er wusste nicht, wer das Mädchen war. Er wusste nicht viel mehr, als dass sie die unglaublichsten Augen hatte. Die sanftesten Lippen. Den süßesten Duft.

Sie war eine Fremde, und doch gefiel es ihm kein bisschen, als sie stürzte.

Muskeln wölbten und spannten sich an, drückten gegen seine Gurte. Sie hielten. Er konnte sich nicht befreien, um sie zu retten, also richtete er einen bösen Blick auf den Arzt, der immer noch die schuldige Spritze hielt.

»Sie haben sie getötet.« Die Worte kamen leise und knurrend heraus.

Theodore Parker, der Mann, der erst vor Kurzem dank seines Vormunds Anastasia in sein Leben getreten war, klopfte Dr. Michaels auf den Rücken. Er grinste wie gewohnt. »Vernon hat das Mädchen nicht umgebracht. Ich will sie nicht tot sehen. Sie gehört schließlich zur Familie. Sie schläft nur. Tief und fest. Aber sie wird keine bleibenden Schäden davontragen, denn man weiß ja nie, vielleicht ist sie später noch nützlich.«

»Sie können sie nicht benutzen.« Er sprach die Worte mit einer äußerst dunklen und tödlichen Ernsthaftigkeit aus.

Parker zog eine Augenbraue hoch. »Wirklich? Warum nicht?«

Weil sie mir gehört. Fast hätte er die verdammten Worte laut ausgesprochen. »Machen Sie mit dem Mädchen, was Sie wollen. Es ist mir egal.« Das war eine Lüge. Es war ihm nicht egal. Er konnte nur nichts dagegen tun.

»Du meinst also, es wäre dir egal, wenn ich ihr wehtue?«

Er sagte kein Wort, aber er blähte die Nasenflügel auf. Parker bemerkte es. Der Mann beobachtete und analysierte alles.

Der sadistische Mistkerl beugte sich vor und richtete sich einen Moment später wieder auf, seine Faust in den Haaren des Mädchens vergraben, um sie daran hochzuheben. Gut, dass sie bewusstlos blieb. Es würde wehtun.

Er wagt esss, ihr wehzutun.

Er konnte ein Brüllen nicht unterdrücken und zerrte erneut an seinen Fesseln. Er knurrte. Schnappte. Sein Körper kräuselte sich wieder, da etwas unter seiner Haut mit allen Mitteln herauskommen wollte.

Lassss mich frei.

»Ausgezeichnet«, gurrte Parker mit schurkischer Schadenfreude. »Mach weiter, Junge. Verwandle dich weiter.«

»Werde ich nicht.« Er nahm tiefe Atemzüge. Versuchte, sein rasendes Herz zu beruhigen. Ignorierte das Ding in seinem Inneren, das flüsterte, dessen Zischen beängstigend und kalt war.

Aber auch sehr verlockend.

»Du wirst dich verwandeln. Es ist höchste Zeit, dass du das tust. Warum wehrst du dich so beharrlich dagegen?«

Parker neigte den Kopf des Mädchens so, dass er mit ihr zu sprechen schien. »Du hast nie gegen deine innere Echse gekämpft«, Parker drehte den Kopf erneut, »ich erinnere mich, dass ihre Mutter meiner Frau gegenüber damit geprahlt hat, wie früh sie gelernt hat, sich zu verwandeln. Das Mädchen hat die besten Gene. Natürlich nicht so gut wie deine«, Parker schenkte ihm ein höhnisches Grinsen, »aber hervorragend für so viele Zwecke.«

»Lassen Sie sie in Ruhe.«

»Oder was? So wie du jetzt bist, kannst du nichts tun. Du kannst mich nicht aufhalten.«

Doch, dasss kann ich. Die dunkle Stimme in seinem Inneren durchströmte ihn und für einen Moment, nur einen Moment, wurden ihre Gedanken eins.

Die unglaubliche raue Schönheit – und ihre Dunkelheit – siegte fast.

Nein. Er konnte nicht zulassen, dass sie die Oberhand gewann. Er musste aufhören. Er sollte es nicht tun. Er sollte Parker nicht geben, was er wollte.

Aber das Ding in ihm, das bis jetzt geschlummert hatte, wollte raus.

Lasss mich frei.

Es drückte gegen seine Haut. Es dehnte sie auf eine Art und Weise, wie Haut sicherlich nicht gedehnt werden sollte. Er unterdrückte es.

»Ich schätze, ich habe mich geirrt. Das Mädchen ist dir egal.« Parker schüttelte sie. Ein hinterhältiger Ausdruck trat in Parkers Blick. »Vielleicht sollte ich nachsehen, ob jemand anderes sie will.«

Erneut konnte er sich nicht beherrschen. Er krümmte sich gegen die Riemen und strengte sich mit aller Kraft an, aber er hatte nicht die Muskeln, um sich zu befreien.

Nicht in dieser Gestalt. Aber er war mehr als nur dieser kompakte Körper.

Lasss mich raus, flüsterte die Stimme. Sie klopfte an die Wände seines Geistes. Sie bettelte darum hereinzukommen.

Wenn er das tat, wenn er die Bestie, die in ihm schlummerte, entkommen ließ, würde er Parker geben, was er wollte.

Nimm dein wahres Ich an.

Wenn er das tat, wenn er dem kühlen Bewusstsein erlaubte, die Oberhand zu gewinnen, wäre er dann noch er selbst?

Wenn du es nicht akzeptierst, wirst du für immer ein Gefangener sein.

Wahrheit oder Lüge? War das wichtig?

Schlimmer konnte es nicht mehr werden.

Parker zerrte das Mädchen höher, die Spannung an ihrem Haar war sicher qualvoll. Gut, dass sie schlief, aber es gefiel ihm nicht. *Man tut nicht dem weh, was mir gehört.*

»Lass das Mädchen los.«

»Wen, dieses Mädchen? Du hast mir nicht zu sagen, was ich mit ihr tun soll. Ich bin ihr Onkel. Ich entscheide.« Parker drehte sich zu einem Spiegel, ein Spionspiegel, der alles aufzeichnete. »Will jemand, der zusieht, das Mädchen haben, da er es nicht will?«

Wie konnte Parker es wagen, das Mädchen anzubieten? »Mangelt es dir so sehr an Ehre, dass du deine Nichte einfach irgendjemandem anbieten würdest?«

»Ehre gibt dir weder Geld noch Macht.« Parker lächelte ihn über die Schulter hinweg an, wobei sich der Wolf in ihm durch das Schimmern der Zähne zeigte. »Manche Dinge, wie meine Nichte, sind entbehrlich. Ich kann mir jederzeit eine andere leihen. Die Mercers neigen dazu, sich wie Kaninchen zu vermehren.«

Ich werde sein Gesicht zerkauen.

Roh. Die Idee kam nicht von ihm, aber das Grummeln im Bauch war echt.

»Kommt schon, es gibt doch sicher jemanden, der sie haben will?«

Es war Dr. Michaels, der Mistkerl, der ihm gern wehtat, der sagte: »Ich werde sie nehmen.«

Nur über seine Leiche.

Zermalme ihn zu Brei.

Das würde er liebend gern tun. Aber zuerst bräuchte er ein wenig Hilfe.

Hilf mir, das zu tun.

Schließe einfach die Augen und lass mich rein.

Es erwies sich als einfach, als öffnete er eine mentale Tür und lud einen Freund ein. Einen Freund, der um ihn herumwirbelte und ihn wie eine enge Umarmung drückte.

Bald konnte er sich nicht mehr erinnern, warum er gezögert hatte. Warum hatte er nicht schon früher zugestimmt?

Er fühlte sich so stark. Und gequetscht.

Dieser Körper, diese ganze Gestalt, war viel zu klein und kompakt.

Ich sollte leicht und luftig sein. Bring das in Ordnung.

Es war ein großer Ruck nötig. Ein wenig Anspannung. Die Haut wehrte sich zunächst, aber schließlich drehte sie sich, verwandelte sich in Schuppen, die er sah, als er die Augen öffnete. Fein geformt und stumpf.

Außerdem tat es weh.

Er brüllte aufgrund der Schmerzen.

Brüllte? Er sollte diese Art von Tonlage und Klang nicht haben, und doch tat er es, und selbst als der Schmerz ihn erneut durchströmte, sein Körper knisterte und sich bewegte, änderte sich der Tenor noch einmal.

Er wand sich unter den engen Riemen, die ihn fesselten. Sein Körper kämpfte gegen sie an, während er immer dicker wurde. Metall knackte, als die Schnalle durch den Druck explodierte. Als Nächstes war der Kittel dran, der zerriss und von ihm herunterfiel.

Er sprang vom Bett, wobei er sich größer und stärker fühlte. Aber noch nicht vollständig.

Dies war nicht seine endgültige Gestalt. Etwas bewegte sich in seinem Rücken.

Flügel. Knorrige Dinger, die noch versuchten, sich zu entfalten.

Riesige, sperrige Dinger, genau wie dieser Körper falsch war. Völlig falsch.

Er wurde noch größer, seine Haut drückte und zerrte, die Schuppen lösten sich und enthüllten eine neue Panzerschicht. Seine wahre Haut.

Mit einem letzten euphorisch-schmerzhaften Rausch explodierte er zu etwas Massivem, und doch so Leichtem.

Und er war strahlend.

Leuchtendes Gold erfüllte den Raum und die Flügel an seinem Rücken flatterten. Er spannte seine Klauen an und genoss seine Kraft. So viel Kraft.

Weil ich ein Drache bin!

Die Kreatur vor ihm musterte ihn ehrfürchtig und verbeugte sich dennoch nicht.

Dummes Hündchen. Ich bin besser als du.

Er funkelte die beleidigende Kreatur an, doch der Mann wich nicht zurück, wie er sollte. Stattdessen hielt er ihm etwas vor die Nase. Eine kleinere Kreatur mit seltsamen, weizenfarbenen Haaren.

DIE ANKÜNDIGUNG DES DRACHEN

Nahrung? Er schnupperte und stellte fest, dass der Geruch zu ihm gehörte.

Mein.

Er griff danach, hielt aber inne, als der Mann, der sie hielt, wölfische Züge annahm. Sein Gesicht verwandelte sich in eine fellbedeckte Schnauze und aus seinen Fingern wuchsen Krallen. Krallen, die sich auf ihre Kehle legten.

»Beweg dich nicht.«

Die Worte wurden verstanden. Der Mann und die Bestie waren verschmolzen. Sie wussten alles.

Und dieser Mann vor ihm, dieser Parker, er würde sein Handeln bereuen. Verstand dieser kleine Wolf nicht, wer hier wirklich die Macht hatte?

In diesem Augenblick begriff er etwas sehr Wichtiges. Etwas, das er nie zuvor erkannt hatte.

Kein Wunder, dass die Ärzte ihn ständig unter Drogen gesetzt hatten. Kein Wunder, dass sie ein Stück von ihm haben wollten. Wer würde das nicht wollen? Immerhin drehte sich das Universum um ihn.

Ich bin größer als ihr. Größer als alle.

Er lachte, doch das Geräusch kam als Trillern heraus. Er machte einen Schritt vorwärts und der Wolf namens Parker zog eine Klaue über die Kehle des Mädchens. Blutstropfen traten heraus. »Rühr keinen Muskel mehr, sonst töte ich sie. Ich habe das Gefühl, dass du das nicht willst.«

Nein, das wollte er nicht. Aus irgendeinem Grund bedeutete ihm dieses Mädchen, diese zerbrechliche Kreatur, die er gerade erst kennengelernt hatte, etwas.

Mein. Mein Engel. Er stand still.

Parker grinste. »Kluger Schachzug. Und jetzt hör gut zu, Junge, denn es wird Folgendes passieren.«

An diesem Tag stimmte er vielen Dingen zu. Dingen, um ein Mädchen zu retten. Eine Fremde. Jemanden, den er vielleicht nie wiedersehen würde, von der Parker aber versprach, dass ihr kein Leid geschehen würde.

Es schien, dass selbst Gefangene unter Ritterlichkeit leiden konnten.

Und wann immer er sich fragte – meist auf heftige Weise –, ob er die richtige Entscheidung getroffen hatte, ob es die vielen Stunden, die er allein in der Dunkelheit verbrachte, wert war, brachte Parker sie.

Es gab keine Vorwarnung. Im einen Moment würde er an seinen Fesseln zerren, sich weigern, sich zu benehmen, und dann würde sie erscheinen. Ihr Gesicht war aschfahl, sobald sie ihn erblickte.

Sein Engel weinte immer, große Tränen kullerten über ihre Wangen, während sie eine Hand ausstreckte.

Er, der Idiot, der er war, ergriff sie immer wieder, hielt ihre Finger einen Moment zu lange fest und spürte jedes Mal denselben elektrischen Stoß. Er wusste, dass sie es auch spürte, was sie nur noch mehr schluchzen ließ. Sie flüsterte immer wieder: »Es tut mir leid. Es tut mir so leid.«

Was tat ihr leid? Die Tatsache, dass Parker ein brillanter Verrückter war, der wusste, was er gegen ihn verwenden konnte?

Selbst ein Drache seines Formats musste respektieren, dass Parker seine Schwäche entdeckt hatte.

Ich frage mich, wie viel Respekt er vor mir haben wird, wenn ich ihm den Kopf von den Schultern reiße und von ihm trinke. Dieser Tag würde kommen.

Trotz allem, was Parker dachte, schwächte ihn die Gefangenschaft nicht. Sein Hass wuchs nur. Aber eine Sache änderte sich nie.

Er hörte nie auf, sie zu beschützen.

KAPITEL FÜNF

Ich kann nicht glauben, dass es schon fast sechs Jahre her ist. Sechs Jahre, in denen sie als Gefangene gelebt hatte und dennoch der Welt als reiche Debütantin präsentiert wurde. Welches Glück dieses Mädchen hatte. Schließlich wurden nicht alle Nichten aus der Armut gerissen und als Tochter adoptiert.

Wie sehr wünschte sich Sue-Ellen, sie könnte in der Zeit zurückgehen und die Uhren zurückdrehen. Sich niemals im Wagen ihres Onkels verstecken.

Aber wenn sie das nicht getan hätte, dann hätte sie ihn nie kennengelernt. Den Mann, der den Rest ihres Lebens kontrollieren würde.

Und damit meinte sie nicht ihren Onkel.

Nachdem sie Samael zum ersten Mal begegnet war – denn ja, der Junge im Bett hatte einen Namen –, war sie aufgewacht und hatte sich in ihrem Bett wiedergefunden, bekleidet mit ihrem Nachthemd, als wäre sie nie auf Erkundungstour gegangen. Sie erinnerte sich lebhaft daran, was danach geschah ...

Ma hatte keinen Dummkopf großgezogen. Sue-Ellen

war sofort zum Büro ihres Onkels marschiert, um an den Büchern zu ziehen, aber nichts, was sie tat, löste die geheime Tür aus.

Tantchen hörte Sue-Ellens Schimpftirade – die Worte waren in ihrer einfallsreichen und vulgären Art geradezu episch. Sie rang die Hände und rief: »Ist sie auf Drogen, Theo? Ich will nicht, dass sie in meinem Haus Drogen nimmt.«

Tantchen war diejenige, die sich abends gern mal das ein oder andere einschmiss, »um die Nerven zu beruhigen«, wie sie behauptete. Wohl eher, um Schmetterlinge zu fangen und ihre Worte zu lallen, vor allem, wenn sie dazu ein Glas Wein trank – oder vier.

»Mach das auf«, forderte Sue-Ellen.

»Was aufmachen, liebe Nichte?«, antwortete Onkel Theo.

»Die Tür. Die, die zu deinem Geheimlabor im Keller führt.«

»Ich weiß nicht, wovon du redest.« Er sagte es mit äußerster Überzeugung.

Er hätte ein Mercer sein können, so gut log er. »Erzähl mir keinen Scheiß.«

»Nicht solche Worte«, keuchte Tante Hattie.

»Er weiß, wovon ich spreche. Dieser Ort, den ich gestern Abend gesehen habe. Streite es nicht ab. Du warst dort. Du hast mich unter Drogen gesetzt, um mich von dem Jungen wegzuholen.«

»Nichts von alledem ist passiert.« Onkel Theo schüttelte den Kopf. »Ich war die ganze Nacht mit Hattie im Bett. Ich glaube, du hattest vielleicht einen lebhaften Traum. Vielleicht waren die Pilze im Abendessen daran schuld. Ein schlecht gewordener in der Mischung. Ich werde mit unserem Koch sprechen müssen.«

DIE ANKÜNDIGUNG DES DRACHEN

Aber sie wusste, dass es weder ein Traum noch magische Pilze waren. Nichts, was so lebhaft und emotional aufwühlend war, konnte eine Erfindung sein. Außerdem hatte sie diese kalte innere Stimme ihres Alligators, die ihr sagte, dass etwas passiert war.

Der Junge ist immer noch irgendwo da unten. Ich muss ihn finden.

Ihn zu retten war einer der Gründe, warum sie nicht noch am selben Tag in den Bayou zurückgelaufen war. Nicht dass sie gehen konnte. Onkel hatte ihr klar gemacht, dass Sue-Ellen nirgendwo hingehen konnte.

Sie konnte ihn immer noch behaupten hören, dass er sie bei sich hielt, »weil ich deinen Brüdern versprochen habe, mich um dich zu kümmern«. Er benutzte sie eher als Verhandlungsargument, um sie auf Linie zu halten. Sie und einen bestimmten Jungen.

Wochen nach diesem ersten nächtlichen Abenteuer, kurz vor dem Schulabschluss, hatte Onkel ihre Anwesenheit in seinem Büro befohlen. Auch an diesen Vorfall erinnerte sie sich noch genau.

Sie hatte ein Geschenk erwartet. Das war es, was die anderen Kinder an ihrer reichen Privatschule bekamen. Für ihren Platz auf der Liste der besten Schüler hatte Sue-Ellen einen nagelneuen Wagen bekommen, aber das war nicht der Grund für ihre verlangte Anwesenheit.

Onkel Theo hatte andere Pläne mit ihr. Als er das Bücherregal zur Seite schob, dessen Steuerung auf seinem Handy versteckt war, kreischte sie: »Lügner! Ich wusste, dass es da war.«

»Wenn du lange genug leben willst, um das College abzuschließen, dann wirst du so tun, als wüsstest du es nicht«, warnte Onkel Theo.

Sue-Ellen zweifelte nicht daran, dass er sie umbringen

würde. Onkel Theo, so hatte sie gelernt, ließ sich von Gesetzen und Anstand nicht beirren.

»Ich will ihn sehen«, verlangte sie.

»Nur zu.« Onkel Theo machte eine Handbewegung und sie hüpfte die Treppe hinunter.

Es dauerte nur eine Sekunde, um zu bemerken, dass sich der Ort seit ihrem letzten Besuch verändert hatte. Der Lichtstreifen an der Wand war verschwunden. Wenn man an dem Haken zog, kam ein Touchpad zum Vorschein, für das man den Handabdruck ihres Onkels brauchte. Der Mechanismus für die nächste Tür erforderte einen Netzhautscan.

Jemand hatte die Sicherheitsvorkehrungen verschärft. Aber Sue-Ellen würde sich trotzdem nicht davon abhalten lassen, den Jungen zu retten.

Ich werde einen Weg finden.

Der Raum mit all den medizinischen Geräten hatte sich nicht sehr verändert, aber das Bett hatte sich in einen Käfig verwandelt. Und in diesem Käfig schritt der Junge umher.

Er wirbelte herum, als er sie eintreten hörte, und knurrte Parker an, nur um einen Moment später nach Luft zu schnappen. »Engel.«

Sie lief zu ihm und hielt erst inne, als er scharf brüllte: »Fass die Gitterstäbe nicht an; sie stehen unter Strom.«

Sie musste sich damit begnügen, ihn anzustarren, wobei sie feststellte, dass er viel zu hager und dennoch so gut aussehend war.

»Wie kann ich dir helfen?«, flüsterte sie, während ihr Tränen über die Wangen kullerten. Es tat ihr weh, ihn in dem Käfig zu sehen.

»Du bist in Sicherheit? Niemand hat dir etwas angetan?«

Was für eine merkwürdige Frage. Er war derjenige, der in einem Käfig saß.

»Das Mädchen ist nicht zu Schaden gekommen. Und jetzt, da du sie gesehen hast, wirst du tun, was Dr. Michaels sagt.«

Der Junge presste die Lippen zu einer dünnen Linie zusammen, nickte jedoch.

Was meinte Parker damit? Was wollte der Arzt von ihm?

Sie streckte die Hand aus, um ihn zu berühren, wobei sie auf die Gitterstäbe achtete, und ihre Fingerspitzen trafen sich – eine kurze Berührung, die ihr einen Ruck des Bewusstseins versetzte.

Und dann wurde sie weggebracht.

Aber sie sah ihn wieder. Alle paar Wochen. Nie mehr als ein paar Wochen, einen Monat oder so auseinander. Sie begann zu verstehen, dass Onkel Theo Sue-Ellen als Belohnung für gutes Benehmen benutzte.

Und mit der Zeit hatte sich das ausgezahlt. Aus dem Jungen wurde ein Mann, und weniger als zwei Jahre nach ihrer ersten Begegnung ließ Parker ihn aus seinem Käfig frei.

Der Junge war nicht länger ein Gefangener. Der Junge hatte auch einen Namen – Samael.

Anstatt einer Reihe von Tests unterzogen zu werden, lebte Samael mittlerweile in aller Öffentlichkeit. Er besuchte das beste College, wo er das seltsamste Fach belegte. Archäologie.

Parker war recht begeistert davon. Sue-Ellen hingegen war nicht begeistert von all den Mädchen, die sich um ihn scharten und von seinem blonden Haar, seinem guten Aussehen und dem lässigen Lächeln schwärmten.

»Du bist wie eine heiße und junge Version von Professor Jones«, brummte sie in einer ihrer gestohlenen

Momente. Diese Küsse wurden im Verborgenen ausgetauscht, heiß und heftig. Der Blitz des Wiedererkennens, den sie geteilt hatten, während sie sich als Gefangene flüchtig berührt hatten, war schon lange verblasst, aber das Klopfen ihres Herzens setzte noch immer ein, wenn er im Raum war.

Dieses Klopfen war der Grund, warum sie die Obhut ihres Onkels nie verlassen hatte. Sie scherte sich nicht um die Drohungen ihres Onkels. Wenn Sue-Ellen hätte gehen wollen, hätte sie es tun können. Es wäre so einfach gewesen.

Ihr Bruder Brandon hatte einmal versucht, sie zu retten, und es brach ihr fast das Herz, ihn wegzuschicken. Aber es war zum Besten. Sie konnte ihren lieben Onkel nicht verlassen, bevor sie Samael zur Flucht verhelfen konnte.

Obwohl sie sich immer öfter fragte, ob er überhaupt fliehen wollte. Samael verhielt sich jedenfalls nicht wie ein eingesperrter Mann. Tatsächlich war es ihm erst kürzlich erlaubt worden, für eine Art archäologischer Ausgrabung um die halbe Welt zu reisen.

Samael behauptete, er sei geblieben, um sie zu beschützen. Aber sie musste sich wundern, denn sie bemerkte immer öfter, dass er die Befehle gab – und andere beeilten sich, ihm zu gehorchen.

Hatte das mit der Tatsache zu tun, dass Samael der Erbe eines längst verloren geglaubten Throns war? Sie wusste, dass er eine ganz besondere Art von Drache war.

Er ist ein Hochstapler.

Die Stimme kam wie immer ohne Ankündigung zu ihr. Sie hatte begonnen, sie als ihr Gewissen zu betrachten. Ein Gewissen, das furchtbar nach dem alten Samael klang.

Sag mir nicht, dass es mir lieber war, als er ein unwilliger Patient war.

DIE ANKÜNDIGUNG DES DRACHEN

Wie furchtbar von ihr. Und doch vermisste sie gelegentlich sein anderes Ich wirklich.

Er hingegen schien sie nicht so sehr zu vermissen. Sie hatte ihn kaum noch gesehen, seit er bei der Ausgrabung berühmt geworden war, die er nach dem Verschwinden dieses Professors übernommen hatte.

Die Ausgrabung, die Samael geleitet hatte, galt als der Fund des Jahrhunderts. Historiker sprachen von einem Schatz, wie sie ihn noch nie gesehen hatten.

Es hieß, Samael habe einen Drachenhort gefunden. Denn, wer hätte es gedacht, es gab tatsächlich Drachen.

Und Samael war einer von ihnen.

KAPITEL SECHS

»Das ist Blödsinn«, wiederholte Samael, während er seine Manschetten zurechtrückte. Das feine Leinenhemd, das er trug, war ihm auf den Leib geschneidert, und die goldenen Manschettenknöpfe verliehen ihm einen zusätzlichen Hauch von Eleganz.

»Achte auf deine Wortwahl. Du bist jetzt ein Mann von Rang«, belehrte Anastasia ihn. Sie belehrte ihn ständig über seine Manieren.

Nervensäge.

»Sag mir nicht, was ich tun soll.« Samael hatte schon vor einiger Zeit gelernt, wer in ihrer Dynamik wirklich die Macht hatte. *Ohne mich ist sie nichts.* »Vergiss nicht, mit wem du sprichst.«

»Und du scheinst zu vergessen, wer ich bin.«

»Die Hohepriesterin der Goldenen Religion. Bla, bla, bla. Ja, ich weiß. Ich höre schon mein ganzes Leben lang davon. Aber stell dir vor, ich bin der Grund, warum du überhaupt eine Religion hast, also wirst du mich respektieren.«

»Du bist viel zu arrogant«, fauchte sie.

»Ich weiß, deshalb bin ich ja auch so perfekt«, gab Samael zurück, während er die Krawatte ein wenig lockerte. Es verlieh ihm einen Hauch von Unbekümmertheit, der auf Fotos gut zur Geltung kommen würde. »Hast du sie mitgebracht, wie ich gebeten hatte?«

»Das Mädchen ist hier, aber ich weiß nicht, warum sie mitkommen musste. Der Umgang mit ihr ist lästig, seit Parker verfallen ist.«

Mit *verfallen* meinte sie, dass der Mann in den Tod gestürzt war. Es war ein Rätsel – wer hatte ihn gestoßen? Die Kameras zeigten keinen Schuldigen. Niemand interessierte sich wirklich dafür, der Tod eines Größenwahnsinnigen war keine große Tragödie.

»Sie darf nicht gehen. Schatz«, sein Spitzname für sie, »weiß zu viel.« Viel zu viel. Die Geheimnisse, die Sue-Ellen im Laufe der Jahre erfahren hatte, brachten sie in Gefahr. Und nicht nur von seinen Feinden. *Sie darf mit niemandem sprechen, damit meine Geheimnisse nicht ans Licht kommen.*

»Ich stimme zu, dass sie zu viel weiß, und deshalb sollten wir sie töten. Das ist idiotensicherer.«

»Du wirst meinen Schatz nicht töten.« Er zupfte an den Ärmeln des Jacketts, das er gerade angezogen hatte. »Und du wirst auch nicht zulassen, dass jemand anderes es tut. Und das gilt auch dafür, sie zu verletzen.«

Anastasia machte ein abfälliges Geräusch. »Jetzt klingst du wie Parker. Du hängst viel zu sehr an dem Mädchen.«

»Keine Sorge, ich werde mich nicht davon abhalten lassen, das zu tun, was getan werden muss.« Er empfand zwar große Zuneigung für das Alligatormädchen, aber er hatte eine Bestimmung. Genau wie sie. Sie wusste es nur noch nicht. »Wie läuft es mit dem anderen Teil unseres Plans? Wie ich höre, sind die Behandlungen weitgehend abgeschlossen.«

»Ja. Wir können jederzeit fortfahren.« Anastasia strich den Rock ihres roten Kleides glatt. Immer dieses Rot.

»Was ist mit Tomas und dem Kind im Bauch seiner Gefährtin?« Ein Kind, das von Parker eingepflanzt worden war. Tomas, ebenfalls ein Drache, aber vom Obsidian Sept, hatte eine Zeit lang Parkers Gastfreundschaft genossen. Während dieser Zeit hatte er sich seinen Samen und seine besondere Fähigkeit zunutze gemacht, um die Eizelle einer menschlichen Frau zu befruchten. Einer Frau, der etwas Besonderes und Seltenes injiziert worden war. In ein paar Monaten würden sie sehen, ob dieses und die anderen Experimente Früchte trugen. So viele aufregende Dinge würden passieren. Einen Schritt näher an der Herrschaft über die Welt.

»Die Malvenfarbigen halten das Paar streng unter Schutz. Nach dem zu urteilen, was wir gehört haben, geht Tomas kein Risiko mit seiner Gefährtin oder seinem Kind ein. Unsere Quelle innerhalb des Malvenfarbigen Septs sagt, dass alles so läuft, wie es sollte.«

»Und was ist mit den Silbernen?« Über gewisse geheime Kanäle hatte Parkers Firma – jetzt Samaels Firma; ein Geschenk von Anastasia – Verhandlungen mit der Matriarchin aufgenommen. Die aufgeblasene alte Dame zeigte Interesse an einem bestimmten Trank, den sie Gerüchten zufolge für eine Tochter brauchte. Es war ein Trank, den nur Samael besorgen konnte.

Anastasia zupfte an seinem Revers. »Die alte Hexe sträubt sich noch gegen den Preis. Aber sie wird bald einlenken. Sie will kein Wyvern als Enkelkind.« Keine der großen Familien wollte einen Wyvern, welcher das Ergebnis der Vermischung von Menschen und Drachen war.

Wyvern waren die verkümmerte Version von Drachen,

unfähig, vollständig aufzusteigen, und unfruchtbar obendrein.

Bis jetzt.

Ich hüte das Geheimnis, das zu ändern.

Er kannte so viele Geheimnisse, und heute Abend würde eines davon der Welt offenbart werden. »Sollen wir unsere Rollen spielen gehen?«, fragte er die Frau, die ihr Leben damit verbracht hatte – wenn er nicht in irgendeinem Labor war –, ihm ihre Version der Welt beizubringen. Eine Welt aus der Sicht eines Drachen.

Eine Welt, die mir gehört.

»Das ist kein Spiel.«

»Das will ich auch hoffen. Wir sprechen hier von der Weltherrschaft. Aber ich sollte hinzufügen, wenn es ein Spiel wäre«, er zwinkerte, »würde ich gewinnen.«

»Es ist Zeit, Mylord. Priesterin.« Bertrand betrat den Raum und sank sofort mit gesenktem Kopf auf ein Knie. Der Mann kannte seinen Platz und respektierte ihn. Wenn er jetzt nur eine Glocke tragen würde, damit Samael ihn kommen hörte, denn riechen konnte er den Mann ganz sicher nicht. Eine weitere lästige Eigenschaft der Wyvern, aber es machte sie zu ausgezeichneten Soldaten.

Die Wyvern des Blutroten Septs – ein Sept, der sie nicht wie andere mied – dienten als Teil ihres Sicherheitsteams. Sie würden ihr Leben für Samael geben – denn wenn sie es nicht täten, würde Anastasia es ihnen wegnehmen.

»Die Außentüren sind geschlossen.« Aus Bertrands Ohrhörer konnte Samael das Summen der Stimmen hören, als die verschiedenen Teams Bericht erstatteten. »Der Sicherheitsdienst ist in Position. Die von Ihnen gewünschten Medienvertreter haben sich versammelt.«

»Dann lasst uns ihnen eine Geschichte geben.« Anastasia hob ihr Kinn und stolzierte hinaus. Sie schien nicht im Geringsten besorgt zu sein über die Bombe, die sie auf die Welt würden fallen lassen. Die Frau, die ihn aufgezogen hatte, hatte Eier. Große Eier.

Aber meine sind größer.

Samael wusste, wie er seinen Auftritt zeitlich setzen musste. Er wartete einen Moment, bevor er ihr folgte. Sollte sie ihm den Weg mit einer Einführung ebnen.

Als er das Podium betrat, blickte Samael in die Menge, in all die menschlichen Gesichter, die nach einer Geschichte lechzten. Seiner Geschichte. Und er gab sie ihnen.

Es war an der Zeit, diese Welt zu beanspruchen.

»Ich bin Samael D'Ore. Der rechtmäßige Drachenkönig. Der, der angekündigt wurde.« Er sagte ihnen allerdings noch nicht, dass er eines Tages über sie alle herrschen würde.

Und sie konnten nichts tun, um das zu verhindern.

KAPITEL SIEBEN

Die Hexe war im Anmarsch.

Zeig keine Angst. Sue-Ellen wusste es besser, als es Anastasia sehen zu lassen. Wie die meisten Raubtiere würde Anastasia sich auf jedes Zeichen von Schwäche stürzen und es ausnutzen.

In vielerlei Hinsicht erinnerte sie Sue-Ellen an Onkel Theo. Ihren toten Onkel Theo. Gut, dass sie ihn los war. Sie hatte bei der Beerdigung einen Schleier getragen, damit niemand sah, dass sie nicht weinte.

Warum sollte sie auch? Wenigstens waren ihre Brüder jetzt frei. Ihre ganze Familie war es. Warum war Sue-Ellen also noch hier? Immer noch nach der Pfeife eines anderen tanzend?

Weil Samael hier ist. Weil er sie brauchte. Zumindest hatte er das früher getan. In letzter Zeit fragte sie sich, ob er wirklich irgendeine Verwendung für sie hatte.

Was redest du denn da? Er wollte dich heute Abend hier haben.

Die Bitte um ihre Anwesenheit war die erste seit Langem. Ihr Stolz schrie sie an, Nein zu sagen. Derselbe

Stolz, der sie davon abhielt, ihre Familie anzurufen, um ihr zu sagen, dass sie einen Fehler gemacht hatte und nach Hause kommen würde.

Aber wenn es um Samael ging, kannte sie keine Scham. Der Ruf, sich ihm anzuschließen, kam, und Sue-Ellen lief los, um bei Samael zu sein.

Ich bin so erbärmlich. So jämmerlich, dass sie nicht wegging, während er sie warten ließ. Wie ein braves Mädchen wartete sie in einem Raum an der Seite der Bühne, die Hände gefaltet, das Bild des sittsamen Gehorsams, während Samael vor einer Menge vorgeführt wurde.

Wie er das hassen musste. Sue-Ellen jedenfalls hatte all die Male gehasst, die Parker sie für die Kameras benutzt hatte.

»Lächeln«, sagte Onkel immer, und die subtile Drohung in seinem Ton war deutlich zu hören. Sie lächelte und täuschte es vor.

Und niemand hatte es je bemerkt.

Daher wusste sie, dass Samaels Grinsen falsch sein musste. Er war genauso ein Gefangener, wie sie selbst es gewesen war, und seine Gefangenschaft hatte sogar in noch jüngerem Alter begonnen.

Nach Aussage ihres verstorbenen Onkels hatte Samael seit seiner Kindheit unter der Kontrolle der Priesterin gestanden, während Sue-Ellen erst vor etwa sechs Jahren von ihrem Onkel Theo als Geisel genommen worden war.

Sechs Jahre.

Sechs Jahre ihres Lebens. Weg.

Und wofür? Damit Parker Sue-Ellen benutzen konnte, um ihre Brüder unter Kontrolle zu halten. Damit er sie vor einem wild dreinblickenden Samael, der in seinen Fesseln so hoffnungslos aussah, baumeln lassen konnte.

All diese Jahre, vergeudet. *Ich wurde benutzt.* Ausgenutzt

von einem Onkel, der behauptete, sie gäbe ihm den Anschein von Legitimität. Der vernarrte Onkel und seine liebende Nichte. Parker brauchte diesen Imagegewinn ganz besonders, da seine eigenen Kinder ihn nicht mehr besuchten, nachdem seine Frau einen unglücklichen Unfall erlitten hatte – auch bekannt als Onkel Theo verärgert zu haben. Die Leiche ihrer Tante wurde nie gefunden. Der Wagen war von der Klippe ins Meer gestürzt und nie geborgen worden. Sie hatten nur einen einzigen Augenzeugen, der die Geschichte erzählen konnte – und die letzten bekannten GPS-Koordinaten des Navigationssystems an Bord, die dies bestätigten.

Jetzt, da ihr Onkel tot und Gestaltwandler sowie Drachen der Welt offenbart waren, stand Sue-Ellen an einem Scheideweg.

Von jetzt an wird sich alles ändern. Sie wusste es durch die Stille, die sich plötzlich über alles legte.

Sie schlich näher an die Tür heran und spähte in den größeren Raum außerhalb des ihren. Eine schwere Stille lag in der Luft. Sie wagte einen Blick. Samael stand vor einer kleinen Menschenmenge, das Kinn mit einer Arroganz erhoben, die sie nicht kannte.

Woher war das gekommen? Wann?

Er wirkte groß und stolz. Ein goldener Gott für die Menschen. Eine Marionette für die böse Priesterin.

Der Mann, in den sie sich vor sechs Jahren verliebt hatte.

Er war auch der eine Mann, den sie nie haben konnte. Anastasia hatte ihr deutlich zu verstehen gegeben, dass Samael für Größeres bestimmt war als für die Tochter eines Sumpf-Alligators.

Das hielt Sue-Ellen jedoch nicht vom Träumen ab.

Es muss kein Traum sein. Die Stimme, die sie hörte, war

nicht die ihre. Seltsam, dass der Optimismus genau wie er klang.

Sie seufzte, und Samael drehte den Kopf, als hätte er es gehört. Sein Blick fing den ihren. Grünes Feuer tanzte in den Tiefen seiner Augen. Der Großteil des bernsteinfarbenen Glühens war jetzt verschwunden. Vielleicht hatte Parker mit seinen Experimenten zu viel davon abgezapft.

Eine Lippe zuckte und sie hätte schwören können, dass sie ein geflüstertes »*Bald werden wir zusammen sein, mein Schatz*« hörte.

Sie hätte sich freuen sollen. Samael wollte sie. Er zeigte es jedes Mal, wenn sie einen Kuss stahlen. Aufgrund dessen, wer und was er war, mussten sie ihre Liebe füreinander verbergen. Konnten sich nur in kurzen Momenten hingeben.

Das hielt sie rein.

Und sehr frustriert.

Empfand er die gleiche Frustration?

Manchmal fragte sie sich das. Sie waren nicht oft zusammen, nur die seltenen Male, wenn er sie besuchte, und die wurden streng bewacht.

Da dein Onkel tot ist, müssen wir uns nicht mehr verstecken.

Das war die Nachricht, die er vor weniger als einer Woche geschickt hatte und die das Dienstmädchen zu ihr geschmuggelt hatte. Eine sehr nette Nachricht, und doch erklärte er nicht, wie sie Anastasia umgehen würden.

Die Priesterin würde sich am stärksten dagegen wehren, dass sie zusammen waren. Samael war zu wichtig, um sich mit einem Alligatormädchen zu besudeln.

Da er der einzige verbliebene Golddrache seiner Art war, ein Goldener, der jetzt in seinen Zwanzigern war, stand der arme Samael unter Druck, sich fortzupflanzen. Aber sein Vormund wollte nicht, dass irgendjemand seinen

Samen bekam. Gerüchten zufolge war Samael dabei, sich zu verloben – und zwar nicht mit Sue-Ellen. Was noch schlimmer war? Sie hatte den leisen Verdacht, dass er nichts tun würde, um es zu verhindern.

Manchmal schien es, als wüsste sie alles über Samael, und doch kam es ihr immer mehr so vor, als würde sie ihn überhaupt nicht kennen.

War alles, was er mir erzählt hat, eine Lüge? Nachdem Parker ihn aus dem medizinischen Kerker entlassen hatte, begann Samael, sich heimlich mit ihr zu treffen. Er erzählte ihr, während sie sich in verlassenen Räumen des Hauses versteckten, dass er derjenige war, der angekündigt wurde. Irgendein wichtiger Kerl in der Drachenreligion.

Aber das war der Punkt, an dem es verwirrend wurde, denn er behauptete oft, er wisse nicht, ob er mit dem Druck umgehen könne. Und doch prahlte er zu anderen Zeiten damit, wie er eines Tages die Welt regieren würde.

»Ich werde die Entscheidungen treffen. Ich werde die Regeln aufstellen, was bedeutet«, und er wandte sich ihr mit glühendem Blick zu, »dass wir in der Öffentlichkeit zusammen sein können.«

Als sie noch ein Mädchen mit rosaroter Brille gewesen war, hatte sie es geglaubt. Aber jetzt, da sie ihn auf der Bühne sah, die Schultern zurückgezogen, den Kopf in stolzer Haltung, wunderte sie sich.

Sie fragte sich, ob sie ihn überhaupt jemals wirklich gekannt hatte.

Warum bleibe ich? Parker war nicht mehr hier, um ihre Familie zu bedrohen. Brandon und Wes, eigentlich *alle*, die sie noch liebte, hatten sich zerstreut, als die Nachricht von der Existenz von Gestaltwandlern herauskam. Sie wussten, wie der Hase laufen würde, und zogen es vor, außer Reichweite zu bleiben.

Menschen neigten dazu überzureagieren, und wenn das passierte, wurden Leute erschossen, und Gestaltwandler waren anfällig für Kugeln, selbst für die einfachen aus Metall.

Sue-Ellen war nur aus einem einzigen Grund geblieben. Wegen des Jungen, den sie vor Jahren kennengelernt hatte. Der, von dem sie geglaubt hatte, sie würden ihn foltern.

Wie sich herausstellte, war derjenige, der gefoltert wurde, ihr Bruder, und manchmal weinte sie nachts immer noch über das, was mit Brandon geschehen war. Und dann hatte sie es noch schlimmer gemacht. Als er gekommen war, um sie zu retten, hatte sie ihn weggeschickt. Ihm den Rücken zuzukehren hatte ihr das Herz gebrochen. Aber Sue-Ellens Bruder musste weiterziehen. Er hatte eine Chance auf Glück verdient, als er seinem Fluch, ein Monster zu sein, entkommen war.

Jetzt war Sue-Ellens Dilemma nur noch das ihre.

Ich sollte von hier verschwinden.

Es gab keinen Grund zu bleiben.

Wenn sie nicht mehr da war, konnte Samael die richtige Person heiraten. Seine Leute hatten so lange auf einen Goldenen und einen Erben gewartet. Einen wahren Erben. Das Einzige, was ihm im Weg stand, war sie.

Die Pressekonferenz endete abrupt, als Samael den Medienleuten ein knappes »Wir sind fertig« entgegenschleuderte, bevor er sich umdrehte und auf sie zuging.

Sue-Ellen wich von der Tür zurück und verschränkte die Hände in dem Wunsch, sie hätte diese Erkenntnis schon früher gehabt und eine Rede geübt. Andererseits hatte sie schon einmal darüber nachgedacht. Es hatte ihr nur der Mut gefehlt, es zu tun.

Diesmal nicht.

Samael trat ein, sein Lächeln war breit. »Hast du gesehen, wie gebannt sie zugehört haben?«

»Ja. Das hast du gut gemacht. Aber ich bin überrascht, dass du deine Existenz bekannt gegeben hast. Was ist daraus geworden, sie wegen der Gefahr geheim zu halten?«

Er winkte ab. »Ich fürchte die Gefahr nicht. Außerdem war es an der Zeit. Meine Feinde haben begonnen, gegen mich zu handeln.«

»Wie kannst du Feinde haben, wenn niemand von deiner Existenz wusste?« Dieser Teil seines Verschwörungsdenkens ergab keinen Sinn.

Sein Lächeln verlor etwas von seinem Glanz. »Ich dachte, du würdest dich für mich freuen.«

»Das tue ich.« Sie seufzte. »Aber verstehst du denn nicht? Jetzt, da du es allen gesagt hast, ist es offensichtlicher denn je. Wir können nicht zusammen sein. Es ist Zeit für mich zu gehen.«

»Nein.«

Sie hatte erwartet, dass er widersprechen würde. »Ich weiß, es ist schwer, Samael, aber es ist zum Besten. Du musst weiterziehen. Das müssen wir beide.«

»Das habe ich auch vor. Allerdings bin ich noch nicht mit dir fertig.« Die Worte kamen flach und hart heraus.

»Nun, ich schon. Ich gehe. Und ich werde dich bitten, nicht zu versuchen, mich aufzuhalten.«

Er lehnte sich gegen die Tür, was ihr den Ausgang versperrte. »Du wirst gehen, wenn ich sage, dass du gehen kannst. Ich habe hier das Sagen.«

»Wie bitte?« Sie hatte Samael schon öfter kalt werden sehen, nur nicht bei ihr.

»Ich habe mich wirklich auf unsere gemeinsame Zeit gefreut. Vielleicht kommt es noch dazu, obwohl ich mir nicht vorstellen kann, dass die Wachen ein erstklassiges

Stück wie dich verkommen lassen.« Er schüttelte den Kopf. »Und ich kann besudelte Frauen nicht ausstehen.«

»Du machst keinen Sinn.« Sue-Ellen trat von ihm weg, wich zurück, bis sie mit dem Rücken an die Wand stieß. Sie brauchte sie, um sich aufrecht zu halten. »Nur weil ich mich von dir trenne, heißt das nicht, dass du mich bestrafen darfst.« Sie sagte es mit aller Tapferkeit, die sie aufbringen konnte, und doch drehte ihr die Angst den Magen um. Samael hatte die Macht. Die Macht, alles zu tun, was er wollte, wie es schien.

»Wir können uns nicht trennen, weil wir nie ein Paar waren. Du warst nie eine echte Wahl.«

»Aber diese Dinge, die du gesagt hast ...« Die Male, die er sie geküsst hatte. Ihr gesagt hatte, was er fühlte.

Das Lachen sagte alles. »Du bist wirklich ein leichtgläubiges Sumpfmädchen, nicht wahr?« Er öffnete die Tür und schnippte mit den Fingern. Seine allgegenwärtigen Leibwächter mit ihrem beunruhigenden Mangel an Geruch kamen näher, und die Priesterin folgte ihnen hinein.

Sue-Ellen richtete einen flehenden Blick auf Anastasia. »Lasst mich gehen. Ich habe alles getan, was von mir verlangt wurde.«

»Erwartest du wirklich, dass ich dich freilasse?« Die hochgezogene Augenbraue war gezupfte Perfektion. »Du weißt zu viel, Mädchen. Du kannst dich glücklich schätzen, dass das nicht schon früher geschehen ist. Ich setze mich schon seit Jahren für deine Inhaftierung ein.«

»Bringt sie nach unten.« Samael gab den Befehl und seine Wachen kamen auf sie zu.

»Samael!« Sie warf ihm einen flehenden Blick zu. »Tu das nicht.«

Für einen Moment wurde seine Miene weicher. »Ich werde nicht zulassen, dass dir etwas zustößt, mein Schatz.«

Sie lächelte, wenn auch zittrig, und brachte ein ersticktes »Danke« heraus.

Sie hätte ihren Atem nicht verschwenden sollen. Anstatt sie zu befreien, hatte er ihr Schicksal besiegelt. »Nehmt sie, aber ich will nicht, dass sie verletzt wird.« Ihre Arme wurden gepackt. »Bringt sie in eine der Einzelzellen. Niemand außer Dr. Michaels und mir darf sie betreten.«

Der Dr. Michaels? Samael war ihn nicht losgeworden?

Aber er sagte, er hätte es getan. Er sagte, er hätte ihn getötet.

Und sie hatte ihn mit Küssen überschüttet.

Raue Finger hielten sie fest umklammert und verletzten ihre Haut.

»Nein. Das kannst du nicht tun. Bitte, Samael.« Sie konnte nicht anders als zu betteln, den Jungen anzuflehen, in den sie sich verliebt hatte. Den Jungen, für den sie geblieben war. Den Jungen, für den sie alles aufgegeben hatte.

Den Jungen, der sie jetzt verriet.

Er hob eine Hand. »Halt.«

Die Wachen, die sie trugen, hielten inne, und Samael kam auf sie zu. Sue-Ellen biss sich auf die Lippe – zu fest, dem kupfernen Geschmack des Blutes nach zu urteilen. Es war besser, sie hatte Schmerzen, als dass sie laut vor Erleichterung schluchzte. Sie wusste, dass er ihr nicht wehtun konnte.

Wie Onkel Theo wollte er ihr nur Angst einjagen. Es funktionierte. Sie hatte schreckliche Angst.

Er fuhr mit den Fingern durch ihr Haar und hielt die Strähnen fest. »Seit dem Moment, in dem ich dich zum ersten Mal gesehen habe, konnte ich dir nicht widerstehen.« Er presste seinen Mund hart auf den ihren und verletzte ihre Lippen fast durch den gewaltsamen Druck. Sie versuchte, ein gewisses Maß an Leidenschaft oder Erregung in seiner Umarmung zu finden, aber alles, was sie fühlte, war alles verzehrende Angst.

Scharfe Zähne knabberten an ihrer Lippe, was sie vor Schmerzen aufschreien ließ. Er stieß sie von sich weg.

»So bettelst du also um dein Leben? Bringt sie weg.«

Samael hielt sein Wort. Er ließ sie in eine Einzelzelle bringen, ein Gefängnis, in dem niemand zu Besuch kam. Zweimal am Tag kam Essen, das durch einen Schlitz geschoben wurde.

Ein Teil von ihr wollte die Nahrung ignorieren, sich zusammenrollen und in einer Ecke weinen, aber so leicht würde sie sich nicht geschlagen geben.

Sie hatte ihren Onkel und seine Spielchen überlebt.

Sie würde auch Samael überleben.

Nach ihren Berechnungen war sie fünf Tage gefangen gewesen, bevor er auftauchte.

Es schien ungerecht, dass er so gut aussah wie immer. Die große, goldene Ikone, auf die alle Drachen gewartet hatten. Sie ahnten nicht, dass sie auf einen Idioten gewartet hatten.

Sie schnappte nach ihm, als er ihre Zelle betrat. Aber ihre menschlichen Zähne flößten ihm keine Angst ein.

Am liebsten hätte sie die Gestalt gewechselt und ihm einen ordentlichen Biss verpasst. Aber Onkel Theo hatte ihre animalische Seite schon vor langer Zeit unterdrückt. Irgendetwas im Essen ließ ihre andere Hälfte schlummern.

»Ist das eine Art, mich zu begrüßen?«, schimpfte Samael. »Ich hätte gedacht, du hättest inzwischen Zeit gehabt, deine Einstellung zu überdenken.«

»Meine Einstellung?« Sie konnte sich ein ungläubiges Lächeln nicht verkneifen. »Die Einstellung ist genau das, was du erwarten solltest, da du mich eingesperrt hast.«

»Die Zelle war unvermeidlich, aber du könntest etwas

Dankbarkeit zeigen, dass ich dich nicht von den Wachen habe vergewaltigen lassen.«

»Wie bitte?«

»Die Worte, die ich eigentlich suche, sind *danke schön*.«

»Danke schön? Bist du so wahnsinnig?« Sue-Ellen starrte ihn mit offenem Mund an. »Das glaube ich nicht. Ich glaube dir nicht. Zu denken, dass ich bei meinem missbrauchenden Onkel geblieben bin, um in deiner Nähe zu sein.« Ihre Stimme wurde lauter, als die Scham über ihr eigenes Handeln aus ihr heraussprudelte. »Ich bin geblieben, obwohl ich wusste, dass Onkel meine Gefangenschaft gegen meine Brüder ausnutzte. Ich bin für dich geblieben!«

»Und im Gegenzug habe ich dafür gesorgt, dass dir nichts angetan wurde. Ich habe Parker gesagt, dass du mir gehörst.«

Was sich oberflächlich betrachtet so gut anhörte. So perfekt. Und doch, als Samael es sagte, wusste sie, dass der Drache in ihm sie nur als Besitz ansah. Nicht als Person. Nicht einmal als ein lebendes Wesen. Nur ein weiteres Schmuckstück für seinen Hort. Dafür lebten die Drachen schließlich, für ihre Schatzhöhlen.

Sie hob ihr Kinn an. »Ich gehöre dir nicht.« Sie grinste höhnisch. »Das werde ich nie. Du kannst mich also genauso gut gleich töten, wenn du nicht vorhast, mich gehen zu lassen, denn ich lasse mich weder vergewaltigen noch benutzen.« Eher würde sie sterben.

»Es wird keine Vergewaltigung sein. Du wirst mich noch früh genug darum anbetteln. Wie lange, glaubst du, wird es dauern? Wie viele Tage, während derer du diese Wände anstarrst, bevor du deine Beine für mich spreizt und mich anflehst, dich zu nehmen?«

Das würde nie geschehen. »Für einen angeblichen König bist du ein Mistkerl.«

Klatsch. Seine Hand traf ihre Wange. Es brannte, aber sie war mit ruppigen Brüdern und Cousins aufgewachsen. Es mochten sechs Jahre vergangen sein, aber das zähe Bayou-Mädchen war immer noch in ihr. Dieses Mädchen schlug zurück.

Knall. Das Geräusch hallte in dem kleinen Raum wider. Sie konnte fast sein Echo hören. Es klang schrecklich nach *dummes Mädchen*.

Uff. Seine Faust traf sie, und sie taumelte von dem Schlag. Sie wusste, dass es das Klügste war, den Kopf einzuziehen und sich zu entschuldigen. Sie wusste, wie dieses Spiel gespielt wurde.

Aber sie war fertig damit, die Nette zu spielen.

So verdammt fertig damit.

Sie wischte sich das Blut von der Lippe und funkelte ihn durch ihr zerzaustes Haar hindurch an. »Mehr kannst du nicht? Mein kleiner Cousin schlägt härter als du.«

»Arrrrrrgh!« Sein Frustrationsschrei prallte von den Wänden ab, und bevor sie blinzeln konnte, hatte er sie an dem dünnen Kittel gepackt, den sie trug, und sie gegen die Wand geschleudert. Er schlug sie wieder und wieder dagegen, so sehr, dass ihr Kopf schmerzte. Genug, dass sie nicht mehr klar sehen konnte. Ihre Ohren klingelten und die Dunkelheit schlich sich an.

Bald, bald würde sie sterben, und dann müsste sie sich über all das keine Sorgen mehr machen müssen.

Als hätte er ihre Gedanken gelesen, hörte er auf. Er lehnte sich dicht an sie heran und murmelte: »Sterben ist zu einfach, mein Schatz. Ich sollte dich hierlassen. Für immer. Aber das würde keinen Spaß machen. Außerdem ist da noch die Sache mit deiner Einstellung. Respektlosigkeit werde ich nicht dulden.« Er hielt sie immer noch fest, drehte sich um und zerrte sie zur Zellentür.

Er zog sie hindurch, wobei er ignorierte, dass sie ihre Fersen in den Boden grub. Er ignorierte das Hämmern ihrer Hände an seinem Griff.

Wo bringt er mich hin?

Sie mochte weder Samaels vor Wut angespannten Kiefer noch seinen entschlossenen Schritt. Vor allem gefiel ihr nicht, dass er sie in die falsche Richtung zerrte. Nicht zum Aufzug und in die Freiheit der oberen Stockwerke, sondern tiefer in den Ort hinein, zu einer Tür, die einen Handabdruck-Scan erforderte.

Ich habe gelogen. Ich bin nicht bereit zu sterben.

Das Zischen der sich öffnenden Schlösser beruhigte sie nicht. Samael zog sie hindurch, die Tür glitt zu und sie konnte hören, wie die Riegel wieder ihren Platz einnahmen.

Klink. Klink. Klink.

Samael zerrte sie weiter und sie stolperte hinterher, so gut sie konnte, aber diese Aufgabe erwies sich als schwierig, als er die rauen Steinstufen nahm. Das zerklüftete Gestein, über das sie beim Hinuntergehen schrammte, grub sich in ihre Haut, während ihr dünner Kittel – von der medizinischen Art, die am Rücken offen war – sie kaum schützte. Und ihre nackten Füße? Die waren überhaupt nicht bedeckt.

Die Treppe führte lange hinunter, von nichts beleuchtet, und doch hatte Samael keine Schwierigkeiten, sich zurechtzufinden.

Schließlich konnte auch Sue-Ellen blinzeln und in der Dunkelheit sehen. Ein schwacher Schimmer ließ sie Dinge erkennen. Zum Beispiel die Soldaten, die die Außenmauern umstellten. Bewaffnet mit großen Kanonen. Sie sah eine Grube, einen dunklen Krater von ein paar Metern Durchmesser.

Ein Abgrund, der von Laserstrahlen durchkreuzt war.

Die Art von Grube, in die man Leichen warf, wenn man nicht wollte, dass sie wieder herauskamen.

Sue-Ellen kämpfte angestrengt, zog und zerrte und schrie.

»Samael, nicht. Bitte. Tu das nicht.« Sie wollte tapfer sein, aber der sichere Tod hatte die Angewohnheit, eine Person zu zerstören.

»Löst das Gitter.«

Die Strahlen über der Grube schwankten und sie bemerkte, dass die Metallkugeln, die um die Kluft herum platziert waren, aufhörten zu leuchten. Was für ein Schild befand sich an diesem Ort? Und sollte er Leute draußen oder etwas drinnen halten?

»Bitte.« Sie flehte ein letztes Mal. »Wenn du mich jemals geliebt hast, dann tu das nicht.«

»Liebe ist für die Schwachen. Respekt ist alles. Du hättest diese Lektion beherzigen sollen.« Samael ließ sie über dem Loch baumeln, seine Hände an ihrer Taille der einzige Anker zur Welt.

Als er sie löste, nahm die Schwerkraft sein Angebot an. Mit einem Schrei stürzte sie in die Tiefe.

KAPITEL ACHT

Der Lärm weckte ihn, was, da er sich normalerweise nicht mit Lärm herumschlagen musste – es sei denn, er erzeugte ihn –, seine Aufmerksamkeit erregte.

Wussten die Oberflächenbewohner nicht, dass er ein Nickerchen machte?

Er liebte seine Nickerchen. Es war so schön, einfach zu entspannen. Keinerlei Sorgen auf der Welt. Eine sehr kleine, kontrollierte Welt mit nur einem Wesen.

Mir.

Langweilig.

Halt die Klappe. Er hatte eine Stimme in sich. Sie meldete sich oft zu Wort, vor allem wenn er ein langes Nickerchen machte.

Sein längster Schlummer hatte drei Tage gedauert. Er schloss so gern die Augen und ließ sich treiben. Besonders nach einer großen Mahlzeit.

Du musst aufhören, diesen Arsch zu mästen.

An seinem riesigen Körperumfang war nichts auszusetzen. Größe spielte immer eine Rolle, und nur kleine Lebewesen behaupteten, es sei nicht so.

Dann wurden sie von einem größeren Raubtier gefressen.

Sie hatten auch Darwin gefressen, gleich nachdem er diese offensichtliche Logik ausgesprochen hatte.

Wirst du etwas tun?

Was tun? Da war diese nervige innere Stimme, die ihm sagte, er solle etwas tun, obwohl er eigentlich nur wieder die Augen schließen wollte.

Dem Schrei eines Herabstürzenden nach zu urteilen näherte sich sein Nickerchen dem Ende.

Mit einem Gähnen, das anderen den Kiefer ausgehängt hätte, rollte er sich auf den Rücken und öffnete ein Auge, nur um schnell die Hände auszustrecken, um das fallende Objekt aufzufangen, bevor es ihn im Gesicht traf.

Das schrille Geräusch hörte nicht auf. Man sollte meinen, dass die Kreatur, die er gefangen hatte, erleichtert wäre, dass er sie davon abgehalten hatte, ein blaues Auge oder eine geprellte Nase zu bekommen.

Niemand hatte mehr Respekt, schon gar nicht die Menschen. Er kannte seine Geschichte, auch wenn er sich nicht an seine Kindheit erinnern konnte. Er konnte sich an nicht viel mehr als seinen Namen erinnern.

Er erinnerte sich außerdem an irgendeine vage Regel, die da lautete: »Friss keine Menschen.«

Wahrscheinlich weil sie laut waren und sauer schmecken würden.

Die Kakophonie des Menschen, den er gefangen hatte, verstärkte sich zu einem fast verständlichen Schluchzen. »Ohmeingott. Ichdachteichwürdezermatschen. Ichbinnichtzermatscht. Ohmeingott. Warumbinichnichtzermatscht.« Dann, langsamer und nachdenklicher: »Warum riecht es hier unten nach Onkel Fred?«

Das Geplapper ergab fast einen Sinn, was ihn irgendwie

beunruhigte. Hatte er nach all der Zeit endlich den Verstand verloren?

Du bist absolut zurechnungsfähig.

Bin ich das? Fantastisch. Gut zu wissen.

Du bist so zurechnungsfähig, dass du weißt, dass es das Richtige ist, mich das regeln zu lassen.

Was regeln? Den Menschen. Er konnte mit einem einfachen Menschen umgehen. Angefangen damit, ihn vielleicht zu knebeln. Er redete immer noch und roch irgendwie ranzig.

Hatten die Menschen wieder aufgehört zu baden? In den Geschichtsbüchern stand, dass die Menschen der Antike sich nur selten mit Wasser und Seife die Haut abschrubben ließen.

Bauern.

Die laut Kochbüchern recht lecker waren, wenn sie unter den richtigen Bedingungen gebraten wurden.

Ich esse keine Menschen.

Noch nicht. Er hatte keine Angst davor, neue Dinge auszuprobieren.

Er hob den gefangenen Menschen hoch und betrachtete ihn mit zusammengekniffenen Augen. Er hatte alle notwendigen Teile. Zwei Arme, zwei Beine, einen Haarschopf. Seine riesige Hand war um seine Taille gelegt und hielt ihn in der Luft, aber von ihm abgewandt.

Nicht dass er wirklich etwas Eindeutiges hätte erkennen können. In der Grube war es dunkel. Ein Abgrund ohne Licht.

Was er sah, wirkte wie Schatten, die in der Dunkelheit nisteten. Sehr entspannend – bis ein Mensch dazukam und weiterquasselte.

Es wäre nur eine einzige Drehung nötig.

Wage es nicht. Wir sollten herausfinden, warum der Mensch geschickt wurde.

Gutes Argument. Normalerweise trugen die Menschen, die es in seine Grube schafften, versiegelte Anzüge und waren mit Beruhigungsmitteln bewaffnet. Er schätzte es, dass sie gebadet und bereit für ein Essen im Freien waren. Es sei denn, sie pinkelten. Er war kein Fan von mariniertem Fleisch.

Kein Fleisch. Schau genau hin.

Wohin schauen? Es gab nicht viel zu sehen. Den schmutzigen Körper bedeckte ein unförmiger Kittel, der am Rücken aufklaffte. Blasse Haut lugte stellenweise durch. Unmarkiert. Ungewürzt.

Nicht essen!

Er ignorierte den mentalen Ausruf und beobachtete weiter. Die schlanke Gestalt hatte viele Kurven, aber sie hätte etwas mehr vertragen können, vor allem wenn sie sie zum Mittagessen geschickt hatten.

Wie kannst du ans Essen denken, wenn ich weiß, dass du noch voll bist?

Zugegeben, sein Magen knurrte noch nicht vor Hunger. Er hatte das frische Rindfleisch, das sie ihm heruntergeworfen hatten, wirklich genossen. Jedenfalls sobald er damit fertig war – außen knusprig, innen blutig.

Köstlich.

Und still.

»Ohmeingott, ein riesiger Augapfel!«, quietschte sie.

Ja, eine Sie. Denn die Feinde des Nickerchens wollten ihn mit der abscheulichsten vorstellbaren Strafe ärgern. Einer lärmenden Frau.

Ihr werdet nicht gewinnen, Feinde des Nickerchens. Ich werde wieder schlafen gehen.

Er konnte und würde die schrille Frau ignorieren, zumal

sie offensichtlich Perfektion nicht erkannte. Es beleidigte ihn zutiefst.

Noch beunruhigender war, dass die Tonlage ihrer Stimme ihn mit Vertrautheit kitzelte.

Kenne ich sie?

Sie erkannte ihn offensichtlich nicht, wenn sie dachte, er sei nur ein Augapfel. Er besaß zwei davon.

Verdammt große Augäpfel.

Sieh dir das an. Er trällerte vergnügt, als er sein anderes Lid öffnete und sie kreischte. »Leck mich. Du hast zwei Augen.«

Oh, sieh an, der Mensch konnte zählen. Konnte sie auch die Klappe halten? Und was für eine Vulgarität. Damen fluchten nicht.

Kannst du es dir in diesem Stadium leisten, wählerisch zu sein?

Seine verrückte innere Stimme könnte recht haben. Aber er würde das Gezeter nicht dulden.

»*Sei still.*« Er dachte die Worte zu ihr, ohne viel zu erwarten. Menschen waren normalerweise taub für seine Stimme.

Zu seiner Überraschung verstummte sie. Ein Zufall? »*Hast du mich gehört?*«

»Du hast gesprochen. Wie kommt es, dass du sprechen kannst?« Sie flüsterte die Worte.

»*Ja, ich habe gesprochen. Das ist, was entwickelte Spezies tun. Und ich möchte hinzufügen, dass meine Art das schon viel länger tut als deine.*«

»Was bist du?«

Es überraschte ihn nicht, dass sie es nicht wusste. Seine Rasse war sehr gut darin, sich vor aller Augen zu verstecken. Das machte die Enthüllung umso süßer. »*Rate mal.*« Und während sie darüber nachdachte, würde er vielleicht herausfinden, warum ihm etwas an ihr bekannt vorkam. Ihr Geruch war es jedenfalls nicht.

Sie roch wie jemand, der zu lange in einer Kiste eingesperrt gewesen war, ohne Zugang zu Wasser. Sehr unappetitlich.

Aber ... faszinierend.

Es war schon eine Weile her gewesen, dass er sich an etwas Interessantes erinnerte. Selbst der Thunfisch, den sie vor einer Weile runtergeschmissen hatten, verblasste im Vergleich dazu – und er hatte den Thunfisch geliebt. Groß und roh, immer noch nach Meer riechend.

»Wie soll ich das erraten? Es ist verdammt noch mal stockdunkel hier unten, abgesehen von deinen irre großen Augen.«

»*Sie sind nicht irre.*« Wunderschön. Fesselnd. Er hatte sie gesehen. Er wusste, dass es eine lange Liste von Adjektiven für sie gab.

»Sagt der Irre.«

»*Mich zu beleidigen ist nicht zu deinem Vorteil.*« Es war möglich, dass er die Worte knurrte. Und seine innere Stimme lachte.

»Wirst du mich etwa fressen? Denn ich warne dich schon jetzt, ich bin sauer.«

»*Und laut. Ich bevorzuge ruhige Mahlzeiten.*«

»Nun, entschuldige, dass ich lebendig bin.«

Er war von der Frechheit überrascht. Welch ein Feuer. Er lachte, aber angesichts seiner aktuellen Gestalt klang es eher wie ein tiefes Grummeln. »*Warum hat man dich auf mich fallen lassen?*«

»Wer sagt, dass mich jemand fallen gelassen hat? Vielleicht dachte ich nur, es wäre lustig, ohne Fallschirm in ein Loch zu springen und zu hoffen, dass ich auf etwas Weiches treffe.«

DIE ANKÜNDIGUNG DES DRACHEN

»Ich bin nicht weich.« Er war aus hartem Zeug gemacht.

»Wenn du das sagst, Marshmallow.«

Wieder überkam ihn der Drang zu lachen, und er atmete scharf aus. Seine Größe verringerte sich. Als er sich entspannte, nutzte seine andere Seite den Vorteil, zog mit geistigen Händen und versuchte, die Kontrolle zu übernehmen. Nein.

»Warum bist du wirklich hier?« Ein Teil dieser Frage kam von seiner anderen Hälfte. Sarkasmus beiseite, sie war nicht gesprungen, was bedeutete, dass der Mensch aus einem bestimmten Grund heruntergeschickt worden war.

»Das war meine Strafe dafür, dass ich mich geweigert habe, mit jemandem zu schlafen.« Sie knurrte und spähte nach oben. Er hätte ihr sagen können, dass sie sich die Mühe sparen sollte. Dieser Schacht war tief. So, so tief.

Und er liebte es. Er hatte absolut kein Interesse an der Welt da draußen. Sie hatte nichts, was er wollte.

Oder doch? Hin und wieder kam ihm ein verschwommenes Bild oder ein Satz in den Sinn. Dann fragte er sich einen Moment lang, woher es kam. Dann machte er wieder ein Nickerchen. Es war besser zu vergessen.

Hier unten ist es besser. Ruhig.

Einsam.

Friedlich und entspannend.

Einsam.

Halt die Klappe.

»Bist du noch da?«

»Was ist das für eine dumme Frage?«, fragte er mit einem Anflug von Ungläubigkeit. *»Dir ist schon klar, dass du immer noch auf mir liegst?«*

»Schwer zu übersehen, wenn man bedenkt, dass du ziemlich groß bist.«

Seine Brust schwoll an, sodass sie abrutschte. Er fing sie

auf. »*Ich danke dir.*« Es war immer schön, wenn die Menschen Größe anerkannten. »*Und jetzt zurück zu deiner plötzlichen Ankunft. Du bist in meinen Raum eingedrungen.*«

»Ich hatte nicht wirklich eine Wahl.«

»*Du hattest eine Wahl, aber du hast deine Moral in die Quere kommen lassen. Vielleicht solltest du sie noch einmal überdenken.*«

»Ich mag auf der falschen Seite des Sumpfes geboren worden sein, aber das macht mich nicht locker.«

Der Sumpf? Ich habe die Geschichten über den Bayou immer geliebt. Die in diesen Büchern. Sie kamen in braunes Papier eingewickelt und waren voller lebendiger Bilder. Passagen waren mit Notizen am Rand hervorgehoben. *Sieht aus wie Onkel Lous Haus.* Da war das Haus auf Stelzen, darunter der Sumpf, mit einem Boot, das an einem Holzsteg festgemacht war. Da stand: *Meine Vorstellung von einem perfekten Zuhause.*

Die trügerische Offenbarung schwebte durch seine Gedanken, aufrüttelnd und neckend, weil er sich nicht erinnern konnte, wer ihm die Bücher geschenkt hatte. Er konnte sich an nichts erinnern.

Und zum ersten Mal fragte er sich warum.

Warum war sein Verstand so ein unbeschriebenes Blatt? Eine Fülle von Wissen, aber nichts Persönliches.

Bis jetzt.

Warum klingt sie so vertraut?

Geräusche waren nichts, was er hier unten hatte. Kein Fernsehen. Kein Radio. Nichts, das seine Ruhe störte. Er rollte sich auf die Seite und setzte sich auf. Dieser Raum lag am nächsten an seinem Versteck und war groß genug, um diese Gestalt zu ermöglichen.

»Ich nehme an, du wirst dich nicht entschuldigen?«

»*Wofür?*«

»Für die Andeutung, ich sei eine Hure.«

»Du hast das behauptet. Ich habe nur nicht widersprochen.«

»Arschloch. Ich hoffe, du erstickst an mir und stirbst.«

»Ich würde eher verhungern, als dich zu essen. Du stinkst.«

»Es ist mir egal, ob du so groß wie ein Wal bist. Du bist ein Idiot.« Eine klitzekleine Faust schlug auf ihn ein.

Er begann wirklich, sich zu fragen, warum er sie nicht fraß. Dann wäre sie wenigstens still.

Und ich wäre allein.

Sie lebte für den Augenblick.

Er schloss die Augen.

Sie hörte auf zu reden.

Faszinierend. Schnarch.

Piks. Er ignorierte das Stupsen ihres kleinen Fingers.

Piks. Piks. »Mach die Augen auf.«

»Ich kann nicht.«

»Warum nicht?«

»Weil ich schlafe.«

»Nein, tust du nicht, weil du mit mir redest.«

»Ich werde schlafen, sobald du die Klappe hältst.« Verstand sie denn nicht, wie das funktionierte?

»Aber es ist dunkel hier drin. So irre deine Augen auch sind, wenigstens leuchten sie.«

»Ich bin nicht dein persönlicher Lampenservice.« Diese Unverfrorenheit überstieg wirklich sein Vorstellungsvermögen. *»Und da du so unglücklich darüber bist – was du lautstark kundtust –, solltest du dich vielleicht auf den Weg machen.«*

»Auf den Weg wohin? Gibt es hier einen Ausgang?«

»Ich nehme an, du kannst nicht klettern?«

»Wollen wir wirklich so tun, als würden wir dieses Gespräch führen? Außer Yoga bekommen diese Arme kein Training.«

»*Bist du immer so sarkastisch?*«

»Ja.«

Er entspannte sich noch mehr und schrumpfte ein wenig. Sein anderes Ich zog wirklich die Zügel an, und es fiel ihm schwer, es zu stoppen. Dieser Mensch hatte etwas an sich ... etwas, das ihm so seltsam vertraut war.

»*Du bist ärgerlich. Ich kann verstehen, wie du hier gelandet bist.*«

»Ärgerlich ist kein Grund, eine Person in eine Grube zu werfen mit einem riesigen ... ähm ... Elefanten?«

Sie zögerte, bevor sie es sagte. Es milderte den Schlag nicht.

»*Du machst sicher Witze.*« Zum einen war er viel größer.

»Nun, du riechst irgendwie trocken, und deine Haut ist geschuppt und gleichzeitig irgendwie lederartig.«

»*Meine Haut ist die seltenste, die du je finden wirst.*« Und seidenweich, wenn man sie richtig streichelte.

»*Bist du beleidigt?*« Sie lachte. »Ich habe das alles nicht böse gemeint. Du bist einfach anders.«

Das war er in der Tat – denn es gab nur einen von ihm.

Und nur eine von ihr. Aus irgendeinem Grund schien das wichtig zu sein.

»*Wer bist du?*«

»Das Mädchen, das schlechte Entscheidungen getroffen hat.« Sie seufzte. »Wünschst du dir jemals, du könntest einen neuen Versuch bekommen?«

Nein.

Aber war das wirklich die Antwort? Woher sollte er das wissen, wenn er sich an nichts erinnerte?

Erinnere dich an das Versprechen.

Welches Versprechen?

»*Du hast nicht gesagt, wen du zurückgewiesen hast.*« Aber er konnte es sich denken. Es gab nur eine Person, von der er wusste, dass sie das Wörtchen *nein* nicht besonders gut aufnahm. Nach dem zu urteilen, was er gesehen hatte, hatte Samael keinerlei Moral. Andererseits hatte er auch keine. Das war der Grund, warum niemand mehr hier herunterkam.

Weil keiner mehr nach oben zurückkehrte.

Sie hätten mich in Ruhe lassen sollen. Ich habe nichts mehr, was mir etwas bedeutet. Nichts, womit sie ihm wirklich drohen könnten.

Falsch. Es gibt eine Sache. Er konnte sich nur nicht mehr erinnern, was es war.

»Kennst du Samael?«, fragte sie.

Ein schweres Prusten ließ ihn beben. »*Was glaubst du, wer mich hierhergebracht hat?*«

Eigentlich war es nicht nur Samael. Anastasia und ihr Wolf hatten auch etwas damit zu tun. Sobald sie merkten, dass sie ihn nicht kontrollieren konnten, hatten sie ihn in Schach gehalten.

Sie können mich allerdings nur nicht in Schach halten, weil ich eine Abmachung getroffen habe.

Was für eine Abmachung?

Es gab einen wichtigen Grund, warum er hier unten blieb. Allein. In aller Stille und ohne etwas zu tun.

Hatte er allein erwähnt?

Jetzt nicht mehr.

Er setzte die Frau sanft auf den Boden. Es hatte keinen Sinn, ihr Fleisch vorzeitig zu zart zu machen, zumal er sich noch nicht entschieden hatte, ob er sie fressen sollte oder nicht.

Vielleicht würde sie nach einem guten Abschrubben appetitlicher riechen.

Sie streckte eine Hand aus und klopfte ihm auf den

Unterbauch. Er ließ es zu, denn wer wollte nicht Großartiges berühren?

Deshalb berühre ich mich ja auch selbst.

Aber er hatte es schon lange nicht mehr getan. Kurze Arme.

Doch die Fähigkeit zu masturbieren war kein Grund, der anderen Seite die Kontrolle zu überlassen.

Trotz ihrer Behauptung, ihn nicht zu mögen, lehnte sich die Frau nahe heran, nahe genug, dass er ihr Zittern spürte. »Wie kannst du so leben? In der Dunkelheit, ohne Platz, um sich zu bewegen?«

»*Ich finde das entspannend.*« So viele Dinge waren in der Dunkelheit besser. Seine anderen Sinne hatten eine Chance, die Welt für ihn wahrzunehmen. Der Geruchssinn wurde äußerst wichtig. Geräusche ebenfalls. Und Fühlen. Die Art, wie die Luft ihn berührte, konnte ihm so viel verraten.

Aber manchmal konnten diese Sinne ihn blenden. Denn obwohl sie ihm vertraut war, konnte er die Frau nicht einordnen.

Wer. Ist. Sie?

Es nagte an ihm. Also spähte er mit seiner anderen Sehkraft, öffnete die Augen und filterte durch seine Augenlider, sodass er auf einer Dimension beobachtete, die die Auren um Lebewesen wahrnahm.

Sie hatte keine.

Keine Aura. Nur ein Fleck, als verdeckte sie etwas. War ihre Aura verhüllt?

Er hörte ein Schniefen.

Ein Hicksen.

Irgendein anderes stockendes Geräusch.

Was ist das? Der kleine Mensch weinte. »*Tu das nicht.*«

»Ich kann nicht anders.« Hicks. »Ich habe Angst vor der Dunkelheit. Mein Onkel hat mich immer in die Dunkelheit gesteckt, wenn ich mich nicht benommen habe. Kein einziger Lichtstrahl, stundenlang.« Das leise Eingeständnis traf ihn, und er runzelte die Stirn.

Er mochte vielleicht nicht viel wissen, aber eines wusste er. »*So etwas gehört sich nicht für einen Onkel.*«

»Mein Onkel hat nie getan, was sich gehört.« Sie sprach immer noch stockend, und es ärgerte ihn, dass sie in der Gegenwart des großartigsten Wesens, das es gab, Angst hatte.

»*Hier gibt es nichts zu befürchten.*«

»Nicht? Es ist zu dunkel, als dass ich sehen könnte, was du bist.«

Konnte sie seine Großartigkeit nicht riechen? Er konnte so viele Schichten an ihr riechen: Angst, Müdigkeit, Körpergeruch, der chemische Hilfe brauchte. Aber all das schien zu sagen: Erinnere dich an mich.

Mein Leben für ihres.

Die Worte fielen ihm ein und verschwanden ebenso schnell wieder. Sie gehörten in dieses dunkle Loch, das seine Erinnerungen verbarg.

Allein die Andeutung des Versprechens ließ seinen Adrenalinspiegel in die Höhe schnellen. *Sie ist gefährlich für mich.* Er hätte sie in dem Moment zerquetschen sollen, in dem sie ankam. Sie bedeutete Ärger. Sie war ...

Der Grund, warum ich nicht gekämpft habe.

Die Hand auf seinem Bauch begann zu reiben. »Ist das alles, was es hier unten gibt? Nur ein dunkles Loch und dich?« In den zitternden Worten lag eine erstickende Verzweiflung.

Mitleid wallte in ihm auf. Er war großmütig genug, es zuzulassen, auch wenn er noch ein wenig mehr schrumpfte. Seine Zeit neigte sich dem Ende zu. »*Wenn du darauf bestehst, etwas Licht zu haben, dann geh an der Wand zu deiner Linken entlang. Betritt den ersten Tunnel und folge ihm.«*

»Ihm wohin folgen? In eine weitere Grube, in der ich in den Tod stürzen kann?«

»Wenn ich dich tot sehen wollte, würde ich dich fressen.«

»Das hat Großonkel Herbert auch immer gesagt. Also fragte ihn Cousin Jorje eines Tages, ob er jemals wirklich jemanden gefressen hat.«

»Und? Hat er?« Seltsamerweise wollte er es wissen.

»Tantchen hat ihn mit ihrer Handtasche geschlagen, bevor er antworten konnte. Wir haben es also nie erfahren.«

Er sah kaum, wie sich ihre Schultern hoben und senkten, während sie sich an der Wand entlang bewegte. Es war recht dunkel hier drin, selbst mit all seinen besonderen Sinnen. Sie wirkte wie ein sich bewegender Schatten in einem tieferen Mantel der Dunkelheit.

Was machte sie wirklich hier? Er verstand nicht, warum sie hergeschickt worden war. Wollte Samael ihn irgendwie austricksen? Aber andererseits, wie sollte das funktionieren?

Samael musste wissen, dass sein erster Instinkt das Töten sein würde. Das war schließlich der Grund, warum er in diesem Grubengefängnis saß.

Mangelnde Kooperation.

Tötung von Personal.

Er wusste genug, um zu wissen, dass er aufgrund von Entscheidungen hier war, die er getroffen hatte. Er erinnerte sich sogar an etwas von dem Blut.

Er erinnerte sich allerdings nicht daran, dass er jemals Gnade walten ließ. Warum hatte er sie nicht platschen lassen? Was, wenn er gar nicht in der Grube gewesen wäre? Hätte Samael sie dann trotzdem hineingeworfen?

Alles gute Fragen, aber die, die ihn am meisten quälten? Wer war sie, und warum hatte er das Gefühl, sie zu kennen?

Sie verschwand aus seinem Blickfeld in den kleineren Tunnel, der für seine derzeitige Größe nicht geeignet war.

Ich sollte ihr folgen.

Sie gehen lassen. Sie würde klarkommen.

Ich muss mehr über sie wissen.

Oder er könnte noch ein Nickerchen machen.

Er schloss die Augen. Machte sie fest zu. Atmete ein paarmal tief durch.

La-di-da-di-da. Was sie wohl gerade tut?

Es war ihm egal.

Vielleicht fasst sie unsere Sachen an.

Wen kümmerte das? Es war Schrott.

Vielleicht hat sie ein paar Antworten.

Vielleicht sollte er die Situation lassen, wie sie war. Es gab sicher einen Grund, warum er sich nicht erinnern konnte.

Es ist an der Zeit.

Zeit wofür?

Hör auf zu widersprechen und mach eine Pause. Eine richtige Pause und überlasse mir für eine Weile die Kontrolle.

Meinetwegen. Er konnte gut ein Nickerchen gebrauchen.

Er wechselte seine Gestalt. Er nahm all die schöne Kraft und Stärke und presste sie in einen klitzekleinen zweibeinigen Körper.

Ah. Du zerquetschst mich.

Geh schlafen.

Es fühlte sich gut an, wieder das Sagen zu haben, vor allem, da die Dinge recht interessant geworden waren. Er folgte dem Mädchen, denn er kannte den Weg so gut, dass er ihn mit geschlossenen Augen gehen konnte. Heute jedoch ging er ihn mit offenen Augen, und die allmähliche Aufhellung des Tunnels bedeutete, dass seine Augen sich langsam daran gewöhnten, sodass er, als er den größeren Raum betrat, seine Besucherin deutlicher sehen konnte.

Er kannte diese Augen, diese Nase.

Vergessen. Ich soll vergessen.

Er erkannte das strohige Haar und den Geruch nicht, aber er kannte das Gesicht.

Engel.

Wer ist Engel?

Alles.

Sein ganzer Atem rauschte in einem einzigen heftigen Stoß heraus, als eine sehr deutliche Erinnerung auftauchte.

Sie ist es. Sie ist wirklich hier. Der Engel, der vor so langer Zeit zu ihm gekommen war. Die Frau, die einst das Druckmittel gewesen war, um die Bestie in Schach zu halten. Die, die zu vergessen er verhandelt hatte.

Und das hatte er. Bis jetzt.

Aber jetzt stand sie vor ihm. Leibhaftig.

Ein schöner, reizender Leib.

Endlich sein.

In diesem Moment des Erkennens weiteten sich ihre Augen. »Du«, fauchte sie, die Augen wieder zusammengekniffen. »Du Mistkerl!«

Anstatt loszulaufen, um die Arme um ihn zu legen, wirbelte sie herum, griff nach etwas und warf es dann ebenso schnell.

Er wich dem Buttermesser mühelos aus.

Etwas anderes flog direkt dahinter – die drei Zinken waren eine Beleidigung für seine Fähigkeiten. »Eine Gabel?« Das brachte ihn zum Lachen.

KAPITEL NEUN

Wie konnte er es wagen zu lachen?

Sue-Ellen machte das Beste aus dem, was sie hatte. »Du würdest nicht lachen, wenn ich dich mit der Gabel im Auge getroffen hätte«, schrie sie. »Bastard.«

Welches Spiel spielte Samael mit ihr? Sie nach hier unten zu werfen und sie von seinem Haustier auffangen zu lassen. Dann hineinzuschlendern, nackt und lässig.

»Du würdest mir die Art meiner Geburt zur Last legen?«, fragte er.

»Ich lege dir alles zur Last.« Ihre Wut kannte keine Grenzen. Zumal er so verdammt gut aussah. So perfekt. So nackt und bereit loszulegen.

Oh, verdammt, nein. »Pack das Ding weg.« Sie deutete auf seine Kronjuwelen. »Nein heißt nein!«

»Du nimmst an, dass ich Interesse an deinem stinkenden Körper habe.« Er schüttelte den Kopf. »Du überschätzt deine Reize.«

»Mein Zustand hat dir nichts ausgemacht, als du mich in der Zelle angemacht hast.«

»Das war nicht ich.«

Was? Das ergab keinen Sinn. Natürlich war er es.

Und doch ...

War er es nicht.

Dieser Samael – der nackt und stolz dastand – besaß eine schlanke Gestalt, viel schlanker als der Mann, den sie kannte.

Das war nicht der einzige Unterschied. Sein Haar hatte nicht dieses perfekt geschnittene und frisierte Aussehen, das Samael normalerweise bevorzugte. Es hing ihm bis über die Schultern, ein langer, schimmernder, goldener Wasserfall, der sich an den Spitzen lockte.

Oh, verdammt. Das war nicht Samael. »Wer bist du?«, fragte sie und wartete darauf, dass diese Stimme wieder in ihrem Kopf sprach. Darauf, dass sich dieses samtige Gefühl um ihre Sinne legte. Weil sie endlich die Verbindung herstellte, dass dieser Mann vor ihr die Bestie aus der Höhle war.

Er sprach, mit seinen Lippen, und es war genauso schön zu hören. »Ich bin Remiel.«

»Du musst mit Samael verwandt sein, denn, wow, die Familienähnlichkeit.« Zumindest optisch. Aber da war etwas an dieser Version ... etwas seltsam Fesselndes.

»Wir sind Brüder, geboren von einer Mutter und verschiedenen Vätern.«

»Samael hat keinen Bruder.« Sicherlich würde sie es wissen. Er hätte es ihr gesagt.

Ihre eigene Naivität ohrfeigte sie, denn der Beweis für die Lüge stand vor ihr.

Noch immer nackt.

Sie wandte sich ab, ihre Wangen wurden heiß. »Könntest du dir etwas anziehen?«

»Warum?«

»Weil es ablenkend ist, wenn dein Gehänge baumelt.«

DIE ANKÜNDIGUNG DES DRACHEN

»Für dich vielleicht. Ich fühle mich sehr wohl. Und ich möchte hinzufügen, dass du diejenige bist, die uneingeladen zu mir nach Hause gekommen ist und mich mit Fragen bombardiert hat.«

»Zu Hause?« Sie konnte nicht anders, als ihn über eine Schulter hinweg anzublicken. »Du wohnst hier?« Sie nahm den spärlich eingerichteten Raum in Augenschein. Der übergepolsterte Stuhl, dessen Stoff an einigen Stellen zerrissen war, wo die Füllung herausquoll. Der Stapel Taschenbücher auf der rechten Seite, der sich bald zu einem anderen gesellen würde, der bereits umgekippt war.

Neben ihr war ein Felsen mit Geschirr, darunter auch das Besteck, das sie geworfen hatte.

Ihr umherschweifender Blick blieb an dem Stapel Decken in einer Ecke hängen. »Schläfst du dort?«

»In dieser Gestalt, ja. Die Annehmlichkeiten lassen zu wünschen übrig. Deshalb verbringe ich auch mehr Zeit in der äußeren Höhle.«

»Aber dort ist es dunkel.«

»Ja. Und ruhig. Ich habe das Gefühl, damit ist es jetzt vorbei.«

»Gibst du mir etwa die Schuld?«

»Die Wahrheit wird dich befreien.«

»Die Wahrheit hat mich hierhergebracht«, brummte sie.

»Es ist nicht so schlimm, wie du denkst.«

Sagte er.

Ja, sage ich. Die Stimme kitzelte sie, und sie starrte auf seinen Hintern, denn er hatte sich inzwischen weggedreht und zeigte ihr pralle Pobacken. Die blasse Haut zeugte von seinem maulwurfähnlichen Leben.

Mit glühenden Wangen senkte sie den Blick auf ihre nackten Zehen. Schmutzige, staubige Zehen.

Reizend. Das hielt sie nicht davon ab, sich an seinen Körper zu erinnern. Sie wunderte sich über das schnelle Klopfen ihres Herzens. Angst, ganz sicher. Nichts anderes. Die Anziehung zu Samael hatte sie in diesen Schlamassel gebracht. Die Anziehung zu seinem Klon würde ihr nicht helfen.

Außerdem musste es einen Grund geben, warum diese Nachbildung von Samael in einer streng bewachten Grube saß. Niemand machte sich diese Mühe umsonst.

Er ist gefährlich.

Ja. Behalte ihn.

Der kalte Gedanke kam aus den Tiefen, in denen ihr Alligator-Ich begraben war. Es folgte nichts weiter.

Onkel Parker hatte seine Aufgabe, ihre Bestie zu zähmen, nur zu gut erledigt. Die Drogen waren jetzt ein Teil von ihr.

»Was weißt du über Samael?«, fragte Remiel.

»Nicht viel, anscheinend.« Was in ihr den Wunsch auslöste, den Kopf gegen eine Wand zu schlagen und immer wieder »dumm« zu murmeln.

»Angesichts deines Schocks über mein Erscheinen nehme ich an, dass mein Bruder meine Existenz immer noch leugnet?«

»Was gibt es zu leugnen? Ich habe nicht einmal ein Flüstern gehört, dass er Familie hat. Ihm zufolge ist er der Letzte seiner Linie.«

»Nicht ganz«, erklärte der Mann namens Remiel.

Ihre Schultern sackten in sich zusammen. »Ich bin so eine Närrin. Ich dachte, ich kenne ihn.« Aber wie sich herausstellte, hatte sie sich damit sehr getäuscht. So sehr.

»Sag mal, spielt mein Bruder immer noch die Marionette in Anastasias Spielchen?«

»Du kennst die Priesterin?«, fragte sie scharf, wobei sie sich erneut umdrehte, um zu linsen.

Er trug jetzt eine Hose, eine abgetragene Trainingshose, die tief auf seinen schlanken Hüften hing. Er hatte definierte Bauchmuskeln und ein V, das ...

Ihr Blick zuckte nach oben zu seinem Gesicht.

Seine Mundwinkel zuckten. »Hör meinetwegen nicht auf. Schönheit wie die meine sollte bewundert werden.«

»Du bist nicht sehr bescheiden, was? Muss ein Familienmerkmal sein.«

»Wir haben eine beunruhigende Anzahl von Gemeinsamkeiten. Bis auf eine sehr große.«

»Ist das ein Penis-Witz?« Sie war mit Jungs aufgewachsen. Sie hatte schon so einige gehört.

»Kein Witz, und hör auf, mich abzulenken. Ich habe dich nach Anastasia gefragt.«

»Und? Wie wäre es, wenn du zuerst ein paar Fragen beantwortest? Zum Beispiel, woher kennst du sie?«

Er zog eine einzelne goldene Augenbraue hoch. »Willst du mich ernsthaft herumkommandieren?«

»Das nennt man Konversation.«

»Kommt mir eher wie ein Verhör vor.«

»Du bringst mich dazu, dich beißen zu wollen«, knurrte sie.

»Nur zu.« Er grinste.

Sie runzelte die Stirn. »Das ist das Problem dabei, meinen Alligator nicht mehr zu haben. Ich schaffe es nicht mehr, den richtigen Ton der Angst zu treffen.«

»Wie meinst du das, *nicht mehr*? Es ist aufgrund des Gestanks so schwer zu sagen, was du bist.«

»Danke, dass du es bemerkt hast.« Sie rümpfte die Nase.

»Erklär mir, was du mit deinem Alligator meinst.«

»Ich bin eine Gestaltwandlerin.«

Er runzelte die Stirn. »Das bezweifle ich, denn dein Geruch ist völlig falsch.«

»Dafür kannst du meinem Onkel danken. Es geht nichts darüber, die Familie zu benutzen, um neue medizinische Errungenschaften zu testen.«

»Ist das ein Wettbewerb der grausamen Vormunde? In meinem Fall war Anastasia weder mit Samael noch mit mir verwandt, also war sie in ihren Methoden recht vielfältig. Keine sentimentale Bindung. Besonders zu mir. Ich war der Schwierige.«

»Wie lange hat sie dich gefangen gehalten?« Laut Samael hatte er Anastasia schon sein ganzes Leben lang gekannt. Aber stimmte das überhaupt?

»Mein Bruder und ich haben seit unserer Geburt das Vergnügen ihrer Bekanntschaft. Sie ist diejenige, die unser Schlüpfen eingefädelt hat.«

Sie blinzelte. »Hast du schlüpfen gesagt? Wie aus einem Ei?«

Sein Mundwinkel zuckte. »Das habe ich.«

Aber sie hatte immer noch Schwierigkeiten, es zu verarbeiten. »Leute schlüpfen nicht aus Eiern.« Auf seine hochgezogene Braue hin machte sie einen Rückzieher. »Nun, das tun wir, aber nicht aus Eiern mit Schale. Wir werden in der Gebärmutter befruchtet. Und wachsen dort.«

»So handhaben es die meisten Menschen und andere Wesen. Aber früher zogen wir es vor, unsere majestätische Gestalt zu tragen.«

»Und mit majestätisch meinst du?« Ihre Augen weiteten sich, als sie endlich begriff, was er war. »Du bist ein Drache.«

»Du sagst das, als wäre es eine Überraschung. Was hast du denn gedacht, was ich bin?«

Ihre Lippen zuckten. »Ich schätze, kein Elefant.« Als er sie anfunkelte, lächelte sie noch breiter. »Das tut mir leid. Aber sei nachsichtig mit mir. Ich habe deine Art zwar schon gesehen, bin jedoch nie nahe genug herangekommen, um einen zu beobachten und zu riechen. Samael hat mir seinen nie gezeigt. Er sagte, es sei zu gefährlich. Er wollte nicht, dass die falschen Leute von seiner Existenz erfahren.«

»Wahrscheinlich weil er nicht so großartig ist wie ich.« Es war ein leises Murmeln.

»Wenn du so großartig bist, warum bist du dann in einem Loch?« Aus irgendeinem Grund konnte sie sich nicht zurückhalten. Es war schwer, mit einem Kerl umzugehen, der Samael so ähnlich sah und sie an ihre Naivität erinnerte. Wenn ihr Blick nur aufhören würde zu wandern.

»Diese Behausung ist dazu da, mich in Schach zu halten.«

»Weil du ein Drache bist. Angesichts deiner Größe nehme ich an, dass du aufgestiegen bist?«

»Du weißt von dem Übergang eines Drachenjungen in das Erwachsenenalter eines Drachen?«

»Ja, ich weiß davon. Du hast ...« Sie brach ab. Sie musste sich daran erinnern, dass Remiel, dieser Typ, der in einer Höhle eingesperrt war, sie nicht kannte. Er war nicht derjenige gewesen, der ihr etwas beigebracht hatte. »Ich stand Samael vor all dem ziemlich nahe, und er hat mir Dinge erzählt. Ich habe auch Dinge gesehen.«

Onkel Theo hatte es gut geschafft, seine Praktiken vor der größeren Welt zu verbergen, aber sie hatte bei ihm gelebt und Sue-Ellen konnte nicht umhin, Blicke auf die Ereignisse zu erhaschen, die sich unterhalb der Sichtweite der Menschheit abspielten. Vor allen verborgen.

Die Welt barg mehr Geheimnisse, als allen bewusst war. Geheimnisse, die sie, ohne zu zögern, töten würden.

»Mein Bruder mag dir einiges beigebracht haben, aber du weißt offensichtlich nicht alles«, bemerkte Remiel. »Sonst hättest du gewusst, dass die Drachen früher ihre Gestalt mit Stolz trugen. Sie haben in ihr gejagt. Gefressen. Gefickt. Und mit Eiern haben wir unsere Jungen gezeugt.«

Das vulgäre Wort brachte sie nicht aus dem Konzept. Sie hatte schon viel Schlimmeres gesagt. »Das scheint so rückständig. Musste nicht jemand die ganze Zeit das Ei bewachen und es warm halten?«

»Irgendjemand schon. Dafür sind die Unbedeutenderen da. Sie sorgen für die Eier, damit ein mächtiger Drake mit seiner Gefährtin an seiner Seite durch die Lüfte fliegen und die Herrschaft über sein Gebiet behalten kann.«

Bei ihm klang das so romantisch. »Willst du damit andeuten, dass Drachen fortschrittlicher sind, weil sie die Frauen nicht zwingen, zu Hause zu bleiben?«

»Ich deute nichts an. Ich stelle fest. Wir sind fortschrittlicher.«

»Und arrogant.«

»Danke.«

Sie lächelte fast. »An Bescheidenheit fehlt es euch auch. Dein Wissen ist interessant. Ich habe Samael noch nie über diese Dinge reden oder den Begriff *Drake* verwenden hören.« Sue-Ellen kannte sich recht gut aus, denn Samael hatte einiges des Drachengeheimnisses preisgegeben, um sie zu beeindrucken.

In gewisser Weise lebten die Drachen genau wie die Gestaltwandler. Sie waren zwar von Natur aus gewalttätige Raubtiere, jagten aber auch vorsichtig. Sie waren sehr stolz darauf, nicht erwischt zu werden. Samael hatte ihr von den vielen Gesetzen erzählt, Gesetze, die sie kannte, da die Gestaltwandler ihre eigenen strengen Regeln entwickelt hatten, um sicherzustellen, dass sie nicht ihren niederen Instinkten erlagen.

So waren sie sicher. Es bedeutete, dass ihre Zahl florierte, da die Menschen sie nicht mehr jagten.

Doch die Welt veränderte sich. Die verschiedenen versteckten Gruppen, deren Zahl sich im Laufe der Jahre vergrößert hatte, wurden unruhig. Diese Unruhe verwandelte sich in kleine Ausbrüche von Gewalt. Die verschiedenen Gruppen wurden immer weniger tolerant, vor allem sobald ihr Onkel den Menschen erzählte, dass Monster unter ihnen lebten.

Jetzt wollte jede offenbarte Spezies ein Stück der verschiedenen Kontinente und sogar der Ozeane. Jede Seite, die zuvor in verborgener Stille gelebt hatte, schrie nach einer gerechten Sache. Sie alle wollten aus dem Schatten treten. Keiner wollte einen Kompromiss eingehen. Keiner suchte nach einem Mittelweg.

Ein Krieg stand bevor, und sie glaubte nicht, dass irgendetwas ihn aufhalten würde.

Warum sollte jemand den Spaß verderben?

Die wahren Raubtiere der Welt waren es leid, sich zu verstecken. Sie konnte dieses Gefühl verstehen. Es gab Zeiten, in denen sie ihr wildes Ich freilassen wollte. Ein schönes, langes Bad im Bayou nehmen, ohne eine einzige Sorge auf der Welt. Auf die Jagd nach einer frischen Mahlzeit gehen.

Stattdessen hielten sie und die anderen sich aus Angst eng gefesselt, ihre andere Hälfte blieb versteckt.

Erstickt.

Einen Moment lang konnte sie fast sehen, wie ihr Alligator sich auf den Rücken rollte und sich tot stellte. Wie sehr vermisste sie die kalte Berührung ihrer anderen Hälfte.

Wenn Sue-Ellen nur wüsste, wie sie die Bestie wecken konnte.

Remiel starrte sie an, den Kopf zur Seite geneigt. Hatte er sie etwas gefragt? Hatte sie es verpasst?

Ups. Angesichts Onkels Neigung zum Schimpfen hatte sie ein Händchen dafür entwickelt, es auszublenden.

Sie versuchte ein Lächeln. »Entschuldige. Was hast du gesagt?«

»Hast du zugehört?«

Sie kannte die Antwort darauf. »Natürlich habe ich das.«

»Gut, denn ich habe gesagt, wir sollten jetzt wilden Sex haben. Du hast mit dem Kopf genickt.«

Ihr fiel die Kinnlade herunter. Hatte sie das wirklich alles verpasst? War er wirklich so ein Schwein? »Das hast du nicht. Und selbst wenn du es getan hättest, hätte ich nie zugestimmt.«

»Du gibst also zu, dass du nicht zugehört hast?«

Sie zuckte mit den Schultern.

Er schürzte die Lippen. »So kann man mein Ego zerstören. Du hast mich wirklich ignoriert.« Er klang so ungläubig.

Ja, sie war auch ziemlich stolz auf sich, denn jetzt, da sie ihm wieder Beachtung schenkte, lenkte sein nackter Oberkörper wirklich ab.

An süße Kätzchen zu denken war nicht hilfreich. Denn sie stellte sich vor, wie sie wie eine Decke über Remiel drapiert waren.

Viel zu niedlich.

Ablenkung. Sie brauchte Ablenkung. »Wie lange bist du schon hier unten?« Wenn er sein ganzes Leben sagte, würde sie vermutlich für ihn schreien.

»Dem letzten Spott meines Bruders zufolge, fast vier Jahre.«

Vier Jahre? Nicht so lange wie erwartet, aber immer noch lange genug, um sie wirklich zu schockieren.

»Warum hat er dich hierhergebracht?«

»Eigentlich war es nicht Samael, der mich hierhergebracht hat. Es war die Idee von Anastasia und Parker.«

»Onkel Theo hat das getan?«

»Dein lieber Onkel hat offenbar eine Vorliebe dafür, Leute an dunkle Orte zu bringen. Ich wollte nicht mehr gehorchen, und ihre Drogen haben irgendwie zu schnell nachgelassen. Ich habe eine Resistenz aufgebaut.« Seine Lippen verzogen sich zu einem Lächeln, aber für Sue-Ellen scheiterte es. »Sie waren nicht bereit, mich zu entsorgen, also steckten sie mich in ein Loch.«

»Das war nicht sehr nett.« Sie konnte nicht anders, als Mitleid mit ihm zu haben. Er hatte offensichtlich gelitten – genau wie sein Bruder. »Ich kann verstehen, warum Samael den anderen Weg gewählt hat.«

»Du meinst, Arschkriechen und Stiefel lecken? Ja, das ist ein echter Plan.« Er rollte mit den Augen. »Echte Männer beugen sich nicht.«

»Er hatte keine andere Wahl.« Aus irgendeinem Grund verteidigte sie ihn. »Um mich zu schützen, musste er tun, was Anastasia sagt.«

»Um dich zu schützen?« Er sagte es so ungläubig. Hielt er sie nicht für schützenswert?

Remiel starrte sie an, sein Blick war reines Gold, ein dunkles Gold, das ihren Blick festhielt und versuchte, etwas zu sagen.

Etwas, das sie nicht bereit war zuzugeben.

Sie drehte sich um und stellte fest, dass sie immer noch nicht herausgefunden hatte, wo sich die Lichtquelle in diesem Raum befand. Offensichtlich gab es eine, denn sie konnte irgendwie um sich herum sehen, und das sogar recht gut. »Woher kommt das Licht?«

»Aus der Luft selbst. Hier gibt es ein Gas –«

»Gas?« Sie fasste sich an die Kehle und spürte, wie sie sich zuschnürte.

»Ein völlig ungefährliches Gas, das mit dem ausgeatmeten Kohlendioxid reagiert und eine Zündung erzeugt, die nicht brennt, sondern leuchtet.«

»Wenn wir also den Raum verlassen, wird es hier dunkel?«

»Irgendwann.«

»Wenn das Atmen ihn beleuchtet, warum war es in dem anderen Tunnel dann so dunkel?«

»Das Gas dringt nicht gut durch den Seitengang, und das wenige, das es tut, steigt auf.«

»Du weißt sehr viel über diesen Ort.«

»Vier Jahre, schon vergessen?«

Sie rümpfte die Nase. »Erinnere mich nicht daran. Was glaubst du, wie lange sie dich noch hierbehalten werden, jetzt, da Parker tot ist?«

»Tot? Wann ist das denn passiert?«

»Vor ein paar Wochen.« Sie hätte auf dem Grab getanzt, wenn sie die Möglichkeit gehabt hätte.

»Wenn er tot ist, dann ist die Abmachung in Gefahr. Und das Versprechen ist gebrochen.« Er sagte die kryptischen Worte, während er mit gerunzelter Stirn auf und ab ging.

Seltsamer – faszinierender – Mann.

»Wie hast du es geschafft, hier unten zu leben?«, fragte sie und ging tiefer in den Raum hinein, zu einem Bücherstapel an der Wand, der wie Trümmer an seinem Fuß verstreut lag. Es war eine vielseitige Mischung aus Naturwissenschaften, Biologie und sogar Regierungstexten. Alles Sachbücher.

»Liest du?«, fragte er.

Die banale Frage traf sie unvorbereitet. »Ja, aber nicht dieses ernste Zeug. Ich mag Belletristik.«

»Belletristik ist nicht real. Das hier schon«, sagte er und deutete auf die Bücher.

»Das ist die Mechanik der Realität. Ich bin mehr daran interessiert, etwas über Leute zu erfahren.«

Er schnaubte. »Leute sind überbewertet.«

»Deshalb bist du auch Einsiedler.«

»Du sagst das so abschätzig, und doch sage ich, dass gemeinschaftliche Zusammenkünfte überbewertet werden. Gesellschaft ist lästig.«

»Du willst mir also sagen, dass du hier unten glücklich bist? Ganz allein?«

Er hob sein kantiges Kinn. »Mehr als glücklich. Ich habe endlich meinen Frieden gefunden.« Er runzelte die Stirn. »Oder ich hatte es, bis du auf mich gefallen bist. Kann ein Mann nicht mal ein Loch für sich allein haben?«

Aus irgendeinem Grund fand sie es witzig. Sicherlich steckte da irgendwo etwas Schmutziges drin. Sie kicherte.

»Was ist so lustig?«

Sie kicherte noch heftiger.

Er tat sein Bestes, ernst zu wirken.

Sie zuckte mit den Schultern. »Du hast Loch gesagt.«

»Ich sagte auch, du bist auf mir gelandet.«

»Das bin ich. Ich habe dich geritten wie ein Cowgirl.« Sie fuchtelte mit einem Arm herum und stieß ein *Yeehaw* aus. Er schien nicht beeindruckt zu sein. »Magst du es nicht, wenn ein Mädchen oben ist?« Die skandalösen Worte sprudelten nur so aus ihr heraus. Sie gab dem Haushalt voller Jungs, in dem sie aufgewachsen war, die Schuld. Es war sechs Jahre her, dass sie mit ihrer Familie und ihren Freunden abgehangen hatte, aber es schien, als hätte der Bayou seine Spuren hinterlassen.

Es fühlte sich gut an, es rauszulassen.

»Du verdrehst die Dinge. Ich möchte anmerken, dass ich mich trotz deiner Anspielungen unter Kontrolle hatte.«

»Rede dir das nur weiter ein, Süßer.« Sie zwinkerte ihm zu und lachte, aber als sie sich wieder der Wand zuwandte, hatte das Kichern einen hysterischen Beigeschmack. Und das zu Recht. Sie hatte entsetzliche Angst. Ihr fiel auf, dass sie festsaß.

In einem Loch.

In einem Loch, in dem ein Mann seit Jahren gefangen gehalten wurde.

Ein Mann, der ihre Sinne reizte, ihren Puls zum Flattern und ihr Herz zum Rasen brachte.

Ich kann nicht entkommen.

Ein Blick umher zeigte Wände auf allen Seiten. Und die Decke über ihr? Sie war nicht wie in der offenen Grube mit ihrem hohen, klaffenden Abgrund. Hier waren es an der höchsten Stelle nur etwa dreieinhalb Meter, Tonnen von Gestein und Erde drückten nach unten.

Sie drücken auf diese winzige Blase mit mir darin.

Panik durchströmte sie. Stöhnte der Fels unter dem Gewicht? Gab es Risse in der Wand? Sie keuchte und drehte den Kopf von einer Seite zur anderen.

»Was ist los mit dir?«

Seine Stimme kam wie durch einen Tunnel. Schwach. Auch ihre Sicht verengte sich. Sie konzentrierte sich auf eine Stelle an der Felswand. Grob gemeißelt. Wo waren die Holzbalken, um die Höhle zu stützen?

Sie wird einstürzen!

KAPITEL ZEHN

Engel brach zusammen! Und trotz ihrer Beleidigungen fühlte er sich offenbar verpflichtet, sie aufzufangen. Ohne nachzudenken, schnappte Remiel sich ein Kissen und warf es die nötigen Meter, wobei er es schaffte, dass es landete, bevor ihr Kopf auf dem Boden aufschlagen konnte.

Sein Engel hatte eine Art Anfall erlitten. Vermutlich eine Panikattacke. Gelegentlich kämpfte auch Remiel gegen die Panik an. Ein Drache war für den offenen Himmel bestimmt.

Ich habe diese Wahl getroffen. Aber eine der Personen, mit denen er die Abmachung getroffen hatte, war tot. Verpflichtete ihn das noch immer?

Sue-Ellen blieb nicht lange bewusstlos. Ihre Wimpern flatterten und sie starrte ihn mit großen Augen an. Er konnte die Anspannung in ihr spüren. Er hörte es an den kurzen Atemzügen, die sie machte.

»Beruhige dich. Es wird dir nichts passieren.«

»Wie kannst du das wissen?«

»Weil ich dich beschützen werde.« Er sagte die Worte,

sprach das Versprechen aus und hätte mit dem Kopf gegen eine Wand schlagen können. *Was mache ich nur?*

Er tappte in dieselbe Falle, in die er vor Jahren getappt war. Die Lücke in seinen Erinnerungen spülte Bilder zu ihm, genügend, dass er wusste, wer sie war.

Sue-Ellen Mercer. Die Nichte von Theo Parker. Und sein verdammtes Kryptonit.

Sie begriff es immer noch nicht. Sie hatte es immer noch nicht erkannt. Andererseits hatte es auch bei ihm einen Moment gedauert. Er hatte alles getan, um sie zu vergessen, alles aufgegeben, was er hatte, um einen Zauber zu bekommen, der ihn vergessen ließ.

Der Zauber hatte aufgehört zu wirken. Er erinnerte sich an alles.

Erinnerte sich an sie.

Er starrte seinen Engel weiter an und bemerkte, wie sie reifer geworden war. Die Rundungen ihrer Wangen waren verschwunden. Ihr Haar war einen Hauch dunkler als damals, als er sie zum ersten Mal gesehen hatte, immer noch aschblond, aber ohne die goldenen Strähnchen, die sie in ihren späten Teenagerjahren getragen hatte.

Angesichts ihrer Blässe war sie offensichtlich nicht oft genug draußen.

Wie sehr er die Sonnenstrahlen auf seinem Gesicht vermisste.

Sie starrte ihn neugierig an.

Er wiederum blinzelte dumm, als sie ihn erwartungsvoll ansah. Sie hatte ihn offensichtlich etwas gefragt.

»Ich habe nicht aufgepasst.« Er machte keinen Hehl daraus.

»Genau wie dein Bruder«, murmelte sie.

Remiel nahm Anstoß daran, nahm Anstoß, zumal sie die beiden offensichtlich nicht auseinanderhalten konnte.

»Ich bin nicht wie Samael.« Zum einen war er so viel großartiger.

»Wenn du das sagst. Ich kenne dich nicht wirklich, und was ich bis jetzt gesehen habe, ist nicht gerade ermutigend.«

»Du kennst mich nicht?« Die Behauptung verärgerte ihn. Er marschierte auf sie zu und bemerkte, wie sie sich behauptete, selbst als der Puls an ihrem Hals flatterte.

Zerbrechlich in ihren Lumpen und doch stark. Immer so stark. So perfekt. *Und mein.* Kein Wunder, dass er versucht hatte, sie zu vergessen.

Sie hob eine Hand, um ihn aufzuhalten. »Du kannst dir deine Einstellung sparen. Ich verstehe langsam, dass du nicht glücklich darüber bist, dass ich deine kleine Einzelgänger-Selbstmitleidsparty gestört habe, aber vergiss nicht, dass das auch für mich scheiße ist. Ich habe nicht darum gebeten, hier runtergeschmissen zu werden, und ich flippe deswegen aus. Hast du gesehen, wie klein dieser Ort ist?« Sie umarmte sich und zitterte.

War ihr kalt? Er betrachtete ihren Mangel an Kleidung. Der zerlumpte Kittel, den sie trug, störte ihn.

Nackt würde sie viel besser aussehen.

»Hast du mir gerade gesagt, ich soll mich ausziehen?« Ihre Augen weiteten sich.

»Habe ich das laut gesagt?«

»Das kann nicht sein.«

»Ist das eine Herausforderung?«

»Das kann nicht wahr sein.« Sie stöhnte und legte den Kopf auf die Knie. Sie saß immer noch auf dem Boden, aber auf dem Kissen, die Beine im Schneidersitz gekreuzt.

Remiel hockte sich vor sie. »Es ist nicht das Ende der Welt.« Den Propheten zufolge, die er in seinen frühen

Jugendjahren gehört hatte, war das noch etwa ein Jahrzehnt entfernt.

Andererseits hatten dieselben Propheten gesagt, dass er die Welt beherrschen würde, und wenn man bedachte, wo er gelandet war ... Wie sich herausstellte, hatten sie sich geirrt, was die Frage betraf, welcher Bruder eine Bestimmung hatte.

»Wie kannst du nur so ruhig sein?« Sie flüsterte die Worte gegen ihre Knie und weigerte sich, ihn anzuschauen.

Ruhig? Er war ein tobendes Inferno. Er wusste nur nicht, worüber er tobte.

Er wusste, dass ihm ihr erbärmliches Elend nicht gefiel. Traurigkeit war nicht erlaubt. Sie saß in der Gegenwart von Großartigkeit.

Eines Gefangenen.

Eines politischen Gefangenen, was bedeutete, dass er zu fantastisch für Worte war.

»Gib mir deine Hand.« Er streckte seine aus.

Sie ergriff sie nicht. »Wie soll das helfen?«

»Gib sie mir einfach.«

»Warum?« Sie musterte ihn misstrauisch.

»Warum musst du widersprechen? Tu einfach, was man dir sagt, Engel.«

»Nenn mich nicht so. Ich bin niemandes Engel.«

Doch, das war sie. *Mein Engel*, aber anscheinend hatte sie das noch nicht begriffen. »Gib mir deine Hand.« Er hielt seine hoch, die Handfläche ihr zugewandt.

»Du bist herrisch«, behauptete sie, und doch hob sie eine Hand und spreizte die Finger. »Das habe ich früher mit Samael gemacht«, sagte sie und zögerte vor seiner Handfläche.

»Hast du das?«, war die einzige Warnung, die er aussprach, bevor er ihre Hände zusammenpresste.

DIE ANKÜNDIGUNG DES DRACHEN

Der Schock der Berührung ließ sie den Atem einsaugen. Ihre Augen weiteten sich. Ihr Mund öffnete sich.

Verdammt. Der Funke war noch immer da. Noch immer so schockierend wie eh und je.

Remiel hatte ihn in seiner Drachengestalt nicht gespürt; offenbar brauchte er Hautkontakt. Es half auch nicht, dass seine animalische Seite hier unten ein wenig wild wurde. All das gehörte zur Bewältigung der Abmachung, die er getroffen hatte.

Aufgrund dieser Abmachung hatte er gedacht, er würde sie nie wieder berühren. Das war der ganze Grund für sein Vergessen.

Aber jetzt war Sue-Ellen hier. Sein Engel. *Bei mir. In meiner Höhle. Für immer.*

Es kam ihm wie das Paradies vor.

Sie riss ihre Hand von ihm weg. »Nein, das ist nicht das Paradies. Ich kann nicht für den Rest meines Lebens in dieser Höhle leben.«

»Aber der Funke? Hast du ihn nicht gespürt, als wir uns berührten?«

»Doch. Und?«

»Verstehst du denn nicht?« Musste er es erklären? Nach ihren verschränkten Armen und ihren lodernden Augen zu urteilen musste er das. »Ich bin derjenige, den du in Gefangenschaft gesehen hast. Derjenige, der dich immer Engel genannt hat. Nicht Samael.«

Ein schiefes Lächeln umspielte ihre Lippen. »Das habe ich bereits herausgefunden. Ich meine, es war irgendwie offensichtlich, und ich sehe nicht, was das damit zu tun hat, den Rest meines wahrscheinlich kurzen Lebens hier zu verbringen.«

»Es ist nicht so schlimm. Es ist ruhig«, bot er an. Er genoss den Frieden sehr.

Oder er hatte es getan.

Jetzt, da er Sue-Ellen hatte, fand er Gefallen an den verbalen Auseinandersetzungen. Es wäre allerdings viel besser, wenn sie beide nackt wären.

»Nicht so schlimm? Du schläfst auf dem Boden.« Sie zeigte darauf.

»Würdest du dich besser fühlen, wenn ich dir sage, dass du mich als Kopfkissen benutzen kannst?«

Ihre Wangen färbten sich dunkel, als ihr das Blut hineinschoss. Seine Anwesenheit beeinflusste sie also doch.

»Was ist mit Nahrung? Ich bin mir zwar nicht zu schade, Nagetiere zu essen, aber ich kann mich nicht ewig von Höhlenratten ernähren.«

»Keine Ratten, fürchte ich. Aber sie schicken ab und zu Kisten mit Lebensmitteln herunter. Und auch Vieh. Sie wollen vielleicht nicht, dass ich an der Oberfläche randaliere, aber sie wollen auch nicht, dass ich sterbe. Man weiß ja nie, ob die Priesterin mich nicht vielleicht doch noch braucht.« Und die Ärzte waren noch nicht fertig mit ihm.

»Was will Anastasia von dir?« Sue-Ellen lenkte von dem Thema der beiden ab.

Nach allem, was er für sie getan hatte, dachte sie, sie könnte sich distanzieren. *Oh nein, das tust du nicht, Engel.* Er wollte nicht weit weg von ihr sein. Im Gegenteil, er wollte sie wie eine zweite Haut tragen.

Im übertragenen Sinne, nicht wörtlich.

»Anastasia will, was jeder Drache will. Macht. Indem sie die Rückkehr eines Goldenen Königs in die Welt kontrolliert, wird sie auf den höchsten Platz katapultiert, den sie sich je vorstellen könnte. Sie will die Hohepriesterin der Welt werden.«

»Ich bin überrascht, dass sie nicht Königin werden will.«

»Von Königinnen wird erwartet, dass sie Erben gebären und unter strenger Beobachtung stehen. Als Priesterin würde sie mehr Macht haben, vor allem unter den anderen Kryptozoiden, die die Welt bewohnen.«

»Samael benutzt dieses Wort sehr oft. Obwohl er es zu Kryptos abkürzt. Er sagte, man erwarte von ihm, dass er die Septs unter einer einzigen Herrschaft zusammenführt. Und wenn das geschehen sei, würde der Rest der Welt folgen.«

»Die Weltherrschaft ist der ultimative Preis für jeden Drachen. Sie würde den größten Hort bedeuten.«

»Drachen und ihre Horte.« Sie schnaubte.

»Du solltest dich nicht über die Horte lustig machen.«

»Sagt der Mann ohne einen.«

»Wer sagt, dass ich keinen habe?«

Sie legte den Kopf schief. »Hast du einen? Du gibst zu, dass du die meiste Zeit deines Lebens ein Gefangener warst. Selbst jetzt sehe ich mich um, und ich sehe nicht viel.«

»Wie kommst du darauf, dass ich ihn hier aufbewahre?«

»Du hast also einen Hort? Was ist da drin?«

»Das kann ich nicht sagen, aber ich gebe zu, einen zu haben. Er wurde mir weggenommen.« Er wandte sich von ihr ab und durchstöberte den Stapel gefalteter Kleidung an der Wand. Seinen kleinen Stapel Kleidungsstücke hielt er vom Boden fern. Sie saßen auf einem Felsen, einem von vielen, die als Säulen und Regale dienten.

»Sind die nach Farben gefaltet?« Sie näherte sich ihm, berührte den Stoff und fuhr mit den Fingern über die gestapelten Falten. »Zwangsneurose?«

»Wenn man es schafft, sich zu entschleunigen und jeden Moment voll auszunutzen, kann man alles erreichen, auch eine gute Organisation.«

»Organisation entsteht aus Langeweile.«

»Sag mir nicht, dass du der Typ bist, der Dinge herumliegen lässt, sodass sie knittern.«

»Ich lasse auch die Kappe von der Zahnpastatube ab.« Sie lächelte, und er fiel fast auf die Knie.

Ich hätte nie gedacht, dass ich das noch einmal sehen würde.

Er fand seine Eier und runzelte die Stirn. »Wie konnte ich nicht wissen, dass du ein Chaot bist?«

»Weil wir, nachdem ich dich nur gesehen habe, wenn Onkel Parker seinen Standpunkt verdeutlichen wollte, nie sonderlich viel geredet haben.«

Weil es keinen Grund zum Reden gab. Er hatte die Verbindung zu ihr vom ersten Tag an gespürt – und sie auch.

Er hatte gesehen, wie sie um ihn weinte, hatte die Richtigkeit und Besitzgier gespürt, die besagten, dass sie ihm gehörte.

Sie hatte ihm während seiner Inhaftierung kleine Aufmerksamkeiten geschickt. Bücher mit Notizen. Besondere Lebensmittel. Sogar einen College-Football-Pullover, der immer noch nach ihr roch.

Sie hatte sich um ihn gekümmert, die einzige Person, die das je getan hatte, ohne im Gegenzug etwas zu wollen. Deshalb rastete er möglicherweise auch ein wenig aus, als sie sagte: »Es ist verrückt zu wissen, dass der Typ, mit dem ich rumgemacht habe, Samael war und nicht du.«

Sie hat mit meinem Bruder rumgemacht!

Helles, goldenes Licht flackerte grell auf.

KAPITEL ELF

Licht blitzte auf, etwas brannte, und Sue-Ellen schrie. Jede vernünftige Person hätte es getan, als Remiel sich in eine lebende Fackel verwandelte, die sich dann zu einem riesigen Drachen entwickelte. Eine gigantische Gestalt, so groß wie ein Mutant, der in ein Gefäß mit radioaktiver Masse gefallen war, was bedeutete, dass er gegen die Decke stieß, wodurch einige der losen Teile herunterfielen.

Ich werde sterben!

Die Gewissheit erwies sich als überwältigend, woraufhin sie zu Boden stürzte, schluchzte und den Kopf mit ihren Händen bedeckte.

Sie reagierte nicht gut, als ihr etwas auf die Schulter fiel. Zu ihrer Verteidigung: Sie dachte, es sei ein Teil der Decke.

»Aaaaah!« Totale Überreaktion. Zu ihrer Verteidigung musste auch gesagt werden, dass sie nicht wusste, dass er sie angefasst hatte. Sie strampelte und schrie, und so fand sie sich unter einem Mann eingeklemmt.

Einem sehr nackten Mann.

»Geh runter«, keuchte sie.

Bleib drauf. Das Gewicht auf ihr und all die Haut fühlten sich auf eine verdrehte Art und Weise recht gut an.

Was ist nur los mit mir?

Warum jammerte sie? Sie war nicht tot, und ein heißer Typ lag auf ihr.

»Wenn ich runtergehe, fängst du dann wieder an auszuflippen?«

Möglicherweise. Also log sie. »Ich bin nicht ausgeflippt.«

Er starrte.

»Nicht sehr.«

Er starrte weiter.

»Okay, meinetwegen, ich habe den Verstand verloren. Jetzt bin ich drüber weg. Es sei denn, die Decke stürzt wirklich ein, dann behalte ich mir das Recht vor, bis zum Umfallen auszurasten.« Der Bayou in ihr kam zum Vorschein, und sie hätte sterben können.

Seine Lippen zuckten. »Das wollen wir doch nicht.«

»Was du nicht sagst.« Mit ihrer wiedergewonnenen Gelassenheit wartete sie darauf, dass er von ihr herunterging.

Er tat es nicht.

»Ähm.« Sie wackelte.

Er wackelte zurück.

Sie konnte das *O*, das sie mit ihrem Mund formte, nicht zurückhalten. »Ist das ...« Sie konnte es nicht aussprechen.

Er drückte sich an sie. »Das ist es.«

»*Das* ist völlig unangemessen.«

»Finde ich auch.«

»Dann geh runter.«

»Das würde ich gern tun. Aber was meine Position angeht, so bin ich zufrieden, wo ich bin.«

Das konnte sie sehen. »Das hilft deiner Sache nicht.«

»Welche Sache ist das?«

»Die, mich dazu zu bringen, dich zu mögen.«

»Ich habe es nicht nötig, dich dazu zu bringen, mich zu mögen.« Er lächelte.

»Das ist nicht sehr beruhigend. Ist das so ähnlich wie *Gib deinem Essen keine Namen*?«

Er lachte. »Nein. Es geht eher darum, dass ich dich nicht dazu bringen muss, mich zu mögen, weil du es bereits tust.«

»Tue ich nicht.«

»Willst du, dass ich dir das Gegenteil beweise?«

Wollte sie das? Ja. Bitte.

Er ließ seine Lippen nach unten sinken. *Ich glaube, er wird mich küssen.*

Schlechte Idee. So schlecht.

Tu es.

Da er so nahe war, konnte sie nicht wirklich artikulieren, warum das eine so schlechte Idee war, und sie konnte ihn auch nicht aufhalten.

Halte ihn nicht auf.

Bevor sie sich entscheiden konnte, war er von ihr heruntergesprungen und stolzierte zu dem Felsen, auf dem sein ordentlicher Kleiderstapel lag.

Diesmal wandte sie den Blick nicht von der Show ab.

Schöner Arsch.

Ein Arsch, den er mit einer Hose bedeckte. Eine Schande.

Seufzend legte sie sich flach auf den Boden und hob den Blick, um an die Decke zu starren. Sie bemerkte etwas Beruhigendes.

»Die Decke hat keine Risse.«

»Dieser Ort ist solider, als du denkst. Sie haben ihn gut gebaut.«

»Gebaut? Du meinst, diese Höhle ist nicht natürlich?« Angesichts des rauen Aussehens hatte sie das angenommen.

»Von Drachen gebaut, Engel. Ein großer Teil dieses Ortes wurde erschaffen oder vergrößert. Einschließlich der Grube, dieser Kammer und ein paar der anderen.«

»Es gibt noch mehr Räume?«

»Einige mehr, um genau zu sein. Du siehst hier die Schatzkammer einer alten Matriarchin der Blutroten. Jetzt ist sie leer, was nicht weiter verwunderlich ist. Sobald der Hort entdeckt wurde, wurde er ausgeräumt. Ich habe gehört, dass der Drache, dem er einst gehörte, eine Vorliebe für Vasen hatte. Ziemlich hässliche Vasen. In einer von ihnen hat Parker die Karten gefunden.«

»Karte? Was für eine Karte? Und was meinst du damit, Onkel hat sie gefunden?« Das war das erste Mal, dass sie von einer Karte hörte.

»Dein Onkel war derjenige, der die Ereignisse meiner Geburt vor so vielen Jahren mehr oder weniger eingefädelt hat. Als sehr junger Mann stieß er zufällig auf den hier versteckten Hort. Er benutzte einen Teil des Reichtums, um das Land zu kaufen, auf dem er sich befand. Dieser Schatz enthielt eine Botschaft. Ein Rätsel, das eine Karte war. Er entzifferte genug, um den Schatz der letzten Goldenen Königin und die darin enthaltenen Eier zu finden.«

Eier. Sie biss sich auf die Lippe, um nicht zu kichern. »Du hast nicht gescherzt. Du bist tatsächlich geschlüpft.«

»Ja, und Samael auch.«

Daraufhin runzelte sie die Stirn. »Davon hat er nie etwas gesagt.« Sie hatte auch nie daran gedacht, ihn zu fragen, da sie annahm, dass er seine Eltern durch irgendeine Tragödie verloren hatte.

»Überrascht dich das bei Parker? Er war ein Mann mit

vielen Geheimnissen. Er hatte auch eine Menge Stolz, was bedeutet, dass er niemandem erzählt hat, dass er einen Goldenen Hort gefunden und dann durch einen Einsturz verloren hatte.«

»Nicht mehr verloren. Er wurde wiedergefunden. Von Samael. Zumindest nehme ich an, dass es derselbe ist.«

»Ich bezweifle, dass es noch andere gibt. Ich frage mich allerdings, ob Samael und ich die einzigen Eier sind, die sie ausgebrütet haben.«

Ausgebrütete Eier. Verrückte Verschwörungen. Experimente und jetzt ein Gefangener in einer Grube. »Ich kann das nicht mehr tun.« Zu viele Informationen prasselten auf sie ein. Das Gewicht all der Lügen drückte auf sie ein. Sie schloss die Augen und seufzte, unfähig, Remiel anzusehen, da sein Anblick sie nur daran erinnerte, wie dumm sie war.

Wie hatte sie nur so blind für alles sein können? Die Lügen. Die Halbwahrheiten. Die Tatsache, dass es zwei Jungen waren, nicht einer. Wie hatte sie das nicht sehen können? Jetzt schien es so offensichtlich.

Der Funke zwischen ihr und Remiel war noch da. Ein Funke, den sie mit Samael nie gehabt hatte.

Mir war der Funke egal, als er mich geküsst hat. Sie hatte es sehr genossen. Sie hatte sich auch um ihn gesorgt.

Er war nur nicht der Mann, in den sie sich verliebt hatte.

In Wahrheit war Remiel der Junge, für den sie zurückgeblieben war. *Er ist derjenige, der mich all die Jahre hier gehalten hat.*

Eigentlich hätte sie sich ihm nahe fühlen sollen. Stattdessen lenkte die Schüchternheit ihren Blick ab und machte ihre Zunge klebrig. Was sollte sie sagen, wenn sie solche Schuldgefühle hatte?

So viele Gewissensbisse.

Gab es nicht eine Bezeichnung für Mädchen, die von einem Bruder zum anderen gingen?

Schlampe.

Sie brauchte nicht die schroffe Ausdrucksweise ihrer Tante Betty, um sich daran zu erinnern. Remiel hatte etwas Besseres verdient als ein Mädchen, das die beiden nicht auseinanderhalten konnte.

»Ich bin müde.« So lethargisch. Sie schleppte sich zu dem Stapel Decken und ließ sich darauf nieder. Sie rochen nach ihm.

Natürlich taten sie das. Sie drehte sich auf den Rücken und stellte fest, dass es nicht schrecklich war. Keine Klumpen gruben sich in ihre Rippen. Er hatte eine Art Schaumstoff, um das Schlimmste abzupolstern.

Das Nest aus Bettzeug schien mehr als groß genug für zwei zu sein, und doch legte er sich dicht neben sie. Sozusagen direkt hinter ihren Körper. Er ließ einen Arm um ihre Taille gleiten. Sein Atem brachte ihr Haar zum Flattern.

Sie bewegte sich nicht, was sie jedoch nicht davon abhielt, von einem erhitzten Bewusstsein überflutet zu werden. »Was machst du da?«

»Ich gehe ins Bett.«

»Kannst du mir nicht etwas Freiraum geben? Ich habe gerade irgendwie einen Moment.«

»Genau wie ich.«

»Nicht alles dreht sich um dich.«

»Doch, das tut es. Ich bin der Mittelpunkt von jedermanns Universum.«

»Du bist nicht der Mittelpunkt von meinem«, brummte sie.

»Doch, das bin ich.« Er sagte es mit so viel männlicher Selbstsicherheit.

Sie wand sich und versuchte, sich zu entfernen. Der

Arm, der sie festhielt, ließ sie keinen Zentimeter von ihm abrücken.

»Würdest du damit aufhören?«

»Womit aufhören? Ich beschütze dich nur, wie ich es versprochen habe.«

»Beschützen vor was?«

»Vor Raubtieren.«

»Du sagtest doch, hier gäbe es keine Ratten.«

»Gibt es auch nicht, weil die Schlangen sie gefressen haben.«

Sie versteifte sich. »Schlangen?«

»Mach dir keine Sorgen. Sie wissen es besser, als mich zu belästigen.«

»Gibt es noch etwas, das ich über diese Höhle wissen sollte?«

»Höhlen. Es gibt mehr als ein paar. So wie diesen Raum und die Grube. Diese ist die einzige in der Nähe, die groß genug ist, dass ich mich richtig ausstrecken kann, ohne etwas kaputt zu machen.«

»Warum bist du nicht rausgeklettert?«

»Glaubst du wirklich, sie würden mich nicht ausschalten, bevor ich oben ankomme? Oder haben sie die Soldaten verlegt?«

Sie erinnerte sich an die Reihe von Männern, die das Loch umzingelten. »Nein, und sie haben viele Gewehre. Ich kann verstehen, dass du dich lieber verstecken willst.«

Er versteifte sich, und zwar nicht unter der Gürtellinie. »Ich verstecke mich nicht. Die Wachen mögen gut bewaffnet sein, aber sie sind nicht unüberwindbar. Aber du scheinst zu vergessen, dass auch noch das Stromnetz zu bewältigen ist, wenn ich es bis nach oben geschafft habe, ohne völlig durchlöchert zu sein. Ich weiß nicht, wie es dir geht, aber ich würde lieber nicht herausfinden, ob ich nach gebratenem Hähnchen rieche.«

Mmm. Hähnchen. Jetzt war nicht der richtige Zeitpunkt, um an Essen zu denken.

»Bedeuten all diese Ausreden, dass du die Flucht aufgegeben hast?« Denn wenn er es nicht konnte, wie standen ihre Chancen?

»Warum fliehen? Denk doch mal nach. Was brauche ich von da draußen? Ich habe Nahrung. Bücher. Einen ruhigen Ort, den ich mein Eigen nennen kann.« Er schmiegte sein Gesicht in ihr Haar und flüsterte: »Dich.«

»Du hast etwas vergessen. Du hast mich nicht.«

»Das werde ich.« Er sagte es mit so viel Selbstvertrauen.

»Du solltest dich weniger darum sorgen, mir an die Wäsche zu gehen, sondern mehr um deine Freiheit.«

»Die Freiheit, was zu tun? Von den Menschen gejagt zu werden?«

»Das ist nicht passiert.« Noch nicht. Aber sie konnte sich vorstellen, dass es passieren könnte, wenn sie genügend Angst bekamen.

»Tatsächlich, Engel, ist es schon passiert. Parker hat es sehr genossen, dass Menschen von der Regierung gekommen sind und an mir herumgestochert haben. So viele Nadeln. So viel Blut. Nicht alle Pfützen waren von mir.«

»Das ist nur ein kleiner Teil der Menschheit. Die Mehrheit will in Frieden leben.« Frieden hörte sich für sie im Moment sehr gut an.

»Selbst wenn die Menschen mich in Ruhe ließen, wären da noch die anderen Drachen.«

»Mögen sie dich nicht?«

»Ich fürchte, sie würden mich zu sehr mögen. Alle

wollten mich schon benutzen, als ich noch ein Baby war, das gesäugt wurde. Das Blut des letzten herrschenden Goldenen Paares fließt in meinen Adern.«

»Na und?«

»Was meinst du mit *na und*? Ich bin unbezahlbar für meine Leute.«

»Nicht wirklich. Ich meine, warum sollten sie sich um dich kümmern, wenn sie Samael haben?«

»Weil Samael nicht der Erbe ist.«

»Wirklich? Denn laut Anastasia ist er es, und sie haben gerade in den nationalen Medien verkündet, dass er der letzte Goldene König ist.«

Er brüllte: »Lügen!«

KAPITEL ZWÖLF

Etwas beunruhigte seinen Bruder.

Ein König sollte sich nicht zum Spionieren herablassen, und doch war es genau das, was Samael tat. Er ging auf und ab und beobachtete das Geschehen im Spiegel. *Spieglein, Spieglein an der Wand ...*

Etwas aus einem Märchen und doch die einzige Möglichkeit, Remiels Höhlennetzwerk auszuspionieren. Scheiß auf den Einsatz von Drohnen. Sein Bruder hatte schon immer ein Händchen dafür gehabt, sie zu finden und zu zerstören. Die Tatsache, dass Samael keine Technologie benutzen konnte, bedeutete, dass er auf andere Methoden zurückgreifen musste. Verborgenere Methoden.

Zum Beispiel Hellseher-Spiegel. Die Hexen hatten viele spiegelnde Gegenstände verzaubert, x-beliebige Dinge, die Remiel nie vermuten würde, wie seine Löffel, den Rasierspiegel, die Schnalle an seinem Gürtel.

So konnten Samael und die Priesterin zwar sehen, aber nicht hören. Zusehen war jedoch mehr als genug. Genug für ihn, um zu sehen, dass Remiel mit Sue-Ellen im Bett lag und nichts tat. Noch nicht. »Es gefällt mir nicht.«

DIE ANKÜNDIGUNG DES DRACHEN

»Was gefällt dir nicht, mein König?« Sie sagte es mit dem richtigen Ton der Hochachtung, und doch konnte er sehen, dass Anastasia ihn nicht wirklich beachtete. Die Priesterin mit den roten Haaren, die zu einem Dutt gebunden waren, und dem weiten Gewand, das nichts der Fantasie überließ, saß über einen Laptop gebeugt. Seit Parkers Tod verbrachte sie viel Zeit damit, Nachrichten zu verschicken. Zu viele Nachrichten, die sie ihn nicht sehen ließ.

Was verbirgt sie vor mir?

»Sie zu Remiel zu bringen war eine schlechte Idee. Ich will sie zurück.« Weil es brannte, dass sein Bruder sie berührte.

Theoretisch gesehen hatte er sie zuerst.

Na und?

Von dem Moment an, in dem Samael Sue-Ellen zum ersten Mal gesehen – und verstanden hatte, was sie Remiel bedeutete –, hatte er sie gewollt. Die Tatsache, dass Parker und Anastasia ihm gesagt hatten, er könne sie nicht haben, machte sie nur noch reizvoller.

»Sue-Ellen wird nicht für dich vorbereitet«, hatten sie ihm gesagt.

Es war ihm egal, was Parkers Pläne beinhalteten. Samael wollte sie beanspruchen, wie ein Mann eine Frau beanspruchte. Er wollte seinen Samen in ihren Leib pflanzen und sie dann vor seinem Bruder zur Schau stellen.

Sein Verlangen wurde ignoriert. Der Goldene Erbe wurde ihm verweigert, da, wie Anastasia behauptete, »dein Samen zu wertvoll ist, um ihn an eine Sumpfkreatur zu verschwenden.«

So nannte Anastasia seinen Schatz spöttisch. »Ein im Schlamm geborenes Miststück und ungefähr genauso klug. Solche Mädchen sind nur für eine Sache gut.«

Anastasia hatte recht. Sie waren nur für eine Sache gut. Ihre Genetik. Oder besser gesagt, für ihre Eizellen.

Sue-Ellen Mercer hatte hervorragende Gene für ein Drachenexperiment. Anastasia verließ sich darauf.

»Du weißt, dass du sie nicht haben kannst, und kein noch so großes Gejammer wird daran etwas ändern«, erinnerte Anastasia ihn.

»Ich jammere nicht. Ich sehe nur nicht ein, warum ich nicht der Erste sein konnte.« Der Erste, der in sie eindrang und sie dann als Überbleibsel an seinen Bruder weitergab.

»Wegen der Abmachung.«

Ah ja, die Abmachung. Die Abmachung, die Remiel getroffen hatte, um Sue-Ellen in Sicherheit zu bringen. Die Abmachung, die Samael jedes Mal mit Freude missachtete, wenn er ihre Lippen küsste.

»Jetzt hat er sie, und siehe da. Er weiß nicht einmal, was er mit ihr machen soll.« Der Idiot schlief – mit dem Arm um sie gelegt. Und sie ließ es zu!

»Du musst dich um andere Dinge kümmern, mein König.« Anastasia führte ihn von der spiegelnden Oberfläche weg und zeigte stattdessen auf einen Stapel Berichte.

Papier. Papier und noch mehr verdammtes Papier. Er war König, keine verdammte Sekretärin. »Was ist das?«

»Unser Spionagenetz hat uns seine Erkenntnisse mitgeteilt. Die meisten Septs zeigen positives Interesse an der Wiederauferstehung ihres Goldenen Königs.«

»Wer widersetzt sich?«, fragte er, und doch hätte er die Antwort ahnen können.

»Die Malvenfarbigen und die Silbernen. Aber sie werden schon einlenken.«

»Das sollten sie besser, oder ich werde sie zerquetschen.« Er würde ihre Linie bis auf das letzte Ei ausrotten.

»Die Farben zu zerquetschen hat überhaupt erst zu

unserer Dezimierung geführt. Du musst stattdessen die Farben und alle anderen Kryptozoide unter deiner Fahne vereinen. Andernfalls werden die Menschen uns mühelos wieder auslöschen.«

»Wir sind nicht schwach wie unsere Vorfahren. Wir haben die gleichen Waffen wie die Menschen und können sie auch gegen sie einsetzen.«

»Hast du vergessen, wie stark sie uns zahlenmäßig überlegen sind?«

»Sie sind Schafe.« Er stand auf und schlug mit einer Faust, während er es rief.

»Schafe, die ihre Hirten abgeschlachtet haben«, schrie Anastasia zurück, als sie zu ihm herumwirbelte und ihre Augen mit grünem Feuer blitzten. Alle Drachen hatten die smaragdgrünen Flammen, wenn sie wütend waren.

Bis auf einen.

»Wir sind stärker, als wir es je gewesen sind. Sie werden nicht gewinnen.« Nicht, wenn sie noch rücksichtsloser waren. Jetzt, da sie die alten Rezepte gefunden hatten, würden sie noch größer und stärker werden.

Die Drachen würden wieder über die Welt herrschen.

Und Samael würde Anastasia zeigen, wer sie alle beherrschte.

Blitzschnell griff er nach vorn, packte die Priesterin an den Haaren und zog sie zu sich heran. So nahe, dass er gegen ihre Lippen atmen konnte. »Wir sind nicht länger schwach.« Er drehte seine Faust in ihren Locken.

Der Schmerz erregte sie nur. »Der König ist mächtig.«

Der König war es. Und der König zeigte ihr mit seinem Schwert, *wie* mächtig er war.

KAPITEL DREIZEHN

Sue-Ellen ging auf und ab. Ihre Welt war auf einen felsigen Raum reduziert worden. Steinerne Wände. Keine Fenster. Keine Luft.

So viel Gewicht hing über ihr. Kein Ausweg.

Was, wenn etwas passierte? Ein Feuer oder eine Überschwemmung oder ...

Rumpel.

Ein Erdbeben!

Herabfallender Staub war die einzige Warnung, die sie bekam, bevor der Felsen über ihr stürzte und sie zerdrückte. Er zerquetschte sie unter seinem Gewicht und –

Lippen wurden auf ihre gepresst und unterbrachen den Schrei.

Sie öffnete blinzelnd die Augen und stellte fest, dass sie nicht starb.

Okay, vielleicht doch, aber nicht durch einen Einsturz, sondern eher durch einen Schock, weil Remiel sie küsste.

Irgendwie.

Nicht wirklich. Er behielt nur seinen Mund auf ihrem.

»Wastustduda?«, murmelte sie gegen seine Lippen.

»Sie schauen zu.«

»Wer schaut zu?«

Er antwortete nicht, sondern behielt nur seinen Mund auf ihrem, während sein Haar zu beiden Seiten in einem seidenen Vorhang fiel.

Kein Wunder, dass ich träumte, das Dach sei eingestürzt. Sein Gewicht erdrückte sie praktisch. Er hatte die Hälfte seines Körpers auf sie geworfen und sie mit seiner Masse fixiert. Das Einzige, was sie trennte, war eine Decke.

Wie schade.

Was ist nur los mit mir?

Schlampe.

Dummes Gewissen.

Sie stieß ihn an und er rollte sich auf die Seite. Die Enttäuschung war sehr real.

»Wie sehen sie zu? Gibt es Kameras?« Sie neigte den Kopf zur Seite und musterte die Wände mit großem Misstrauen.

»Nicht wirklich. Glaubst du an Magie?«

Von allen Dingen, die sie an Aussagen von einem Mann erwartet hätte, gehörte das nicht dazu. »Kommt darauf an, was du mit Magie meinst. Wenn du eine gute Fee meinst, die mit einem Zauberstab wedelt und Wünsche erfüllt, dann nein. Aber es gibt Möglichkeiten, sich Kräfte zunutze zu machen.« Urgroßmutter beschäftigte sich mit den Voodoo-Künsten, und keine der Enkelinnen wagte es je, sich über die Puppen lustig zu machen, die sie ihnen gemacht hatte. Nicht, nachdem Cousine Daisy ihre Puppe für hässlich erklärt und ihr die Garnhaare ausgerissen hatte. Sie trug bis zum heutigen Tag eine Perücke.

»Keine Zauberstäbe, aber ja zu Zauberspiegeln.«

»Toll. In einem Erdloch feststecken und ausspioniert werden. Das wird ja immer besser und besser.« Sie seufzte und legte sich einen Arm über die Augen. »Ich hätte den Sumpf nie verlassen sollen. Meine Mutter hat mich gewarnt, dass die Welt kein schöner Ort ist.«

»Sie hatte recht.«

»Danke, dass du es mir unter die Nase reibst.«

»Bist du morgens immer so mürrisch?«

»Bist du immer so nervig?« Eigentlich war er das nicht. Ihre Unterhaltung war wahrscheinlich das Einzige, was sie davon abhielt, sich zu einer Kugel zusammenzurollen und zu schluchzen.

Er entfernte sich von ihr. Sofort fühlte sie sich kälter und allein.

Die Enthüllung, dass er der Junge war, wegen dem sie zurückgeblieben war, und nicht Samael, verwirrte sie immer noch. Warum spürte sie so einen Funken zwischen sich und ihm?

Als sie sich aufsetzte, öffnete sie die Augen und stellte fest, dass der Raum immer noch dasselbe schummrige Licht hatte. Dieselben Felswände. Alles war noch so, wie sie es in Erinnerung hatte – leider –, bis auf einen großen Mann.

Wo war Remiel hingegangen?

Ihr erster Gedanke war, dass er in den Grubenraum zurückgekehrt war – den, in dem sie gelandet war. Er hatte sie zurückgelassen.

Allein.

Das ist es, was ich wollte.

Nein.

Verdammt noch mal.

Sie umarmte sich selbst, während sie ängstlich auf die Wände um sie herum starrte.

Wölbten sie sich?

Ließ der Druck sie knarren und reißen?

Wimmer.

Feigheit kroch in sie hinein und umklammerte sie mit scharfen Fingern irrationaler Angst. Bevor sie sie völlig lähmen konnte, schluckte sie den Stolz herunter, den sie noch besaß, und lief zum Tunnel.

Er muss hier irgendwo sein.

Und sie brauchte ihn.

Sie stürmte durch den dunklen Korridor, ihre nackten Füße schrammten über den geglätteten Felsen, ihre Hände waren nach den Wänden ausgestreckt, um ihren hektischen Lauf zu stabilisieren.

Als sie aus dem Gang trat, befand sie sich in der Grube, und sie fuchtelte mit den Händen in dem weiten Raum herum. In dem leeren Raum, wie es schien. Wer konnte das in der Dunkelheit schon sagen?

Sie konnte nicht einmal sagen, ob sie allein war. Sie spürte kein Kribbeln des Bewusstseins. Sie hörte keinen Hauch von Geräuschen.

Sie konnte sich nur den Abgrund über ihr vorstellen, die Felswände, die sich hoch über ihr erstreckten und in Schattenschleier gehüllt waren.

Drückend.

Zerquetschend.

Dunkelheit.

In mancher Hinsicht war die Leere über ihr schlimmer als der Fels, den sie sehen konnte.

Ringsherum war das Nichts.

Sie sank auf die Knie.

Das war's. Ich bin am Ende meiner Kräfte angelangt.

Wie viel mehr wurde von ihr noch erwartet? Warum war das Leben weiterhin so schwer? Das Leben verriet sie ständig. War das zu viel verlangt? Wenn schon kein Happy

End, wie wäre es dann, nicht ständig vom Pech verfolgt zu werden?

Könnten die Dinge nicht einmal so laufen, wie sie sollten?

Könnte sie nicht ein einziges Mal ohne Angst und Sorge leben?

Seufz.

Eine Hand landete auf ihrer Schulter. Sie hatte nicht einmal bemerkt, dass Remiel sich näherte, und doch reagierte ihr Körper nicht so, wie er sollte.

Eine angemessene Reaktion wäre gewesen, zu kreischen und sich vielleicht sogar zu ducken. Stattdessen seufzte sie erneut und lehnte sich in seine Berührung.

Remiel war da, um sie zu stützen, während sie sich entspannte. Wie machte er das? Wie schaffte er es, dass sie sich sicher fühlte?

Wen interessierte das?

»Warum bist du hier draußen?«, fragte er, seine Arme um sie gelegt, um ihr auf die Beine zu helfen.

»Ich habe nach dir gesucht.« Weil er sie verlassen hatte, und aus irgendeinem Grund hatte der Gedanke sie zermürbt.

»Ich habe mich nur entschieden, mich der Badekammer zu bedienen.«

»Der … was?« Sie versteifte sich und drehte sich in seiner Umarmung um. »Willst du mir sagen, dass es hier ein Bad gibt?« Denn ihre Blase rief, und sie hatte wirklich keine Lust, sich einfach in eine Ecke zu hocken und es laufen zu lassen.

»Mehr oder weniger. Ich bringe dich hin.«

Es stellte sich heraus, dass der Badebereich von der Haupthöhle aus zugänglich war. Der dunkle Schlitz in der Wand war von einem Wandteppich bedeckt, der warme, dampfende Luft zurückhielt.

Sofort bildete sich Schweiß auf ihrer Haut. »Es ist heiß hier drin.«

»In der Höhle, in die ich dich bringe, gibt es beheizte Quellen. Die sind gut zum Baden.«

Der Tunnel, der ihr seltsamerweise keine Angst machte, da Remiel ihre Hand hielt, mündete in eine glühende Höhle. Mit glühend meinte sie, dass die Stalaktiten, die von der Decke hingen, und die Stalagmiten, die aus dem Boden ragten, farbiges Licht zu reflektieren schienen.

Rot, blau, grün. Die Farben kräuselten sich auf dem Stein, die Art von reflektiertem Licht, das von Wasser sprach. Sie konnte fließende Flüssigkeit hören, das Plätschern war deutlich.

Es verstärkte ihren Drang immens. Im Sinne von die Beine verschränken und hoffen, dass sie nicht niesen musste.

Er bemerkte es.

Wie peinlich.

»Es ist hinter dem großen Felsen da drüben.« Er zeigte auf den vorspringenden Steinturm, der so hoch aufragte, dass er den von der Decke berührte und eine Säule bildete.

Es war schwer, langsam und mit äußerster Lässigkeit zu gehen, während sie gegen das schmerzhafte Bedürfnis ankämpfte, in die Hocke zu sinken und zu pinkeln. Je näher der Fels kam, auf den er gezeigt hatte, desto schneller wurde ihr Schritt. Wie groß war dieser Raum eigentlich?

Sie bog um den Felsen herum und entdeckte schnell einen echten, aus Holz geschnitzten Toilettensitz, der auf einigen gestapelten Steinen stand, und Toilettenpapier.

Gelobt sei ein Gott, an den sie plötzlich glaubte!

Sie zog ihren Kittel hoch und stieß einen schweren Seufzer der Erleichterung aus. Das ständige Plätschern des Wassers diente als Geräuschdämpfung.

Ein wesentlich glücklicheres Mädchen gesellte sich wieder zu Remiel. Sie schlängelte sich durch die kurzen Stalagmiten auf dem Boden, wobei sie bemerkte, wie unterschiedlich sie geformt und wie einzigartig die Streifen auf jedem waren. Der ganze Stein bildete einen Garten aus Fels und Wasser, der in vielerlei Hinsicht fremdartig, aber wunderschön war.

Aber dieses unterirdische Wunder verblasste im Vergleich zum Anblick von Remiel, der bis zur Hüfte im Wasser stand.

Mit nacktem Oberkörper und langem blonden Haar, das ihm über die Schultern fiel, sah er aus wie ein Meeresgott, der aus der Tiefe aufstieg.

Sie hatte sich so angestrengt, um sich nicht in die Unterhose zu pinkeln, und machte sie trotzdem nass, indem sie ihn nur ansah.

Verdammt, er war so gut aussehend. So vertraut.

So schmerzhaft.

Sie sah ihn an und erkannte Samael.

Ich dachte, ich liebe ihn.

Sie hatte eine Lüge geliebt.

Aber Remiel ist real. Er war derjenige, den sie zuerst getroffen hatte.

Derjenige, in den ich mich wirklich verliebt habe.

Oder machte sie sich nur wieder etwas vor?

Sie wünschte sich, ihr inneres Ich würde zu ihr sprechen. Wo war die Stimme der Vernunft, an die sie sich als Kind gewöhnt hatte? Warum konnte sie nicht den Rat von jemandem haben, der eine Lüge riechen konnte? Sie brauchte jemanden, der nur ihr Bestes im Sinn hatte.

Aber ihr Alligator blieb untätig. Sue-Ellen war allein.

»Wirst du dich mir anschließen oder schmutzig bleiben?«

DIE ANKÜNDIGUNG DES DRACHEN

Die Verlockung zu baden war groß. »Ich habe keine anderen Kleider.«

»Das ist eine schlechte Ausrede. Du weißt, dass wir aus meinen Sachen etwas fabrizieren können.«

Gutes Argument, aber sie konnte es trotzdem nicht tun, nicht wenn er zusah. Sie reckte ihr Kinn. »Dreh dich um.«

Ein sehr männliches Grinsen kam zum Vorschein. »Und die Show verpassen? Ich bin nur bis zu einem gewissen Punkt höflich.«

»Ich ziehe mich nicht zu deiner Unterhaltung oder zur Unterhaltung der Zuschauer aus.«

»Keiner schaut zu.«

»Wie kannst du dir da sicher sein? Du sagtest, sie hätten magische Möglichkeiten zu spionieren.«

»Die haben sie, in dem anderen Raum, aber nicht hier. Dafür habe ich gesorgt. Keiner ihrer verzauberten Gegenstände ist hier drin, also haben wir diesen Raum für uns allein.« Er tätschelte das Wasser neben sich. »Also komm rein und ich schrubbe dir den Rücken, wenn du mir den Rücken schrubbst.«

Sie wollte mehr tun, als ihn sauber zu schrubben. Sie wollte mit ihren Händen über die glatte Haut streichen und sie schmutzig machen.

Was ist nur los mit mir?

Sie zog sich nicht aus, aber sie gesellte sich zu ihm.

Er lächelte. Ein verheerendes Lächeln. Ein Lächeln, das fiel, als sie sagte: »Wenn wir allein sind, dann ist es ein guter Zeitpunkt, unsere Flucht zu planen.«

»Daraus wird nichts. Es gibt nur einen Weg nach draußen, und den würdest du nie schaffen.«

»Du hast also alle Höhlen durchsucht? Bist durch jeden Spalt gekrochen?«

»Es gibt nur einen Spalt, der mich interessiert.«

Die Wasserwelle, die sie in seine Richtung schickte, brachte ihn nicht zum Prusten, aber er blinzelte, denn Feuchtigkeit klebte an seinen Wimpern.

»Wenn du das nicht ernst nimmst, dann hat es keinen Sinn, mit dir zu reden.« Sie drehte ihm den Rücken zu und tauchte unter, ließ sich tief ins Wasser sinken und die Wärme ihre Muskeln entspannen. Sie schloss die Augen und versuchte zu denken.

Zu denken.

Er ist direkt hinter mir.

Zu konzentrieren.

Was macht er?

Ein Plan war vonnöten.

Ich sollte planen, ihn für Informationen anzuknabbern.

Seufz.

Sie tauchte aus dem Wasser auf, ließ es von sich abperlen und spürte, wie der Schmutz der letzten Tage ihre Haut verließ.

»Jetzt, da du nicht mehr so übel riechst, bist du besser gelaunt?«

Sie drehte sich im Wasser, damit sie Remiel anfunkeln konnte. »Warst du schon immer so unausstehlich?«

»Ja. Siehst du, was du verpasst hast?«

Das tat sie. Obwohl sie mit Samael eine Verbindung – und Küsse – teilte, hatte er immer etwas Aufgeblasenes an sich. Er behandelte sie, als wäre sie weniger wert als er.

In gewisser Weise tat Remiel das auch, aber gleichzeitig tat er immer wieder Dinge, die ihr das Gefühl gaben, als –

»Lass mich runter!«, kreischte sie, als er sie in die Luft hob.

»Erst wenn du nicht mehr so ernst dreinblickst.«

»Das ist eine ernste Situation«, behauptete sie und hielt

sich an seinen Handgelenken fest, damit er sie nicht fallen ließ.

»Das ist es, und sie lässt sich nicht ändern, also gewöhne dich daran.«

»Was, wenn ich das nicht will?«

»Dann mach dich auf die Konsequenzen gefasst«, sagte er, bevor er sie warf.

KAPITEL VIERZEHN

Im Nachhinein betrachtet hätte er das wahrscheinlich nicht tun sollen. Die Frau war nicht begeistert davon, geworfen zu werden, aber ihre Wut konnte seine Verwunderung nicht durchdringen, als er sie anstarrte.

Sie stand wieder aus dem Wasser auf, klatschnass und prustend, der Kittel an jede Kurve ihres Körpers geschmiegt.

Unglaublich schön.

So verlockend ... wenn er die Wut ignorierte, die in ihrem Blick aufflammte.

»Du Idiot. Ich kann nicht glauben, dass du das getan hast.«

»Ich werde es wieder tun, wenn du weiter darauf bestehst, dass wir fliehen.«

»Du kannst mich nicht dafür bestrafen, dass ich raus will, und glaub ja nicht, dass du mich davon abhalten kannst zu suchen.«

»Such, so viel du willst. Du wirst nichts finden.« Das nahm er zumindest an. Er hatte nie wirklich angestrengt gesucht.

DIE ANKÜNDIGUNG DES DRACHEN

Wenn es einen Ausweg gäbe, würde ich ihn nehmen? Gestern hätte er noch Nein gesagt; er hatte alles, was er brauchte. Was für eine Illusion. Ihre Ankunft hatte alles verändert. Besonders jetzt, da er sich an alles erinnerte.

»Wie viele andere Höhlen gibt es?«, fragte sie.

»Dutzende, Hunderte. Der Ort ist eine Katakombe aus Tunneln, die durch Gesteinsverschiebungen, Drachenfeuer und Lava entstanden sind.«

»Drachenfeuer? Gibt es das wirklich?«

»Ja. Aber nicht alle Drachen können es. Jede Farbe hat eine andere Ausprägung ihrer Kraft. Feuer ist normalerweise eine Sache des Blutroten Septs.«

»Und was ist mit dir? Was ist deine Superkraft?«

»Ich weiß es nicht.« Eine Lüge. Seit er aufgestiegen war, hatte er im Verborgenen geübt. Er hatte mit seinen Fähigkeiten gespielt und versucht, sie zu verfeinern. Es reichte nicht aus, eine Waffe zu besitzen. Er musste auch wissen, wie man sie einsetzt. Er musste auch ihre Stärke testen.

»Samael behauptet, er könne sich unsichtbar machen. Eine Art Lichtbeugung, die es ihm erlaubt, sich unbemerkt zu bewegen.«

Faszinierend. Remiel hatte dieses Kunststück noch nicht vollbracht. »Und du hast ihn das tun sehen?«

»Nein. Aber wenn er es kann, könnte es erklären, wie mein Onkel vom Balkon gefallen ist, ohne dass jemand da war, um ihn zu stoßen.«

»Parker hat es verdient.«

»Stimmt.«

»Was kann Samael sonst noch tun?«

Sie zuckte mit den Schultern. »Ich bin mir nicht sicher. Er hat nicht viel über die Verwandlung gesprochen. Damals hat es mich auch nicht wirklich interessiert.«

Mit anderen Worten, sie war mit anderen Dingen

beschäftigt gewesen. Er runzelte die Stirn. Die Eifersucht brannte heiß. Genau wie die Wut.

Er wollte sie schütteln, weil sie nicht gemerkt hatte, auf wen sie ihre Lippen gepresst hatte. Wie konnte sie die Berührung eines anderen nicht zurückweisen?

So wie du die zurückgewiesen hast, die Anastasia zum Verführen geschickt hat?, erinnerte ihn sein heimtückisches Gewissen.

Ein Mann hatte Bedürfnisse, und zu seiner Verteidigung, er hatte gedacht, sie sei aus seinem Leben verschwunden. Sie war nicht einmal eine Erinnerung gewesen, als diese Begegnungen stattgefunden hatten.

Und doch fühlte er jetzt solche Scham.

Dann verpasste er sich im Geiste einen kräftigen Schlag. Er würde nicht anfangen, ein schlechtes Gewissen zu haben. Es blieb die Tatsache, dass sie beide der Wahrheit gegenüber ignorant waren.

Was ist die Wahrheit?

Sie gehört mir.

»Hast du daran gedacht, deine Goldenen Superkräfte zu benutzen, um hier rauszukommen?«

»Nein, denn nicht alle von uns haben es eilig zu gehen. Mir gefällt es hier sehr gut.« Er erinnerte sich nicht an viel von der Außenwelt, da er die meiste Zeit in einem Labor verbracht hatte, aber er wusste genug, um zu erkennen, dass sie für jemanden wie ihn voller Gefahren war.

Gefahr klingt nach Spaß.

Nicht so viel Spaß wie ein langes Nickerchen.

Ich wünschte, jemand würde dich fressen.

Seine innere Stimme schien ein wenig gereizt zu sein.

»Wie viele große Kammern wie diese gibt es? Ist der Raum, in dem ich angekommen bin, der einzige, der einen Schacht zur Oberfläche hat?«

»Warum ist es wichtig, ob es einen anderen Weg gibt oder nicht? Es ist ja nicht so, dass man sie bereisen kann. Du scheinst eine Abneigung gegen enge Räume zu haben, und es gibt viele kleinere Räume als diesen.«

Sie schluckte schwer. »Kleiner?« Sie richtete sich auf. »Wie auch immer. Ich sehe, was du vorhast. Du versuchst anzudeuten, dass ich zu viel Angst habe, es zu tun. Vielleicht habe ich das.« Sie neigte ihr Kinn. »Aber scheiß auf die Angst. Wenn du mir nicht helfen willst, einen Ausweg zu finden, dann finde ich ihn eben selbst.«

Welch Wagemut. Er genoss es. Er fand ihre erdrückende Angst von zuvor viel schwieriger zu handhaben. Sie sollte sich vor realen Dingen fürchten, nicht vor ungreifbaren Möglichkeiten. Wusste sie nicht, dass weniger Leute beim Höhlenforschen starben als beim Fliegen?

»Nur zu, erforsche alles. Es ist mir wirklich egal.« Es war ihm nicht egal, aber er hatte nicht vor, sie zu verhätscheln. So respektlos würde er gegenüber seinem Engel nicht sein. »Viel Glück bei der Suche nach einem Ausweg.«

»Das war's? Viel Glück?«

»Wie wäre es, wenn du mir eine Postkarte schickst, wenn du einen Weg nach draußen findest?«

Sie zog die Stirn in Falten. »Und was genau wirst du tun, während ich proaktiv bin?«

»Ein Nickerchen machen. Jemand hat mein letztes unhöflich unterbrochen.« Er ließ sich vom Wasser tragen und treiben. Mit geschlossenen Augen konnte er nicht verhindern, dass eine Welle von Flüssigkeit über sein Gesicht schwappte. Er blies sie wie ein Tümmler aus seinem Mund.

»Arschloch.« Eine weitere Welle von Wasser traf ihn in der Nase. Das Prusten und Husten zwangen ihn zum Aufstehen.

Temperamentvolle kleine Göre.

Sie zu respektieren war eine Sache, aber sie trieb es mit der Frechheit ein wenig zu weit.

Ich sollte sie daran erinnern, wer ich bin.

Das Plätschern ihrer Schritte bedeutete, dass sie fast aus dem Wasser war, als er hinschaute. Er schaute und sah, wie sich ihr Gesäß bewegte, schlank in der Form, die Taille nur eine leichte Kurve, aber er mochte die geschmeidigen Linien. Es verlieh ihr eine sinnliche Anmut.

Das ist mein.

Das war es sicherlich, aber wenn er sie berührte, würde sie ihm möglicherweise den Arm ausreißen. Sie schien im Moment nicht glücklich mit ihm zu sein.

Möge diese Wut ihr den Mut geben, den sie brauchte, um die Höhlen zu bewältigen.

»Ich spüre, dass du starrst«, sang sie über ihre Schulter. »Sieh gut hin, denn es ist das letzte Mal, dass du es siehst.«

»Ich habe nicht geguckt.« Eine Lüge. Er kniff die Augen zusammen.

»Sicher hast du das nicht. Wir sehen uns später.«

»See you later, Alligator«, rief er den Reim zurück.

Keine Antwort.

Tatsächlich konnte er sie überhaupt nicht wahrnehmen. Sicherlich hatte sie die Kammer nicht so schnell verlassen.

Ein schneller Blick umher zeigte keine Spur von ihr. Er verließ das Wasser und atmete tief ein, analysierte die Gerüche und bemerkte ihren – eine reizende Mischung aus so vielen Farben –, dann kehrte er in seinen Hauptwohnbereich zurück.

Sie war nicht weit gegangen.

Sie wird zurückkommen.

Auf keinen Fall würde sie allein losziehen. Er hatte ihr

vielleicht geholfen, einen Teil ihres Mutes wiederzufinden, aber eine Angst wie die ihre würde die wirklich engen Abgründe und die zerklüfteten, von Lava gebohrten Löcher nicht bewältigen können.

Er kehrte ins Wasser zurück, um zu baden und sich zu entspannen, das Bild der Unbekümmertheit für ihre Rückkehr.

Die Minuten tickten dahin. Er zählte sie in seinem Kopf.

Noch nicht zurück. Vielleicht lümmelte sie nackt im Bett und wartete auf ihn.

Aus irgendeinem Grund hielt er das nicht für sehr wahrscheinlich. Wahrscheinlicher war, dass sie sich einen Tunnel zum Erkunden ausgesucht hatte. Es gab ein paar Abzweigungen von der Hauptkammer, versteckt durch weitere hängende Wandteppiche. Er hasste Zugluft. Sein Handel darum mit Anastasia war es mehr als wert.

Es war dunkel in diesen winzigen Schlitzen. Hatte Engel seinen Vorrat an Taschenlampen und Batterien gefunden? Aus irgendeinem Grund schickten sie sie immer wieder runter, ohne zu merken, dass er sie eigentlich nicht benutzte.

Die Zeit tickte weiter. Sekunden, die sich langsamer bewegten als fließende Melasse.

So verdammt langsam.

Und sie kam nicht zurück. Seine Haut wurde schrumpelig, wie bei einem alten Menschen.

Sie kommt nicht zurück.

Mit dieser Erkenntnis schritt er schließlich aus dem Wasser, ein nackter Gott ohne jemanden, der ihn bewunderte.

Ohne ein Handtuch zu benutzen, stapfte Remiel zurück zu seinem Hauptwohnbereich.

Ich werde ihr nachgehen.

Nein, er würde ein ordentliches Nickerchen machen. Eine ruhige Pause.

Sie brauchte ihn nicht, um sie zu retten.

Sollte sie doch ein Abenteuer erleben, die Aussichtslosigkeit einer Flucht erkennen und verstehen, dass sie das Beste aus ihren Umständen machen mussten.

Ja, sag ihr, dass sie festsitzt, denn das ist eine großartige Art, sie in die Falle zu locken.

Es ging nicht darum, sie in die Falle zu locken.

Du lässt ihr keine Wahl.

Scheiß auf die Wahl. Er hatte noch nie wirklich eine Wahl gehabt, es sei denn, beschissen und beschissener zählte, also könnten sich diese schwachen Moralvorstellungen, die ihn nervten, bitte verpissen?

Drachen hielten sich nicht an das gleiche Mitgefühl wie Menschen und andere Kryptos. Sie waren der Mittelpunkt von allem.

Ich bin der wichtigste Drache der Welt.

Und doch war er allein.

Es war kein gutes Gefühl.

Ohne den Zauber des Vergessens erinnerte er sich an den Grund, warum er die Abmachung getroffen hatte, den Grund, warum er schließlich aufgegeben hatte.

Und die Grundlage dafür schien entschlossen, ihn im Stich zu lassen.

Sollte sie doch.

Es war ihm egal.

Es war ihm so egal, dass er sich beim Anziehen der Hose Zeit ließ. Er brauchte einige Augenblicke, um ein Hemd auszuwählen. Aber er beeilte sich, seine Schuhe anzuziehen und sein Messer zu ergreifen.

Als er an einem bestimmten Wandteppich vorbeikam,

wurde ihm klar, welchen Tunnel sie für ihre Erkundung gewählt hatte.

Schlangen waren nicht die einzigen gefährlichen Dinge hier unten. Und sein Engel hatte mächtig Angst vor –

KAPITEL FÜNFZEHN

»SPINNE!« Denn ja, das Offensichtliche laut herauszuschreien würde ihre Situation so was von verbessern.

Andererseits, wie könnte es noch schlimmer werden? Das Netz klebte an ihr und je mehr Sue-Ellen sich bewegte, desto schlimmer wurde es.

Und ich dachte, diese schmalen Tunnel, durch die ich mich kaum hindurchkämpfen konnte, wären hart.

Die Angst, die sich in ihrem Bauch zusammenzog und Schweißausbrüche bescherte, während sie sich durch diese engen Räume bewegte, war weniger schrecklich als das trapsende Geräusch, das den Raum erfüllte.

Wahrscheinlich war es ein guter Zeitpunkt, um zu bemerken, dass trapsende Geräusche, besonders in Verbindung mit ihrer derzeitigen Netzsituation, etwas Schlechtes bedeuteten. Etwas sehr Schlechtes. Das, wovor sie sich am meisten fürchtete.

Spinnen.

Man sollte sich nicht darüber lustig machen. Im Sumpf gab es einige ziemlich fiese Exemplare. Cousine Felicia fand nach dem Bissvorfall nie einen Ehemann, da die Schwellung nicht zurückging.

Nicht beißen. Oh verdammt, nicht beißen. Sue-Ellen konnte nicht anders, als zu erschaudern, und das erinnerte sie nur noch mehr an ihre Situation. Ein Mädchen, das wie ein Käfer in einem Netz steckte, das vom Boden bis zur Decke reichte.

Sie saß so fest, dass sie den Kopf nur leicht neigen konnte, um sich umzusehen. Der Strahl der Taschenlampe, die an ihrer Hand baumelte, warf mehr Schatten als dass sie Klarheit brachte. Aber das Raubtier, dem dieser Ort gehörte, hielt sich nicht an die dunklen Ecken.

Sue-Ellen war sich ziemlich sicher, dass die Spinne es genoss, ihre mehrgelenkige Extremität zu zeigen, indem sie sie ins Blickfeld rückte, wobei das grelle Licht die groben Haare daran hervorhob.

Liebe Großmutter. Bitte sag mir, dass du ein Voodoo-Heilmittel für so etwas hast.

Ein so großes und behaartes Bein bedeutete ...

Ja. Eine richtig große, hässliche Spinne.

Noch mehr ihr Höschen einnässen? Dem plötzlichen Tippen auf ihrer Schulter nach zu urteilen war sie nicht allein.

Sie stieß einen epischen Schrei aus. Einen Schrei, der die Höhle erbeben ließ.

Diese Spinnentiere hatten offenbar keine Ohren, denn sie bekamen keine plötzlichen Krämpfe, bei denen das Blut aus allen Öffnungen strömte.

Schade. Denn Sue-Ellen hatte keinen Ausweichplan. Dies war kein Traum. Sie konnte sich nicht einfach wach kneifen.

Und auf Rettung konnte sie auch nicht zählen. Remiel war ziemlich deutlich darin gewesen, dass er ihr nicht helfen würde. Selbst wenn er es wollte, hatte sie Remiel nicht gesagt, wohin sie gegangen war.

Als würde er nach ihr suchen. Sie war nichts als gemein zu ihm gewesen. Jetzt erntete sie die Belohnung.

Das Netz zitterte kaum, als sich die erste Spinne – die haarige – näherte. Die Größe der Spinne ließ ihr Herz fast stehen bleiben.

Groß konnte sie nicht einmal beschreiben.

Unnatürlich. Gegen die Ordnung der Natur. Im Ernst, so etwas Groteskes und Furchteinflößendes sollte nicht existieren.

Als die Spitze einer Klaue über ihren Unterleib glitt und einen Moment innehielt, um etwas tiefer an ihren Bauch zu piksen, hoffte sie wirklich, wirklich, wirklich verdammt auf ein Wunder.

Ein Wunder namens Remiel.

Falls du zuhörst, Remiel, ich könnte Hilfe gebrauchen.

Nichts.

Bitte.

Hörte er sie? Näherte er sich ihr gerade jetzt? Er plante seinen Angriff zeitlich perfekt.

Die Spitze des Beins schlitzte ihr Hemd auf. Da ihre Arme eingeklemmt waren, klaffte es auf. »Perverser. Du musst ein Mann sein.«

Die Spinne antwortete nicht, sondern fuhr mit ihrer Klaue über die nackte Haut.

Remiel! Sie schrie praktisch seinen Namen. *Ich brauche dich.*

Und zwar sofort.

Sie schloss die Augen und fragte sich, wie er wohl reinkommen würde. Wahrscheinlich laufend, mit einer Dose Insektenspray in der einen und einem Feuerzeug in der anderen Hand. Das ganze Netz würde in Flammen aufgehen.

Hmmm. Wenn sie es sich recht überlegte, kein Feuerzeug, er würde einfach –

Platsch. Etwas Nasses und Schleimiges traf sie, und als sie die Augen öffnete, sah sie eine klaffende Öffnung, aus der noch immer Schleim tropfte. Sie wollte lieber nicht wissen, ob es der Hintern oder der Mund war. Was auch immer es ausspuckte, es war mehr als eklig und roch widerlich.

Außerdem machte es sie glibberig. Das Gute daran war, dass es nicht brannte.

Noch nicht.

»Das wirst du noch bereuen«, fauchte sie. Angst brachte die kämpferischen Worte hervor.

Wie um zu antworten, wurde ein weiterer Schwall Glibber auf ihren Kopf geschossen. Sie schaffte es nur knapp, ihn nicht voll ins Gesicht zu bekommen, indem sie den Kopf zur Seite riss. Das schmerzhafte Ziehen an ihren Haaren ließ sie nach Luft schnappen.

Ernsthaft. So sterbe ich also? Als Jungfrau in einem Spinnennetz?

So unfair.

Warum tust du dann nichts dagegen?

Warum tat sie es nicht?

Weil ich so schwach wie ein Mensch bin.

Oder bin ich das? Es ist schon einige Wochen her, dass Parker mich das letzte Mal vergiftet hat. Wochen, in denen sie das tägliche Unterdrückungsmittel nicht bekommen hatte. Aber wenn ihre andere Seite wach wäre, hätte sie doch sicher Anzeichen bemerkt?

Ich habe ihre Stimme ein- oder zweimal gehört, glaube ich.

Nur ein- oder zweimal? Der Gedanke war ihrer und war es doch nicht.

Bist du da?

Ich war nie weg.

Wenn ihr Alligator da war, dann war sie nicht hilflos.

Du warst auch vorher nicht hilflos. Du hast überlebt. Nicht allen, die mit Parker und Anastasia zu tun hatten, ging es so gut.

Man musste sich nur Remiel ansehen.

Der arme Kerl. Sie hatte ihm die Schuld gegeben. Dem Opfer.

So ein Idiot.

Der Glibber um sie herum verhärtete sich und mehrere haarige Beine begannen, sie zu piksen. Viel zu viele Beine. Das Klacken von Mundwerkzeugen war angesichts ihres hohen Schreckpegels zu viel des Guten.

Ob sie Angst hatte oder nicht, sie würde nicht aufgeben. Ein Mercer gab niemals auf. Ein Mercer kämpfte bis zum bitteren Ende – und schummelte, wenn er konnte.

Sue-Ellen knurrte angesichts des facettenartigen, starren Blicks der hässlichsten Spinne, die sie je gesehen hatte: »*Hasta la vista*, Spinnchen!«

Es war eine schreckliche *Terminator*/Arnold-Imitation, aber sie diente als Mittelpunkt für ihren Willen. Den Willen, den sie brauchte, um etwas anderes zu werden.

Etwas Großes und Ursprüngliches.

Sie steckte ihre Hände tief in die schlafende Grube innerhalb ihres Geistes und griff nach ihrer Bestie. Die Essenz des Alligators erwies sich als schwer und träge. Wie sehr vermisste sie die Leichtigkeit, die sie einst für selbstverständlich gehalten hatte. Es war ihr einmal ein Leichtes gewesen, in ihre Gestalt hinein- und wieder herauszugleiten.

Komm schon, großes Mädchen. Sie zerrte an ihrem schlafenden Alligator. *Lass uns spielen gehen.*

Ihre andere Hälfte begann, sich in die richtige Richtung zu bewegen und in die Ritzen zu schlüpfen, die zur Kontrolle nötig waren.

So ist es brav. Komm schon, wir müssen es tun. Sie umschmeichelte ihre Bestie in dem Wissen, dass die Zeit knapp wurde, und dennoch zögerte ihr Alligator.

Vielleicht wäre es ein guter Zeitpunkt, dir zu sagen ...

Mir was zu sagen?, fragte sie sich selbst und versuchte, nicht vor Ungeduld zu knurren.

Die Dinge haben sich geändert, seit du mich das letzte Mal gesehen hast.

Wie verändert? Und war das wichtig? Sie würden die nächste Stunde nicht überleben, wenn ihr Alligator nicht handelte.

Sag nicht, ich hätte dich nicht gewarnt.

Mit einem plötzlichen Anfall von seltsamer Kraft – seltsamer, als Sue-Ellen sich erinnerte – übernahm ihre andere Hälfte die Kontrolle und sie verwandelte sich.

Körper und Gliedmaßen formten sich um, die Gelenke passten sich an, die Muskeln verdickten sich, ihre Haut verhärtete sich zu einem ledrigen Antlitz. Ihre Verwandlung drückte auf den Glibber und löste sogar Teile davon auf. Der dampfende Gestank war tatsächlich recht angenehm.

Seltsam.

Ihre Lippen verzogen sich und ihre Augen wurden zur Hälfte von Lidern bedeckt, als eine seltsame Euphorie ihre Glieder entspannte.

Ich fühle mich plötzlich verdammt viel besser. Und auch stärker. Sie lächelte, als sie mit Leichtigkeit das restliche Netz zerriss und aufstand.

Aufstand? Das war neu. Seit wann konnte ihr Alligator auf seinen zwei winzigen Hinterbeinen balancieren?

Andererseits ... Sie sah nach unten. *Ich glaube nicht, dass ich ein Alligator bin.* Ihre Gliedmaßen sahen noch immer recht lang aus, und grün.

Das meiste von ihr sah immer noch aus wie Sue-Ellen; es war nur kein Alligator. Nicht einmal annähernd, denn Alligatoren hatten keine Flügel.

»Was zum Teuf-« Sie konnte den Fluch nicht beenden, denn etwas zischte und ein spitzes Bein stach zu.

Oh verdammt, nein. Sie wich aus, so schnell waren ihre Reflexe in dieser Gestalt. Schnell genug, dass sie es schaffte, herumzuwirbeln und das Bein zu greifen.

Ein Zerren.

Ein Riss.

Ein Schrei.

Ein Lächeln, denn nun war Sue-Ellen bewaffnet. Ein riesiger Schwung und sie löste noch ein paar Gliedmaßen von ihrem Platz, was ein wenig für Bestürzung sorgte.

Zeit zum Spielen. Sie stützte das Bein auf ihre Schulter und rief: »Los geht's, Schlampen!«

Dann ließ sie ein wenig Frust ab, und für die Neugierigen: Sie war ziemlich gut darin.

Da sie mit Brüdern aufgewachsen war, wusste Sue-Ellen, wie man sich verteidigte. Sie gewann nur für gewöhnlich nicht, vor allem da ihre Brüder im Vergleich zu ihr Riesen waren. Das war bei diesen inakzeptablen Beleidigungen der Natur kein Problem.

Ihre neue Gestalt verlieh ihr Schnelligkeit und Stärke. Dazu kam eine ganze Menge Wut, und sie hatte einen nicht enden wollenden Treibstoff dafür. Ihre Frustration begann mit Samael.

»Er lügt mich an, dass er sein Bruder ist«, schnaubte

sie, während sie mit dem Bein, das sie in der Hand hielt, in ein verrücktes Auge stach.

Matsch.

Jippie!

»Was für ein nichtsnutziger Idiot!«, fauchte sie. Aber andererseits, war Remiel so viel besser? »Frauenfeindliches Schwein. Sagt mir, dass ich für immer mit ihm zusammen sein muss. Ha.« Wusch. »Ich bin diejenige, die das entscheidet.« Schlitz.

Und immer noch beim Thema Remiel. »Ich kann nicht glauben, dass er nicht einmal versucht zu fliehen.«

Reiß.

Sie ließ ihre frische Waffe baumeln und wandte sich an die Spinne, die nun wesentlich weniger Beine hatte. »Andererseits würden manche sagen, es ist schmeichelhaft, dass er mit mir hierbleiben will.«

Ein zufälliger Gedanke durchzuckte sie und sie runzelte die Stirn. »Aber will er mich nur, weil er keine anderen Aussichten hat?«

Für einen Mann, der nicht gerade die Auswahl bei den Frauen hatte, hatte er sicherlich kein Problem damit, sie zu vergraulen.

Während sie darüber nachdachte, versuchte die Spinne, sich zurückzuziehen, aber sie stürzte sich auf sie und packte sie an einem haarigen Bein. »Oh verdammt, nein. Du gehst noch nicht. Ich bin mit meinen Problemen noch nicht fertig.«

Das Spinnentier zerrte und opferte ein weiteres Bein, bevor es davonhuschte. Sein armer Begleiter lag regungslos auf dem Boden.

Remiel wählte diesen Moment, um einzutreten, und betrachtete die Leiche, sie, sowie den Haufen Beine, der um sie herumlag.

»Wird auch Zeit, dass du kommst«, schnauzte sie, wobei die Worte mit ihrer gespaltenen Zunge seltsam klangen.

»Hast du mich vermisst?«

»Nein!« Ja. Sie funkelte ihn an.

Er rümpfte die Nase. »Du brauchst noch ein Bad.«

Sie warf ihm das Bein wie einen Speer an den Kopf.

KAPITEL SECHZEHN

»Fffick dich! Dussseliger Mann.« Ihre Worte waren gelispelt, da ihre gespaltene Zunge diese menschlichen Wörter anders aussprechen musste. Er fand es niedlich, wenn auch ein bisschen vulgär.

»Aber, aber, Engel, es gibt keinen Grund, unhöflich zu sein.«

»Du bist zu spät gekommen.«

»Wie kommst du darauf, da wir nie eine Zeit für ein Treffen ausgemacht haben?«

»Ich habe dich gebraucht.«

»Ich bin schon eine Weile hier. Ich wollte nicht stören.«

»Ich hätte Unterssstützung gebrauchen können.«

»Sieht mir nicht danach aus.« Er betrachtete die Sauerei auf dem Boden. »Und ich wollte mir nicht den Vorwurf des Sexismus gefallen lassen. Alles, was ich kann, kannst du auch.«

»Der Ausdruck issst *kann ich bessser*.« Sie sagte es mit einem wütenden Lispeln.

»Jetzt bist du einfach nur albern.«

»Wage es nicht, mich zu bevormunden. Vergiss, was ich

gesagt habe. Ich habe dich nicht gebraucht. Ich hatte die Situation vollkommen unter Kontrolle.« Je mehr sie sprach, desto mehr kamen ihre Worte heraus, wie sie sollten.

»Du denkst, du hattest die Sache im Griff? Heißt das, ich hätte die da draußen in Ruhe lassen sollen?«

Ihre Nasenflügel blähten sich auf. »Es gibt noch mehr?«

Er lächelte, wie ein Raubtier, das die Beute erlegt hatte. »Nicht mehr.«

»Nun, so schlimm können sie nicht gewesen sein, da du dich um sie gekümmert hast, ohne dich schmutzig zu machen.« Sie warf einen verächtlichen Blick auf seine Kleidung.

Prinzessssin.

Er hätte schwören können, dass er das gelispelte Kichern in seinem Kopf hörte – aber es war nicht seine Stimme.

Sie fuchtelte mit einer Hand vor ihm herum. »Zieh dein Hemd ausss und dreh dich um.«

»Warum?«

»Gib mir dein Hemd.« Sie streckte ihm die Hand entgegen.

»Aber du bist dreckig.«

Sie funkelte ihn an.

Die Hitze dieses Blicks erwärmte nur sein seit Kurzem träges Blut. Er fragte sich, wie heiß ihr Starren werden konnte. »Und du stinkst.«

»Zwing mich nicht, dich zu töten«, knurrte sie. »Esss war ein harter Tag.«

»Hey, gib nicht mir die Schuld«, sagte er, während er sein Hemd auszog. »Ich habe dir gesagt, du sollst nicht auf Erkundungstour gehen.« Er warf es ihr zu, bevor er sich umdrehte. Sie jetzt noch mehr zu verärgern könnte gefährlich für seine Gesundheit sein.

»Du.« Pause. »Bist.« Die Tonlage der Stimme änderte sich. »Der lästigste Mann.« Der liebliche Ton seines Engels kehrte zurück. »Überhaupt.«

»Ich bin nicht lästig. Du hast nur nicht den richtigen Respekt für jemanden von meinem Format.«

»Respekt? Ich hätte eine höhere Meinung von dir, wenn du nicht ein Feigling wärst, der in seiner Höhle schläft.«

Feigling? Er richtete sich auf. »Ich habe vor nichts Angst.«

»Doch, das hast du. Warum würdest du dich sonst hier unten verstecken? Und bevor du antwortest, ja, du versteckst dich.«

»Du verstehst nicht.«

»Dann sag es mir.«

»Ich lasse mir nichts befehlen.«

»Warum willst du es mir nicht sagen?«

»Warum bist du geblieben?« Er drehte den Spieß um. »Du wurdest nicht in einem Käfig gehalten. Du konntest dich in der Oberwelt frei bewegen. Warum bist du nicht geflohen? Hast dich nicht versteckt?« Denn wenn sie gegangen wäre, hätte er es vielleicht auch tun können.

»Ich bin deinetwegen geblieben.« Sie biss sich auf die Lippe. »Zumindest am Anfang bin ich das. Ich wollte dich retten.« Sie ließ die Schultern sinken. »Und doch konnte ich es nicht.«

Ein Teufelskreis. Weil sie nicht gegangen war, hatte Parker Sue-Ellen gegen Remiel benutzt. Aber das war nicht ihre Schuld. Wer hätte schon wissen können, wie viel sie ihm bedeuten würde?

»Du bist also geblieben, um mich zu retten, und dann warst du zu sehr damit beschäftigt, meinem Bruder schöne Augen zu machen, würde ich wetten, um auch nur daran zu denken wegzulaufen.«

»Lass es nicht so klingen.«

»Wie denn? Als wolltest du mit ihm zusammen sein?«

»Weil ich dachte, er wäre du. Und weißt du, was das Schlimme daran ist? Weißt du das?« Sie war nahe herangekommen, während sie ihn anschrie, nahe genug, um ihm in die Brust zu stoßen. »Das Schlimme ist, dass ich vom ersten Moment an wusste, dass mit Samael etwas nicht stimmt. Etwas, das sich nicht richtig anfühlte. Aber zu diesem Zeitpunkt hatte ich das Gefühl, es mit ihm versuchen zu müssen, weil ich mein Leben für dich aufgegeben hatte.«

Was für ein Zufall, da er seins aufgegeben hatte. Sie wusste es nur nicht.

Er griff nach ihr, packte sie um die Taille und zog sie nahe an sich heran, nahe genug, dass sein eigenes Hemd seine Haut streifte, und der ranzige Geruch der toten Spinne machte den Moment zu einer ansteckenden Herausforderung.

»Ich würde dich jetzt küssen, aber ...«

»Aber was?«, sagte sie, die Augen halb geschlossen, den Mund geöffnet.

»Du stinkst wirklich.«

»Argh!« Sie schlug ihn. Nicht so fest, dass es wehtat. Außerdem begann sie wieder zu schimpfen. »Ich hasse dich. Du hast mich offensichtlich nie gebraucht, und ich brauche dich auch nicht. Warum gehst du also nicht zurück in deine kleine Höhle und ich suche mir einen Ausweg, auch wenn ich dafür graben muss.«

Obwohl sie das Gegenteil behauptete, merkte Remiel, dass sie es nicht ernst meinte. Sie war froh, dass er gekommen war, um sie zu finden. Er konnte es ihr nicht verübeln. Auf einer Skala von eins bis zehn für Großartigkeit rangierte Remiel ziemlich weit oben.

Er war sogar so großartig, dass er sie trotz ihres vehementen Ausrufs, dass sie gehen könne – und ungeachtet ihrer albernen Drohung, ihm die Kronjuwelen abzuhacken –, über seine Schulter warf, seine saubere Haut den Spinnengedärmen opferte, die noch an ihr hingen, und sie zu den heißen Quellen zurückführte.

Sie schimpfte weiter. Er ließ sie gewähren. Es zu hören bedeutete, dass sie ihr Abenteuer heil überstanden hatte, aber es war knapp gewesen.

Es war schon eine Weile her, dass er diesen Abschnitt der Tunnel zum Vergnügen gesäubert hatte. Lange genug, dass die Spinnentierkolonie recht groß geworden war. Offensichtlich bündelten sie ihre Kräfte und ihre Anzahl, bis sie in Massen angreifen konnten.

Er schätzte es, dass sie die Falle ausgelöst hatte, indem sie sich selbst als Köder anbot. Während sie den Spinnenkönig und die Spinnenkönigin beschäftigte, hatte er sich um den Schwarm von Jungtieren gekümmert, die in den Gängen auf das Abendessen warteten.

Als er schließlich nach ihr sah, hatte er allerdings nicht erwartet, dass sie auf zwei Beinen ging, während sie sich in Hybridgestalt befand.

»Also, was ist mit deiner Gestaltwandler-Seite? Ich dachte, du wärst ein Alligator«, sagte er, denn vielleicht war er nur ein armer, dummer Labordrache, aber waren Alligatoren nicht lange und schmale Kreaturen mit kurzen Gliedmaßen, langen Schnauzen und, oh ja, ohne Flügel?

Sue-Ellen hatte Flügel. Und zwar ziemlich große. Sie sah eher wie ein Wyvern als ein Alligator aus. *Aber sie riecht wie ...* Sicherlich bildete er sich jegliche Vertrautheit ein.

»Ich bin ein verdammter Alligator. Oder zumindest war ich mal einer. Ich weiß nicht, was zum Teufel ich in der Höhle war.«

»Ich nehme an, das ist das erste Mal, dass dir Flügel gewachsen sind.«

»Ja, und dass ich auf zwei Beinen laufe. Auf Beinen! Ich hatte sogar Brüste.«

Die Bemerkung über die Brüste hätte eigentlich eine nähere Betrachtung verdient, aber er blieb bei dem aktuell ernsteren Thema. »Hat dein Onkel an dir experimentiert?«

»Ein wenig. Er sagte, er wolle nicht viel mit mir machen, weil er mein Blut und andere Gene rein halten wollte. Anscheinend ist die Mercer-Linie genetisch sehr gut für Experimente geeignet. Also hat er meine rein gehalten, abgesehen von den Drogen, mit denen er meine andere Seite unterdrückt hat.«

»Er hat mehr getan, als sie zu unterdrücken. Er hat dich verändert.«

Sie wirkte nicht mehr so überrascht und überlegte laut: »So wie er meinen Bruder Brandon verändert hat.«

»Was hat er mit deinem Bruder gemacht?« Es dauerte ein paar Augenblicke, bis sie erzählen konnte, was mit Brandon geschehen war, während er sie durch die Tunnel zurück zu den Hauptgängen trug, in denen er lebte.

Kurz gesagt, Parker hatte ihm bestimmte genetische Merkmale eingeimpft, und die hatten sich durchgesetzt. Brandon wurde das, was sie einen fliegenden Echsenmann nannten. Aber es stellte sich heraus, dass Brandon mehr als das war. Er war ein Drache, ein sogenannter nicht aufgestiegener Drache. So ähnlich wie ein Wyvern, nur cooler. Das Erstaunliche an der Geschichte war jedoch nicht Parkers Fähigkeit, das Erbgut eines Gestaltwandlers so gründlich zu verändern, sondern die Tatsache, dass er es tatsächlich geschafft hatte, einen Alligator in einen Drachen zu verwandeln.

Was natürlich dazu führte, dass Sue-Ellen ihn fragte, als

er sie auf ihre Füße setzte, die Arme vor der Brust verschränkt: »Bedeutet die Tatsache, dass ich Flügel habe, dass ich auch ein Drache bin?«

Er zuckte mit den Schultern. »Ich weiß es nicht.«

»Was meinst du damit, du weißt es nicht? Kannst du diese Dinge nicht riechen oder so? Es ist ja nicht so, dass ich mich selbst riechen kann.«

»Ich kann dich unter diesem Gestank auch nicht riechen.«

Ihre Augen wurden schmal. »Ich hab's kapiert. Ich brauche ein Bad«, schnauzte sie und ging ins Wasser. Sie behielt das Hemd zunächst an, wobei das Wasser es durchsichtig werden ließ. Es klebte einen Moment lang an ihrem Körper, bevor sie es auszog und zur Seite warf, um es an der Oberfläche treiben zu lassen.

Die Versuchung, sich ihr anzuschließen, war groß. Der gesunde Menschenverstand sagte ihr, dass sie noch nicht bereit für ihn war. Der gesunde Menschenverstand brauchte wirklich einen Tritt in den Hintern.

»Vergiss nicht, Seife zu benutzen.«

Sie zeigte ihm den Mittelfinger und er lachte. Er zog sich ebenfalls aus, um ihr hinterherzuwaten.

Sie ging so weit hinaus, dass ihr das Wasser bis zur Mitte der Brust reichte. Sie tauchte unter, bis sie vollständig unter Wasser war.

Er konnte nicht anders, als näher an sie heranzurücken und unter die Oberfläche zu sinken, und das nicht nur wegen des Glibbers, der ihn bedeckte.

Sie zog ihn an.

Engel war ein heller, leuchtender Schatz, der schrie: *Ich habe eine Zukunft.*

Wenn sie das jetzt nur auch spüren würde.

Warum war sie so besessen von der Flucht? Sie

befanden sich in einem unterirdischen Höhlensystem mit heißen Quellen.

Allein.

Er hatte sie mit seiner epischen Nacktheit beglückt.

Sie beglückte ihn mit ihrer noch fantastischeren Nacktheit.

Sie waren beide sauber. So wunderbar sauber.

Warum sollten sie fliehen? Sah sie denn nicht, was für eine perfekte Welt sie hier unten zusammen haben konnten? Nur er und sein Engel. Sie konnten sich ein ruhiges Leben aufbauen, ohne dass Außenstehende versuchten, es zu stören.

Vielleicht musste sie die Vorteile erkennen. Er könnte ihr ein paar Luxusgüter besorgen. Was die Sache anging, wie er dafür bezahlen würde ...

Anastasia würde sich ins Höschen machen, wenn sie herausfand, dass Remiel bereit war, etwas von seiner besonderen Essenz auszuhandeln, um Schmankerl wie eine richtige Matratze zu bekommen. Ein paar Kleider. Eine Dienstmädchenuniform samt Strumpfband. Einen Mixer, damit Sue-Ellen ihm Kuchen backen konnte.

Er würde ein perfektes Heim für sie schaffen. Er musste sie nur glauben lassen, dass es damit begann, ihre Pläne zu zerschlagen. »Wir können nicht fliehen.«

»Können nicht?« Sie zog eine Augenbraue hoch. »Das scheint ziemlich absolut zu sein.«

»Weil es so ist.«

»Hast du es überhaupt versucht? Ich meine, ich konnte heute kilometerweit reisen«, in Wirklichkeit etwa so weit, wie ein Fußballfeld lang ist, »und es gab immer noch Unmengen von Tunneln zu erforschen.«

»Der Ort ist davon durchzogen. Vielleicht kämst du

irgendwann raus, aber warum solltest du dir die Mühe machen?«

»Weil normale Leute nicht in Höhlen leben.«

Im Nachhinein betrachtet war: »Keine Sorge, du wirst dich daran gewöhnen«, wahrscheinlich nicht die Antwort, die sie erwartet hatte.

Zu seiner Verteidigung sei gesagt, dass alles Blut in seinem Kopf gen Süden schoss, als sie sich im Wasser umdrehte. Sie war aus der Tiefe aufgetaucht, eine nasse Nymphe mit einer Haut, die weicher war als alles andere, der Arm über ihren Brüsten verdeckte sie nur knapp, die Kurven spähten dennoch hervor.

Sie war so schön und er betete sie mit seinem Blick an. Überflutete sie mit seiner glühenden Bewunderung.

Sie schnippte mit den Fingern. »Hörst du ein Wort von dem, was ich sage?« Sie klang ein wenig schroff.

Dagegen hatte er ein Mittel. Es würde ihnen beiden helfen. »Hatte irgendetwas von dem, was du gesagt hast, mit deinem Mund auf meinem Körper zu tun?«

»Nein.«

»Mit meinem Mund auf deinem?«

»Nein.«

»Dann habe ich keine Ahnung, was du gesagt hast, und es ist mir auch egal.« Es war ihm wirklich egal. Sie raubte ihm den Verstand.

»Du bist so ein Mann!«

»Ja.« Wurde auch Zeit, dass sie das bemerkte.

»Das war kein Kompliment.« Sie grummelte es, aber sie konnte die Röte in ihren Wangen nicht verbergen. »Wir müssen einen Plan machen, wie wir hier rauskommen. Ich kann nicht bleiben, Remiel.« Sie sah sich um und zitterte, bevor sie sich umarmte. »Ich kann einfach nicht.«

Als er ihre blassen Gesichtszüge betrachtete, in denen die Angst deutlich zu erkennen war, wurde es ihm klar.

Sie hat recht. Wir müssen gehen. Sie gehört in den Sonnenschein, mit all den frischen Düften, die er mit sich bringt.

Sue-Ellen verdiente nur das Beste, und es war seine Aufgabe, ja, seine *Pflicht*, es ihr zu geben.

Es gibt so viele Dinge, die sie verdient, und ich sollte derjenige sein, der sie ihr gibt.

Und das meinte er auf die schmutzigste Art und Weise, die möglich war.

»Ich werde dich hier rausbringen.«

»Ist das dein Ernst?« Die Hoffnung in ihren Augen war jede Anstrengung wert.

»Ja. Ich bin ein Mann, der sein Wort hält.«

»Ich danke dir.«

»Wie dankbar bist du?« Er schlang einen Arm um ihre Taille und zog sie an sich.

Sie schnappte nach Luft. »Was tust du da?«

Er tat, was er hätte tun sollen, als er sie zum ersten Mal gesehen hatte. »Das Geschäft besiegeln.« Er neigte den Kopf und küsste sie, diesmal ein richtiger Kuss. Ein Zusammentreffen von Lippen, weich und geschmeidig auf seinen harten.

Sie zog sich nicht zurück. Sie öffnete ihre Lippen und er spürte den warmen Hauch ihres Atems. Ihre Essenz trat ein. Er spürte, wie sie ihn berührte, in ihn eindrang.

Er hieß sie willkommen. Er ließ die Spitze seiner Zunge das Innere ihres Mundes kosten. Sie gab ein Geräusch von sich, ein leises Grunzen der Lust.

Er drückte sie, vielleicht ein wenig zu fest.

»Ganz ruhig«, sagte sie mit einem leisen Lachen.

»Ich muss mir merken, bei dir vorsichtig zu sein.«

»Du sagst das so, als würden wir eine Weile zusammenbleiben, aber wir kommen hier raus, oder?«

»Das ist Teil der Abmachung, ja.«

»Sobald wir hier raus sind, kannst du dich mit jedem verabreden, mit dem du willst. Ich bezweifle sehr, dass du mit einem Sumpfmädchen zusammenbleiben willst.«

»Du bist jetzt mehr als ein Alligator, Engel. Ich habe deine neue Gestalt gesehen.«

»Danke für die Erinnerung, dass ich ein Freak bin, während du ein Drache bist.«

»Welchen Teil von *es ist mir egal* verstehst du nicht?«

»Den Teil, der besagt, dass sie es niemals erlauben werden, egal was du willst.«

»Du denkst, sie können mir sagen, was ich tun soll? Ich bin ein Gefangener, festgehalten von meiner eigenen Art. Wenn ich fliehe, glaubst du wirklich, dass ich mich um ihre Regeln schere?« Er beugte sich zu ihr und spürte, wie das Feuer in ihm hell aufloderte. Er fragte sich, ob es sich in seinen Augen zeigte. »Ich werde tun, was ich verdammt noch mal will.«

»Du kannst es besser haben.«

»Ich will dich. Ich wollte dich, seit ich dich das erste Mal gesehen habe. Also gewöhn dich daran. Zusammenbleiben ist Teil der Abmachung.«

»Welcher Abmachung? Ich habe nichts zugestimmt.«

Das war es, was sie dachte. Sie würde es bald lernen. »Die Abmachung ist, dass ich dich aus diesem Gefängnis befreie und du für immer und ewig bei mir bleibst.«

Sie legte die Stirn in Falten. »Bittest du mich darum, dich zu heiraten?«

Bitten? Prust. »Ich sage es dir eher. Wir werden heiraten. Oder uns paaren. Nenn es, wie du willst. Wir werden eine Art legale Bindungszeremonie durchführen, um sicherzustellen, dass es keinen Zweifel daran gibt, zu wem du gehörst.«

»Du willst mich heiraten.« Sie schien sich mit dem Konzept schwerzutun.

»Ja, obwohl es angesichts deines Status nur noch eine Formalität ist.«

»Welcher Status?«

»Als mein Hort.«

»Welcher Hort? Ich dachte, du hättest gesagt, sie hätten deinen genommen.«

»Haben sie auch. Aber jetzt habe ich ihn wieder.«

Sie blinzelte. Schüttelte den Kopf. »Ich komme nicht mit. Oder ich habe das falsch verstanden, denn ich glaube, du hast gerade angedeutet, dass ich Teil deines Hortes bin.«

»Nicht Teil davon. Du *bist* mein Hort. Das Einzige von Wert, das ich je hatte. Das Einzige, was ich je wollte.«

Es war ein Eingeständnis, von dem er erwartet hatte, dass es sie verblüffen würde. Sicherlich verstand sie die große Ehre, die er ihr erwies.

Stattdessen gab sie ihm eine Ohrfeige und ging weg.

KAPITEL SIEBZEHN

Bei seinem freimütigen Geständnis brannten ihr Tränen in den Augen.

Ich bin seiner so unwürdig.

Und doch sah Remiel in Sue-Ellen die Summe von allem.

Es war die ultimative Schmeichelei – und die beängstigendste Sache überhaupt.

Sie wusste genug über Drachen, um zu wissen, welche Art von Vorrat sie in ihren Hort legten. Die meisten Drachen neigten dazu, sich auf eine Sache zu konzentrieren, die sie vor allem sammeln mussten. Manche sammelten alte Münzen. Samael war besessen von den Originalbüchern von Dungeons & Dragons.

Aber Remiel? Er hatte nur sie. Mann, was wurde er über den Tisch gezogen.

Schwachsinn. Ihre Mutter hatte keinen Schwachkopf großgezogen. Männer würden für Sex alles sagen. Er hatte das nur gesagt, um ihr an die Wäsche gehen zu können.

Wäsche? Moment mal, sie trug gar keine. Auch kein Hemd.

Sie erstarrte mitten im Schritt, weshalb ihr nicht die Aussage »Netter Hintern« entging.

Ihre Wangen brannten und sie wünschte sich etwas, um sich zu bedecken.

Warum?

Ihm gefiel, was er sah? Dann sollte er doch schauen.

Sie schüttelte ihr Haar und machte sich mit schwingenden Hüften wieder auf den Weg.

Kaum hatte sie sich durch den Vorhang geduckt, der zur Hauptkammer führte, war Remiel schon bei ihr, sein Körper um den ihren geschlungen. Irgendwie schaffte er es, sie zu dem behelfsmäßigen Bett zu bringen und sie unter der Decke zu verstecken.

»Hast du die Zuschauer vergessen?«, zischte er.

Das hatte sie tatsächlich, aber viel interessanter war seine Reaktion. Er hatte Eifersucht gezeigt. Süße, heiße Eifersucht.

Die Erkenntnis war berauschend – und erregend. Aber sie durfte sich davon nicht ablenken lassen. Durfte sich nicht von ihrem Vorhaben abbringen lassen.

Sie sollte die Gelegenheit nutzen und hoffen, dass Samael zusah. Würde er auch eifersüchtig sein?

Um sicherzugehen, schlang sie ihre Arme um Remiels Hals und zog ihn zu sich herunter.

Er grummelte. »Was tust du da?«

»Pst, Süßer. Spiel einfach mit«, flüsterte sie an seinen Lippen.

»Mitspielen bei was?«

Sein Körper bedeckte sie regelrecht. Haut an Haut. Glühend heiße Haut. Lieber Gott, so viel Fleisch, das ihres berührte. Ihr Körper wurde warm. Sie kribbelte, als die Erregung ihren Körper durchströmte.

Aber sie musste mit ihrem Plan fortfahren, dem Plan,

Samaels Aufmerksamkeit zu erregen. Sie kuschelte sich an Remiels Wange und atmete seinen Duft ein. »Entspann dich und tu so, als würdest du dich amüsieren. Das ist Teil des Plans.«

»Welches Plans?«, fragte er mit zusammengebissenen Zähnen. »Mich verrückt zu machen?«

»Tue ich das?« Sie wand sich an ihm. Sie konnte spüren, wie sich der Beweis seines Verlangens heiß gegen sie presste.

»Ich warte schon seit Ewigkeiten auf diesen Moment.«

»Während ich dachte, ich bekäme meinen Moment.« Sie seufzte gegen seine Lippen. »Es tut mir leid, dass ich den Unterschied nicht erkannt habe.«

»Kannst du ihn jetzt erkennen?«, fragte er, bevor er an ihren Lippen knabberte.

»Ich werde mich nie wieder täuschen lassen.« Sie rieb ihre Nase an seiner. »Aber das bedeutet nicht, dass ich mit dir zusammen sein kann. Dass wir zusammenkommen, fühlt sich nicht richtig an. Du kannst mir nicht sagen, dass es für dich in Ordnung ist, dass ich fast mit deinem Bruder geschlafen hätte.«

»Nein.« Seine Augen blitzten auf. »Aber du wusstest es ja nicht besser. Also werde ich dir dieses eine Mal verzeihen.«

»Wie großmütig von dir«, war ihre trockene Antwort. »Es ändert trotzdem nichts. Ich weiß nicht, was ich will. Alles, was ich kannte, wurde auf den Kopf gestellt. Ich kann nicht einmal vorhersagen, was morgen mit mir geschehen wird, also kannst du nicht verlangen, dass ich einer ungewissen Zukunft zustimme.«

»Ich habe dir gesagt, dass ich uns hier rausholen werde.«

»Für einen hohen Einsatz.«

»Alles andere wäre es nicht wert.«

»Wenn es dir ernst damit ist, uns hier rauszuholen, wie lautet dann dein Plan?«

»Kann ich es nicht zeigen, anstatt es zu erzählen?« Seine Worte strichen warm über sie hinweg.

»Rummachen ist kein Plan.«

»Für dich vielleicht nicht.«

Sie unterdrückte ein Lächeln. Es war so schwer, ihm zu widerstehen. Sein Charme war so arrogant, und doch gab er ihr das Gefühl, begehrt zu werden. Doch jetzt war nicht der richtige Zeitpunkt für sie, sich zu vergnügen. Sie waren technisch gesehen nicht allein.

»Tu so, als würdest du mich wieder küssen.«

»So tun? Ich tue nicht nur so, Engel.« Das Wort wurde gegen ihre Lippen gehaucht, bevor sie den brennenden Abdruck seines Mundes auf ihrem spürte.

Mein Engel.

Die Worte hallten in ihrem Kopf nach.

Hatte er es gesagt?

Er küsste sie und gab ihr wesentlich mehr Begeisterung und Zunge, als ein vorgetäuschter Kuss brauchte. Aber je echter er wirkte, desto besser.

Und es war ein wirklich guter Kuss.

Die Berührung seines Mundes auf ihrem entflammte sie auf eine Weise, die sie sich nie hätte vorstellen können. Es war nicht so, dass sie noch nie geküsst worden wäre. Die winzigen Erregungsschübe, die sie bei Samael verspürte, hatten nie dazu geführt, dass sie nach ihm krallen und ihn näher zu sich ziehen wollte.

Als Remiel seine Umarmung vertiefte, wollte sie sich um ihn wickeln. Ihn in sich haben. Dass er sie beansprucht, so wie ein Mann seine Frau beansprucht.

Warum darauf warten, dass er mich beansprucht? Ich sollte ihn zu Meinem machen. Mein Ssssschatz.

Sie erstarrte. Jetzt klang sie wie Samael. Remiel zu besitzen kam nicht infrage.

Sie zog sich zurück und er protestierte mit einem Knurren.

»Komm wieder her.« Er öffnete die Augen und sie loderten, das Gold in ihnen war ein feuriger Sturm.

»Wir müssen aufhören.«

»Du hast damit angefangen.«

»Ich denke, wir haben genug für alle Zuschauer getan.«

»Scheiß auf das Publikum. Was ist mit mir?« Es war so männlich, so etwas zu sagen, und das Reiben seines Körpers an ihr, der harte Druck seiner Erektion gegen ihren Schamhügel, war so unglaublich gut.

Bevor sie etwas erwidern konnte, rollte Remiel sie und schaffte es irgendwie, sie in eine Decke zu hüllen, bevor er von ihr heruntersprang. Sue-Ellen starrte auf seinen nackten Hintern, als er sich von ihr entfernte und in den Kleiderstapeln wühlte.

»Was ist los?«, fragte sie. Denn sie war zwar nicht sehr erfahren, aber selbst sie wusste, dass ein Kerl, der so erregt war wie er, nicht einfach plötzlich aufhörte. »Was machst du da?«

»Ich ziehe mich an.«

Warum? Noch vor wenigen Sekunden schien er nur allzu begierig darauf gewesen zu sein, Dinge zu tun, die nur nackte Leute tun konnten. Hatte sich in der letzten Minute etwas geändert, das sie nicht mitbekommen hatte?

Er schlüpfte in eine Trainingshose und zog sie über seinen prallen Hintern. Dann drehte Remiel sich um und blendete sie mit seinen ausgezeichneten Bauchmuskeln, was dazu führte, dass sie die geworfenen Sachen übersah und sie ihr fast ins Gesicht schlugen. Schnelle Reflexe hielten sie auf.

Seine Hektik erwies sich als ansteckend und sie beeilte sich, die Kleidungsstücke unter dem Schutz der Decke anzuziehen. Sobald sie aufhörte, sich zu winden, bemerkte sie, dass er ihr die Hand hinhielt.

»Kommst du mit?«, fragte er.

»Wohin?« Selbst wenn er sagte, ans Ende der Welt, würde sie ihm vielleicht einfach folgen.

»Zur äußeren Grubenhöhle. Dein Plan hat funktioniert. Wir haben Post.«

Post?

Neugierig, und besorgt, dass er ohne sie gehen würde, nahm Sue-Ellen seine Hand und ließ sich von ihm auf die Füße ziehen. Das Hemd, das sie sich geliehen hatte, hing ihr fast bis zu den Knien, und doch fühlte sie sich entblößt, was dumm war. Sie hatte sich schon wesentlich unanständiger angezogen als jetzt – aber da war sie sich ihres Körpers und der Tatsache, dass er ihn begehrte, noch weniger bewusst gewesen.

»Nimm meine Hand, wenn du denkst, du hättest Angst«, sagte er und schlang seine Finger um die ihren.

Ihre frühere Wanderung durch die Tunnel hatte sie von einem Großteil der Angst befreit, aber das hielt sie nicht davon ab, ihre Finger fest zu verschränken.

Er führte sie durch den Tunnel und hielt die Angst vor einem Einsturz, der sie das Leben kosten könnte, in Schach.

Sie traten in den Grubenbereich ein, der bis auf einen einzigen Lichtimpuls noch immer so dunkel war wie zuvor.

»Was ist das?«, flüsterte sie.

»Wahrscheinlich eine Nachricht von meinem Bruder. Er ist zu sehr ein kleiner Salamander, um mich selbst zu besuchen.«

DIE ANKÜNDIGUNG DES DRACHEN

Remiel hielt seine Finger mit ihren verschränkt, als sie sich dem blinkenden Signalfeuer näherten. Er beugte sich vor und griff mit der freien Hand nach etwas.

Klick. Ein heller Strahl schoss heraus und verschmolz zu einer Gestalt. Einer vertrauten Gestalt, mit kurzen Haaren. Fast ein Spiegelbild. Die Gesichtszüge identisch. Es löste in ihr den Wunsch aus, dieses Lied von Eminem über *The Real Slim Shady* zu singen. Mit ein paar Kilogramm mehr auf den Rippen wäre es schwer, die beiden Brüder zu unterscheiden, wenn sie nebeneinanderstünden.

Das holografische Bild starrte auf einen Punkt links von und über ihnen. »Da bist du ja, Bruder. Immer schwer von Begriff.«

»Redet er tatsächlich mit dir?«, keuchte sie.

»Stell dir vor, es ist ein virtueller Skype-Anruf, nur dass er uns nicht sehen kann.«

»Er kann also nicht sehen, wie ich das mache?« Sie zeigte zwei tödliche Mittelfinger. Es half der Situation nicht, fühlte sich aber gut an.

»*Er* kann dich hören, Schatz«, antwortete der 3D-Geist Samael.

»Nenn mich nicht so. Ich bin nichts für dich.«

»Bist du wütend, dass ich dich mit meinem ungehobelten Bruder in das Loch gesteckt habe?«

»Ich bin wütend, dass ich dich nicht abgestochen habe.«

»Das ist hart.« Samael fasste sich an die Brust. »Und das nach allem, was wir uns vor Kurzem noch bedeutet haben.«

»Was willst du?«, warf Remiel ein. »Du rufst doch sonst nicht umsonst an.«

»Ich nehme Sue-Ellen zurück.«

»Nein, das tust du nicht. Sie gehört mir.«

»Du hast sie aufgegeben.«

»Ja, und als Gegenleistung sollte sie in Sicherheit bleiben und ich sollte vergessen.«

Er hatte was getan? Sue-Ellen hörte zu und versuchte, es zusammenzusetzen.

»Diese Abmachung ist nicht mehr in Kraft. Unter dem neuen Regime, meinem Regime, sollte ich hinzufügen, bist du im Großen und Ganzen nicht mehr wichtig. Aber ich habe immer noch eine Verwendung für sie.« Samael grinste.

»Du bekommst sie nicht. Auch wenn die ursprüngliche Abmachung nichtig ist, erhebe ich Anspruch auf Sue-Ellen, und wenn ich schon dabei bin, auch auf den Thron.«

Wie bitte?

KAPITEL ACHTZEHN

Nach Remiels Erklärung herrschte einige Augenblicke lang eine dichte Stille zwischen ihnen.

Wie episch. Es war immer schön, wenn man die richtigen Worte fand, um ein Maximum an Verwüstung anzurichten.

Und Remiel würde eine Schneise der Verwüstung schlagen, wenn es sein musste. Denn Samael hatte eine entscheidende Tatsache vergessen. Er war nicht der Einzige, der Anspruch auf den Thron hatte.

Die Prophezeiung besagte, dass Gold zurückkehren und die Drachen anführen würde. Es wurde nicht gesagt welcher.

Ich bin Gold. Und Remiel war etwa fünf Monate älter. Nicht zu vergessen, dass er reinblütig war.

Technisch gesehen bin ich der König.

»Du bist nicht derjenige, der angekündigt wurde. Sondern ich.« Die Erwiderung klang kindisch und Remiel schnaubte.

»Du bist nichts weiter als ein desillusioniertes,

verwöhntes Balg, das sich von einer machtgierigen Priesterin am Schwanz herumführen lässt.«

»Ich bin derjenige, der die Kontrolle hat.«

»Nicht laut den Handschellen und Peitschen.« Er wollte lieber nicht erklären, woher er von den sexuellen Eigenheiten seines Bruders wusste.

»Ich glaube, da ist jemand eifersüchtig, weil sie mich und nicht dich gewählt hat.« Selbstgefälligkeit passte zu Samael, aber Remiel wischte sie ihm trotzdem aus dem Gesicht.

»Nur weil ich Anastasia zuerst abgewiesen habe. Und wenn du glaubst, du hättest ein Mitspracherecht bei dem, was passiert, dann versuche es doch einfach mal. Stell dich gegen einen ihrer Wünsche. Sieh zu, was passiert, wenn du dich nicht wie der brave kleine Hausdrache benimmst, der du bist.«

»Ich bin kein Haustier.« Die starke Färbung im Gesicht seines Bruders verriet seine Wut – aber schlimmer noch, Remiel konnte die Verlegenheit sehen. War Samael klar, wie Anastasia ihn austrickste?

Im Namen der sogenannten Religion hatte diese Frau alles Mögliche manipuliert, tonnenweise Unheil angerichtet. Sie trug die Schuld an vielem, was ihm widerfahren war. Wenn Remiel entkam – eine Flucht, die in Sekunden gezählt wurde –, würde er sich mit ihr befassen.

»Da ich ein gütiger König bin, werde ich dich nicht töten. Du bist schließlich meine einzige wahre Familie, aber ich verbanne dich hiermit von diesem Kontinent. Verschwinde und lass dich nie wieder blicken.« Remiel winkte mit einer Hand und zwinkerte Sue-Ellen zu, die ihn mit großen Augen anstarrte. Wahrscheinlich weil sein Selbstvertrauen ihr Ehrfurcht einflößte.

Samael war gut darin, so zu tun, als wäre er nicht beeindruckt. »Viel Glück mit deinem Anspruch auf den Thron. Du weißt, dass es keinen Ausweg aus dieser Grube gibt.«

»Hast du in unserem Geschichtsunterricht nicht aufgepasst, Bruder? Alle Horte haben zwei Eingänge.« Eine bekannte Tatsache. Den Haupteingang, um das große Zeug reinzubringen, und einen kleinen, falls es mal subtiler zugehen sollte.

Ein Grinsen umspielte die Lippen seines Zwillings. »Parker hat das Ding vor einer Weile versiegelt. Das heißt, es gibt nur einen Ausweg, und wir wissen beide, wie gut das beim letzten Mal geklappt hat.«

Das letzte Mal war Remiel halb wahnsinnig vor Zorn gewesen und hatte nicht verstanden, woher die Wut und das Gefühl des Verlustes kamen. Er war die Wände der Grube hochgeklettert und hatte nach den Lichtstrahlen gegriffen, die den Rand umgaben.

Keine gute Idee.

Als er das nächste Mal aufwachte, waren seine Hände und seine Rippen bandagiert, während der Zorn und das, was ihn ausgelöst hatte, verschwunden waren. Er hatte ein paar euphorische Tage damit verbracht, sich Schmetterlinge und glückliche Dinge vorzustellen, während der Weihrauch, der ununterbrochen aus einer im Raum aufgestellten Feuerschale brannte, die Luft süßlich durchdrang.

Der Katerkopfschmerz war es auf jeden Fall wert, aber der Heißhunger hatte seinen Süßigkeitenvorrat ernsthaft erschöpft.

Remiel verschränkte die Arme und legte den Kopf schief. »Ist das eine Herausforderung? Ich nehme sie definitiv an.«

»Du wirst definitiv versagen«, zischte sein Bruder.

»Pack deine Sachen und mach dich bereit, das Gelände zu verlassen, Bruder, denn ich verschwinde hier.«

Das Hologramm zeigte ihm den Finger. »Einen Scheiß wirst du. Aber wenn du dich dadurch besser fühlst, Sue-Ellen schon. Denn in einer Sache hast du recht. Es ist Zeit, dass ich Anastasia zeige, dass sie nicht alle Entscheidungen trifft. Angefangen mit der Entscheidung, die sie mir schon immer verboten hat.«

Mit diesen kryptischen Worten verschwand das Bild. Da sein Bruder nicht länger plapperte, konnte Remiel ein leichtes Zischen hören, das wie entweichendes Gas klang. Er schnupperte und seine Augen weiteten sich.

Aus dem Hologrammgerät trat Gas aus, Gas gemischt mit etwas anderem.

Magie.

Mist. »Beweg dich.« Die Worte kamen als kaum hörbares Zischen heraus, als die Droge, eine neue Kombination, Remiel hart traf. So hart, dass er, als er mit dem Gesicht voran im Dreck blinzelnd aufwachte, ein paar neue Löcher in seinem Arm hatte. Anscheinend hatte er Blut gespendet, aber das war noch nicht das Schlimmste.

Jemand hatte seinen Engel gestohlen.

Das war der Moment, in dem er, wie Sue-Ellen sagen würde, bis zum Umfallen ausrastete.

KAPITEL NEUNZEHN

Sie stand auf der Spitze eines Berges. Eines hohen Berges, der sie über die bauschigen weißen Wolken erhob. Durch die Lücken in ihnen konnte sie einen Wald sehen, die Baumkronen grün und üppig. Durch ein anderes Loch bemerkte sie den schimmernden Spiegelglanz hoher Gebäude, eine Stadt, aber keine Stadt von heute. Die fliegenden Autos verrieten es.

Sie wirbelte herum und entdeckte ein Schloss. Es befand sich auf einem terrassierten Berg, und der Weg aus Steinblöcken war mit gelbem Pyrit durchzogen – denn niemand würde Gold so achtlos verwenden, um ein Muster in den Fels zu meißeln.

Das Schloss selbst war aus verschiedenen Elementen zusammengesetzt. Ein Flügel war ganz aus Glas. Ein anderer aus dem reichhaltigen Honig von Hickorybäumen. Und dann war da noch der Turm aus schwarzem Lavagestein, die Spitze aus Obsidian, die hoch in den Himmel ragte. *Alle Farben der Septs sind hier zu finden.*

Irgendwie verstand sie das, auch wenn sie nicht wusste, wo sie stand.

Ein trillerndes Geräusch veranlasste sie, den Kopf zu neigen, um Gestalten am Himmel zu sehen. Wunderschöne, geschmeidige Gestalten mit gewaltigen Flügeln.

Drachen.

Ich sollte mit ihnen fliegen. Sie trat von der Kante herunter, und die Faust der Schwerkraft umklammerte ihren Körper und zerrte daran. Flügel entfalteten sich auf ihrem Rücken und ...

Mit klopfendem Herzen wachte Sue-Ellen auf, nicht fallend, ganz sicher nicht fliegend, und an dem letzten Ort, den sie erwartet hätte.

In einem Hotelzimmer.

Nicht irgendein Zimmer, sondern eine üppig ausgestattete und scheinbar teure Suite. Aus den Fenstern an der gegenüberliegenden Wand konnte sie eine Stadt aus der Vogelperspektive sehen – jedoch nicht die Stadt aus ihrem Traum. Hier waren die Gebäude zerklüftet und uneinheitlich, die Oberflächen ein buntes Durcheinander von Strukturen und Farben. Als die Dämmerung einsetzte, hörten die Farben auf zu existieren und Lichtstrahlen tauchten auf, um die Dunkelheit zu erhellen.

Woher wusste sie, dass es ein Hotel war? Sie kannte nicht viele Häuser mit einem Sprinkler an der Decke, und der Nachttisch mit dem Briefpapier des Hotels verriet es.

Wo bin ich? Wie war sie hierhergekommen?

Das Letzte, woran sie sich erinnerte, war ...

Woran erinnerte sie sich?

In ihrem Kopf herrschte eine graue Leere. Wie merkwürdig. Sie blinzelte und schüttelte den Kopf in dem Versuch, die Spinnweben aus ihrem Kopf zu bekommen. Ihre Erinnerungen blieben unerreichbar. Sie hatte keinen Anfang, keine Vergangenheit. Vielleicht hatte sie erst in diesem Moment zu existieren begonnen.

DIE ANKÜNDIGUNG DES DRACHEN

Nein, ich bin mir ziemlich sicher, dass ich ein Leben hatte. Ein Leben, das im Moment ein unbeschriebenes Blatt war.

Die Tür zur Suite öffnete sich ohne Klopfen oder Vorwarnung.

Sue-Ellen – ihr Name war das Einzige, was sie wusste – zerrte die Decke an ihre Brust, obwohl sie ein anständiges Nachthemd trug. Ein wunderschönes Nachthemd in blassem Gold, das nur von dünnen Spaghettiträgern gehalten wurde.

Ein Kleid, das für die Verführung gemacht war – und nicht ihr Stil. Oder doch? Sie erinnerte sich nicht an ihre frühere Vorliebe für Kleidung. Zurückhaltend, verführerisch oder irgendetwas dazwischen. Es fiel ihr nicht ein, aber es schien, dass ihr Gedächtnis selektiv war, denn sie kannte den Mann, der hereinkam.

Er ist es. Der Junge aus dem Kerker. Ihre Lippen verzogen sich zu einem Begrüßungslächeln und sie öffnete den Mund, um »Hallo, Remiel« zu sagen, aber sie tat es nicht, denn das war nicht Remiel.

Wer ist Remiel? Sie stolperte über ihre eigenen Gedanken, der Name – *welcher Name?* – versank in den vernebelten Stellen ihres Gehirns.

Sie blinzelte, als der Mann sich näherte, und es dauerte einen weiteren Moment, bis sie sagte: »Samael?« Eine Frage, die angesichts der jüngsten verwirrenden Aufregung in ihrem Kopf durchaus real war.

»Guten Abend, mein Schatz.«

Aus irgendeinem Grund ließ der Kosename sie erschaudern.

»Kalt?« Er erreichte ihre Seite und streckte eine Hand aus, als wollte er sie berühren.

Sie wich stirnrunzelnd zurück. »Was tue ich hier?«

»Du schläfst. Du wirst deine Ruhe für unsere Flitterwochen brauchen.«

Die Worte ergaben keinen Sinn. Wenn sie sich an ihn erinnerte, würde sie sich sicher auch an etwas so Bedeutendes wie eine Hochzeit erinnern. »Welche Flitterwochen? Wir haben geheiratet?« Wenn das der Fall war, dann musste sie ziemlich betrunken gewesen sein, denn sie erinnerte sich an gar nichts mehr.

»Es waren eine schöne Zeremonie und ein reizender Empfang. Du hast das Kleid deiner Mutter getragen.« Eine Lüge. Mutter hatte Jeans getragen und nur vor einem Standesbeamten geheiratet. »Wir tanzten zu unserem Lied *Lady In Red*.«

Noch eine Lüge. Das war das Lied ihrer Cousine Fanny, wegen des Vorfalls mit den weißen Jeans. Sie musste ihr selektives Gedächtnis lieben. *Ich kann mich nicht daran erinnern, dass ich unter die Haube gekommen bin, aber ich weiß noch, dass ich Fanny gesagt habe, dass sie sich den nassen Fleck nur eingebildet hat, und sie dann zu ihrer nächsten Unterrichtsstunde habe gehen lassen.*

»Warum trage ich keinen Ring?« Sie hielt eine Hand hoch.

»Weil er zur Sicherheit in meiner Tasche ist. Ich habe dafür gesorgt, dass wir eine Reise buchen, bei der du ganz du selbst sein kannst.« Es klang so fürsorglich und sein breites Lächeln sah perfekt aus.

Trotzdem zitterte sie innerlich. *Weil ich ihm nicht trauen kann.*

Aber warum nicht? Er war Samael. Der Junge, nach dem sie sich gesehnt hatte. Sie erinnerte sich an ihn. Wie sie ihn in dem Krankenhausbett und dann in dem Käfig gesehen hatte. Und jetzt sah sie ihn an. Er war nicht länger ein Gefangener.

DIE ANKÜNDIGUNG DES DRACHEN

Sie waren zusammen, und sie lag in seinem Bett! Verheiratet. Im Begriff, die Ehe zu vollziehen.

Ahh.

Aus irgendeinem Grund brachte dies ihr Herz zum Pochen. Sie kroch von der Matratze, die Wangen heiß. Alles schien so falsch zu sein.

Dieses Zimmer. Seine Worte. Er.

Er ist ein Betrüger.

Irgendetwas stimmte nicht an ihm, angefangen bei seinem Haar.

Es sollte lang sein und an den Spitzen in Locken die Schultern berühren.

Der Mann vor ihr hatte es professionell kurz geschnitten. Außerdem trug er einen Anzug mit Krawatte und seine Augen leuchteten grün mit einem Hauch von Gold.

Eigentlich sollten sie rein bernsteinfarben sein.

Samael musterte sie mit heißem Blick und sie schlang die Arme um ihren Oberkörper, wobei ihr der dünne Stoff nur allzu bewusst war. Wo war ein bequemer Pyjama aus Flanell, wenn ein Mädchen ihn brauchte?

»Wie lange habe ich denn geschlafen?«

»Lange genug. Viele lange Reden beim Abendessen. Du bist sofort eingeschlafen.«

Wie tief würde er den Graben für seine Lügen ausheben? »Wie kommt es, dass ich mich an nichts erinnern kann? Was ist mit mir passiert?«

»Nur Bammel vor der Hochzeit. Du hast etwas genommen, um dich zu beruhigen, und dann ein paar Gläser Champagner zu viel getrunken.«

»Ich fühle mich nicht betrunken.« Sie hatte sich das eine oder andere besorgt, wenn Onkel weg gewesen war, genügend, um zu wissen, wie es sich anfühlte.

»Weil du es ausgeschlafen hast.« Er sagte es etwas schärfer.

»Ich fühle mich so benebelt.« Sie hielt sich eine Hand an den Kopf, als würde das Reiben die Wolke lindern. »Ich brauche etwas Luft.« Und Freiraum. Freiraum weg von Samael.

Aus irgendeinem Grund schien es von größter Wichtigkeit zu sein wegzukommen.

»Es ist ein bisschen spät für dich, um in diesen Klamotten draußen herumzulaufen. Und es gibt keinen Balkon.«

»Hast du Angst, dass ich mich hinunterstürze?« Die Worte kamen ihr über die Lippen und sie verschluckte sich fast. Woher kam das nur?

»Immer diese Witze. Wir wissen beide, dass du nicht fliegen kannst.«

Sagt wer? Die kalte Stimme sprach nur zu ihr und ihre kühle Präsenz tröstete sie.

Sie näherte sich dem Fenster, wich Samael aus und drückte ihre Finger dagegen. Beim Hinausspähen versuchte sie, einen Orientierungspunkt zu finden, etwas, das ihr einen Hinweis auf ihren Standort gab. »Wo sind wir? In welcher Stadt?«

»Wozu die ganzen Fragen? Du solltest froh sein, dass wir endlich zusammen sind.«

Ein verirrter Gedanke schwebte an die Oberfläche. »Wir dürfen uns nicht mehr sehen. Onkel Parker war da ziemlich unnachgiebig.«

»Parker ist tot und kann uns nicht mehr im Weg stehen.«

»Tot?« Sie erinnerte sich nicht an einen Tod, und doch klang das Wort richtig.

Onkel ist tot, aber ich konnte trotzdem nicht entkommen.

Was entkommen?

Sie wünschte, ihr Verstand würde aufhören, Spielchen mit ihr zu spielen. Es war äußerst ablenkend.

Samael kam näher, nahe genug, dass er seine Arme von hinten um sie schlang.

Die Umarmung ließ sie erstarren. Irgendetwas daran fühlte sich falsch an.

Wo ist der Funke?

Warum hatte sie bei ihm nie einen Funken gespürt?

Weil er nicht der Mann ist, nach dem du suchst.

Wer sprach da in ihrem Kopf?

Ich, Dummkopf.

Ihre Augen weiteten sich, was jedoch unbemerkt blieb, da sie mit dem Rücken an seine Brust gepresst war.

Wer bist du?

Das kühle Glucksen beruhigte sie auf seltsame Weise.

Du. Zeit für dich aufzuwachen.

»Warum so nachdenklich?«

Zu spät bemerkte sie, dass Samael ihren Gesichtsausdruck im Fenster gesehen hatte. Er drehte sie so, dass sie ihm zugewandt war. Ein Zwicken ihres Kinns hob ihr Gesicht und sie erkannte, während Samael sie anstarrte, dass er die Stirn in Falten gelegt hatte.

Er bewegte seinen Mund zu ihr.

Sie lehnte den Kopf zurück.

»Küss mich«, forderte er.

»Nein.«

»Luder.« Sein Mund bewegte sich auf ihren zu und sie starrte ihn an, ein wenig entsetzt. Sie stieß sich von ihm ab, plötzlich entschlossen, dass er sie nicht küssen würde.

Aber warum? Sie hatte sich schon zuvor von ihm küssen lassen.

Bevor ich die Wahrheit herausfand.

Welche Wahrheit? Sie wollte am liebsten schreien, als die Löcher in ihrem Kopf sie mit ihrer Abwesenheit verhöhnten.

»Was ist los mit dir?« Die Worte brachen aus ihm heraus, als sie sich vollständig aus seiner Umarmung löste und etwas Abstand zwischen sie brachte.

»Sag du mir, was mit mir los ist. Irgendetwas stimmt hier nicht. Du verheimlichst etwas. Du hast etwas getan.« Sie presste die Hände an ihre Schläfen.

Wach auf.

Ich versuch's ja.

Samael presste die Lippen fest aufeinander. »Warum weist du mich ständig zurück? Was siehst du in ihm? Wir sind gleich. Dasselbe Fleisch. Dasselbe Gesicht. Und doch habe ich dich mit ihm gesehen. Wie du reagiert hast.«

»Ihm? Von wem sprichst du?«

Du weißt, von wem er spricht.

Sue-Ellen wünschte wirklich, sie wüsste es, denn sie hatte das Gefühl, dass es eine Menge erklären würde.

»Komm hierher zurück.« Er deutete auf eine Stelle vor ihm.

Sie entschied sich, in die entgegengesetzte Richtung zu gehen, entlang der Fensterfront, und überlegte, ob sie zur Tür laufen sollte, die zum Flur führte.

Er sah, wohin sie blickte. »Oh nein, das tust du nicht, Schatz.« Er pirschte sich an sie heran, mit langen Schritten und einem absichtsvollen grünen Blick, der Gold und Bedrohung andeutete.

Die Tür war unerreichbar. Die Fenster in ihrem Rücken würden kein Entkommen ermöglichen. Sie waren nicht von der Art, die sich öffnen ließ.

»Was willst du von mir?«

»Dich. Mit gespreizten Beinen, um meinen Samen zu

empfangen. Ich hatte auf ein Entgegenkommen gehofft, aber ich habe Handschellen dabei, falls du dich stur stellst.«

»Wage es nicht, mich anzufassen.«

»Ich werde dich berühren, und zwar oft. Wie es sich anfühlt, liegt an dir. Ich kann sanft sein. Oder auch nicht.«

Die Kälte in seinen Worten raubte ihr den Atem. Wie konnte jemand so ... böse sein? »Warum tust du das?«

Auf die Frage hin zuckte er mit den Schultern. »Weil ich es kann. Weil ich der König bin. Weil es ihm mehr wehtun wird als alles andere, was ich tun kann, wenn ich zuerst in dich eindringe und meinen Samen einpflanze.«

»Ihm wer?« Auf wen bezog Samael sich da? Die Antwort lag zum Greifen nahe.

»Stell dich nicht dumm. Wir wissen beide, dass du meinen Bruder vorziehst, und doch war ich es, der sich so sehr bemüht hat. Ich war auch so geduldig. Aber der Prozess dauerte so lange. Die Medikamente konnten nur langsam angewendet werden.«

Welche Medikamente?

»Und dann, als das erledigt war, wollten sie nicht, dass ich meine Essenz verschwende, da sie bei den Septs so gefragt war. Ich musste noch etwas warten, während sie mit deinen Hormonbehandlungen angefangen haben, um deine Eizellen zu stimulieren.«

»Was für Behandlungen?« Und warum wollte sie sich wach kneifen? Das war doch sicher ein Albtraum.

»Du bist jetzt bereit für mich. Bereit, das Gefäß für das Geschenk zu sein, das ich dir machen werde.«

»Du kannst dein Geschenk behalten.«

»Es sind Antworten wie diese, die dich überhaupt erst in Schwierigkeiten gebracht haben. Ich hätte gedacht, deine letzte Lektion hätte dich etwas Respekt gelehrt.«

»Du hast mich in eine Grube geworfen.« Die Erinnerung kam plötzlich.

»Das habe ich, und ich würde es wieder tun, um dich zu bestrafen. Ich habe dich zu meinem in einer Höhle lebenden Bruder gesteckt, um dir eine Lektion zu erteilen. Um dir zu zeigen, wie viel besser du mit mir dran bist.«

Samael hatte einen Bruder? Die Wahrheit entfaltete sich langsam in ihrem Kopf. »Remiel wohnt in der Höhle.« Remiel war der Junge, in den sie sich verliebt hatte. Der Mann, der sein Leben für sie aufgegeben hatte. Der Drache, der behauptete, sie sei sein Hort.

Und Samael hatte sie einfach gestohlen.

Sie schüttelte den Kopf. »Oh, Samael. Was hast du getan?«

»Ich habe nichts Unrechtes getan«, rief er. Grünes Feuer tanzte in seinen Augen, das Gold war lediglich ein kleiner Nadelstich in der Mitte. »Ich habe dir den Hof gemacht und dich respektiert, und doch ziehst du ihn mir vor. Immer er.« Er schrie sie nun an, wobei seine warme Spucke spritzte wie Säuretropfen.

Er benahm sich wie ein Kind, dem man sein Spielzeug weggenommen hatte. Eines, das mit seiner Eifersucht nicht umgehen konnte.

Das ist mir wirklich egal. Er hatte nicht das Recht, sie so zu behandeln. Er hatte nicht das Recht, sie zu bedrohen, zu verletzen oder ihr etwas anzutun.

Niemand würde jemals wieder diese Art von Kontrolle über sie haben.

Sie ignorierte seine wütende Miene, wandte sich von ihm ab und bemerkte durch das Glas, wie hoch sie waren. Hoch genug, dass ein Drache fliegen konnte.

»Weiß Anastasia, dass du mich hierhergebracht hast?«, fragte sie, während sie einen Schatten über die Dächer gleiten sah. Sie hatte eine Theorie. Eine ungeheuerliche Theorie.

»Natürlich weiß sie es. Was glaubst du, wer mir geholfen hat, dich herzubringen?«

Die Teile fügten sich zusammen und Sue-Ellen wollte Samael schütteln. Ihn schütteln, weil er so ahnungslos war. »Sie hat mich hergebracht. Sie weiß, was du mit mir vorhast.« Das bestärkte sie nur noch mehr in ihrer Theorie. Aus irgendeinem Grund fühlte sie sich dazu veranlasst, ihn zu warnen. »Samael, du musst gehen. Und zwar sofort. Es ist eine Falle.«

»Wovon redest du?«

»Du wirst benutzt. Die Priesterin ist dabei, dich zu verraten.«

»Mich verraten? Das würde sie nicht wagen. Ich bin der Goldene König, auf den sie gewartet hat.« Die Arroganz weigerte sich, die Wahrheit zu sehen.

»Bist du derjenige, der angekündigt wurde?«

»Es wurde verkündet. Ich bin der zurückgekehrte Goldene.«

»Aber du bist kein reiner Goldener.« Ein paar weitere Teile des Puzzles fügten sich zusammen.

»Nahe genug.«

»Ist es das?« Denn Remiel war ein rein Goldener Drache und Samael nicht. Da es Anastasia nur um die Prophezeiung und die Rückkehr des wahren Königs ging, bedeutete das, dass Samael der Betrogene war.

»Ich bin –« Samael kam nie dazu, seine Aussage zu beenden.

Als die Tür sich erneut ohne Vorwarnung öffnete, schlenderte Anastasia herein. Sie sah noch immer aus wie eine Schlampe. Sie brauchte noch immer eine Ohrfeige.

Ihre rot geschminkten Lippen verzogen sich zu einem Grinsen. »Da ist der Goldene Köter.«

Seine Aufmerksamkeit wurde von Sue-Ellen abgelenkt und richtete sich auf die Priesterin. »Wie hast du mich genannt?«

»Du bist ein Köter, liebes Kind. Ein Mischling.« Anastasia betrat den Raum, der Gipfel der Arroganz. Den Kopf hoch erhoben. Mit einem deutlichen Grinsen.

»Ich bin Golden.«

»Halb Golden, was dich nützlich macht.«

»Mehr als nützlich. Ich bin dein König. Du wirst mir Respekt erweisen.«

Ein lautes, spöttisches Schnauben entwich der Priesterin. »Du bist nicht der König. Der wahre König wird kommen. Remiel hat sich selbst erklärt.«

»Und? Er tut es zu spät. Ich«, Samael zeigte mit einem Finger auf seine Brust, »habe mich bereits erklärt. Seine Äußerung ändert nichts.«

»Im Gegenteil, sie ändert alles. Es scheint, dass er endlich aus seiner Zeit im Käfig gelernt hat. Ich wusste, dass ich ihn eines Tages mit dem richtigen Anreiz dazu bringen würde auszubrechen.«

Während die Priesterin mit Samael diskutierte, spürte Sue-Ellen, wie ihre Gedanken langsam zu ihr zurückkehrten. Erinnerungen purzelten an ihren Platz und sie vervollständigte sie, während sie Anastasias und Samaels Diskussion lauschte.

»Remiel ist eine tickende Zeitbombe. Das hast du selbst gesagt.«

»Du anscheinend auch. Ich dachte, ich hätte gesagt, das Mädchen sei tabu.«

Samaels Schultern versteiften sich und in seinen Tonfall

mischte sich eine gewisse Härte. »Das Mädchen gehört mir.«

»Nein, das Mädchen gehört deinem Bruder. Die Tatsache, dass du immer wieder versuchst, sie zu täuschen, hat ihre Gefühle für ihn nicht geändert. Sie zieht den echten Goldenen König dir vor.«

Die Worte ließen Sue-Ellen zusammenzucken. Sie waren grausam. So grausam.

»Nun, er hat offenbar nicht so empfunden, denn er hat die Frauen, die du ihm vorgeführt hast, nie abgewiesen.«

Die was?

»Erst sobald er die Abmachung getroffen hatte zu vergessen. Als das Mädchen nicht mehr da war, war er für Fortpflanzungsversuche sehr viel empfänglicher.«

»Diese Abmachung ist vorbei. Er erinnert sich jetzt an alles. Aber es wird ihm nichts nützen. Er sitzt in der Grube fest und ich bin hier mit Sue-Ellen. An deiner Stelle würde ich jetzt die Klappe halten, bevor ich dir endgültig das Maul stopfe.«

»Drohungen? Hältst du das für klug?« Anastasias Lippen verzogen sich zu einem grausamen höhnischen Grinsen.

»Es ist keine Drohung, es ist ein Versprechen.«

»Du benimmst dich immer noch wie ein Junge und nicht wie ein Mann.«

»Dieser *Junge* wird diese Frau beanspruchen, und du kannst nichts tun, um mich aufzuhalten. Und das kannst du meinem Bruder sagen.«

»Das habe ich bereits getan.« Anastasia grinste. »Willst du seine Antwort hören?«

Sue-Ellen wollte es irgendwie. Allerdings hatte sie etwas Dringenderes zu sagen. »Niemand beansprucht hier irgendetwas. Nicht du. Nicht Remiel. Niemand. Ich habe eure Spielchen satt.«

»Das Mädchen hat endlich seine Zunge gefunden. Nicht dass es mich interessiert. Du warst nur der Köder.«

Köder für welchen Fisch? Sie war das alles so leid, und sie gab der Priesterin vor ihr die meiste Schuld daran. »Warum hat dich noch niemand umgebracht? Sicherlich können doch nicht alle so schlecht zielen?«

»Kluge Worte für ein Mädchen, das so leicht zu fassen war. Du hast nicht einmal gewusst, dass es zwei sind.«

So ließen sich ihre Schuldgefühle auch ausnutzen. »Du wirst mich nicht noch einmal reinlegen. Ich bin mit all dem hier fertig.« Sie stieß sich vom Fenster ab, nur um sofort innezuhalten, als sowohl die Priesterin als auch Samael sich versteiften.

»Du bist fertig, wenn ich sage, dass du fertig bist«, knurrte Samael.

»Du kannst mir nicht sagen, was ich tun soll. Davon hatte ich genug.« Sue-Ellen rammte ihren Ellbogen zurück, wohl wissend, dass es wehtun würde – *krach*, oh Mann, tat das weh –, aber das Fenster bekam Risse und ein zweiter Schlag trieb das geschwächte Material in Scherben nach außen. Als sie in einem glitzernden Glasregen zu Boden fielen, sprang sie heraus, wobei sie Samaels ausgestreckten Fingern und seinem Schrei »Wage es nicht!« auswich.

Oh, sie wagte es.

Der Wind flatterte an ihren Wangen vorbei und sie schloss die Augen, um das Gefühl der Freiheit zu genießen. Doch der Bürgersteig näherte sich schnell.

Komm raus, komm raus, wo immer du bist.

Sie sang zu ihrer inneren Bestie, in dem Wissen, dass sie da drin war.

Wurde auch Zeit, dass du nach mir rufst. Es war ein Grummeln, als ihr ursprüngliches Ich ausbrach und zum ersten Mal mit den Flügeln schlug.

Heilige Scheiße, seht mich an. Ich fliege.

Jedoch stellte sich heraus, dass das Fliegen nicht so einfach war, wie es aussah. Nur zu flattern war nicht genug. Wenn auch langsamer als zuvor, stürzte sie weiter nach unten.

KAPITEL ZWANZIG

Kaum hatte er den Verstand über ihr Verschwinden verloren, versuchte Remiel, den Schacht zu erklimmen. Auf halbem Weg nach oben, knurrend und brüllend vor Wut – um sie wissen zu lassen, dass er gekommen war, um sie zu fressen –, flatterte ein Stück Papier herunter.

Aus irgendeinem Grund fing er es auf. Las es. Die Worte auf dem Zettel brannten sich in sein Gehirn.

Samael hat deinen Hort. Es war eine Adresse beigefügt. Leicht einzuprägen. Was den Hinweis anging? *Suche nach einem Fluss.* Das war sein Weg hinaus aus dem Höhlennetzwerk, ohne Blutvergießen. Aber er würde zurückkommen. Er hatte noch einige Rechnungen zu begleichen.

Da die Wut sein Handeln bestimmte, war vieles von dem, was während seiner Flucht geschah, wie verschwommen. Remiel hatte nur ein Ziel vor Augen. Seinen Engel zu finden.

Und sich ein für alle Mal um Samael zu kümmern.

Als er in die Freiheit trat, holte er tief Luft und rief eine Herausforderung in den Himmel. An die Welt. An alle, die ihm zuhörten.

DIE ANKÜNDIGUNG DES DRACHEN

Der König ist zurückgekehrt.

Er erhielt keine Antwort.

Der mächtige Schlag seiner Flügel zog ihn durch den Himmel und er glitt auf den Luftströmungen, von denen er sich antreiben ließ. Er kannte seine Geografie, kannte so viele Dinge, die Fakten, die er einst auswendig gelernt hatte, nutzlos ... Nicht mehr.

Er bewegte sich schnell. Zügig. Unbemerkt.

Tödlich.

Er durfte nicht zögern. Nicht, solange sein Bruder seinen Engel hatte. Wenn er oder die rote Hexe ihr auch nur ein Haar krümmten ... würde die Welt brennen.

Sein Ziel war näher, als er es hätte hoffen können. Der hohe Turm, in dem das Luxushotel untergebracht war, erschien wie ein strahlender Leuchtturm am Nachthimmel. Aber er hatte nur Augen für ein Stockwerk. Das oberste. Ein oberstes Stockwerk mit einer Reihe von Fenstern, von denen eines ein Loch aufwies.

Ein Gesicht spähte durch die zerbrochene Scheibe, ein Gesicht, das er jeden Tag im Spiegel sah.

Da bist du ja, Bruder.

Samael sah ihn nicht. Remiel hingegen sah, wie Anastasia hinter seinen Bruder trat und den Kopf hob, um ihm zuzuzwinkern, bevor sie Samael durch die Öffnung stieß.

Ha. Das geschah ihm recht.

Remiel ignorierte seinen fallenden Bruder, um eine Herausforderung hinauszuposaunen. Wenn man es hätte übersetzen können, hätte es in etwa so geklungen: *Für das Verbrechen, mir meinen Hort weggenommen zu haben, verurteile ich dich zum Tode.*

Die Priesterin hörte ihn und hob den Kopf. Sie grinste

und formte Worte mit ihrem Mund. »Welcher Hort? Du kommst zu spät. Die Frau ist weg.«

Weg? So schnell ging sein Blick nach unten, und er bemerkte die Menschentraube auf dem Boden, die sich um etwas gruppierte. Etwas auf dem Bürgersteig.

Er schoss auf sie zu, seine mächtige Gestalt warf einen Schatten, den selbst der Nachthimmel nicht verdecken konnte.

Die Menschen zerstreuten sich vor seiner Mächtigkeit. Einige von ihnen blökten. Einer pisste sich ein. Er hatte schon Schafe mit mehr Anstand gesehen. Sie ließen ihr Objekt der Neugierde zurück.

Ein Stück Stoff. Golden. Seiden. Der Duft war eindeutig der seines Engels.

Aber kein Engel trug ihn.

Es gab auch kein Blut und keine Eingeweide, was er als ein gutes Zeichen ansah. Jedoch hatte er ein Problem.

Wo war sie hingegangen? Als er den Kopf nach links und rechts neigte und mit all seinen Sinnen suchte, konnte er keine Spur finden. Aber er spürte ein Ziehen, das –

»Wusstest du, dass sssie jetzt Flügel hat?«, lispelte Samael und unterbrach seine Konzentration. Sein Bruder, der nur eine Hose und kein Hemd trug, um seine riesigen Flügel unterzubringen, stand in seiner Hybridgestalt vor ihm und versperrte ihm die Sicht.

Du. Remiel mochte das Wort gedacht haben, aber sein Bruder hörte es und kniff die Augen zusammen.

»Geh mir aus dem Kopf.«

Du hast Sue-Ellen genommen.

»Das habe ich, und es hat ihr gefallen.«

Lügner.

Er blies seinen Bruder an, ein heißer, goldener Nebel,

der seinen Bruder nach hinten stolpern ließ, aber seine Haut nicht wie erhofft auflöste.

»Keine Lügen. Ich habe deine Frau genommen und sie zu meiner gemacht. Und ich werde sie wieder nehmen, sobald –«

Peng. Peng. Peng. Das Knallen von Schüssen durchzog die Luft, wobei die meisten Schüsse danebengingen und sich in den Bürgersteig gruben, sodass Zementsplitter herumflogen. Blut spritzte, als eine Kugel Samaels Flügel durchschlug.

Bevor Remiel dasselbe passieren konnte, nahm er sich einen Moment Zeit, um seine Schuppen zu einem kugelsicheren Schild zusammenzuziehen. Er würde die meisten Geschosse abwehren. Es kostete jedoch Mühe, ihn zu halten, vor allem gegen eine unbekannte Anzahl. Es wurde mehr als eine Waffe abgefeuert. Sie waren in einen Hinterhalt geraten.

Ein Drache wusste, wann er kämpfen und wann er fliegen musste, damit er sich neu formieren und zurückkehren konnte, um den Sieg davonzutragen.

Mit einem mächtigen Sprung erhob Remiel sich in die Lüfte und verlor Samael aus den Augen – als interessierte es ihn, was mit seinem fehlgeleiteten Bruder geschah.

Seine mächtigen Flügel zogen, griffen nach der Luft selbst und formten sie für seine Zwecke, brachten ihn in die Höhe, hoch genug, dass die Kugeln ihn nicht erreichen konnten. Erst dann lockerte er seine Schuppen.

Er verschaffte sich einen Überblick über die Situation unter ihm. Das gelegentliche Knallen ließ ihn die verschiedenen Gegner zählen. Fünf. Sie feuerten von beiden Seiten. Jemand hatte das geplant. Jemand, der wusste, dass er, oder Samael, dort sein würde.

Eine Falle. Aber wer hatte sie inszeniert? Wer wagte es zu versuchen, den Goldenen König zu töten?

Ich sollte es herausfinden.

Und denjenigen umbringen.

Eine Gestalt schimmerte neben ihm, ein gold-grüner Hybrid, und an seinen Krallen baumelte ein Mensch mit großen Augen.

Was tust du da?, trällerte er die Frage.

Samael schüttelte seinen Preis. »Ich frage diesssen Menschen, warum er auf unsss geschossen hat.«

»Die Monster müssen sterben!«, brüllte der Mensch vergnügt, als er plötzlich auflebte. Er fuchtelte mit den Händen vor Samaels Gesicht herum, während er seine Beine schwang, um sich von seinem Unterleib abzustoßen. Ein seltsamer Schaum kam aus seinem Mund und der Körper bebte.

Samael lockerte seinen Griff und der Mensch fiel. Mit einem finalen Aufprall landete er auf dem Boden. Samael blickte zu Remiel. »Sieht so aus, als würden die Mistgabeln rauskommen.«

Wahrscheinlich war das das einzig Wahre und Kluge, was Samael je gesagt hatte. Wenn es sich bei den Menschen, die feuerten, nicht um eine zufällige Gruppe handelte, dann war das vielleicht der Anfang von etwas Größerem – und Gewaltsamerem.

Ausgezeichnet. *Es wird Krieg geben.* Welche Rolle würde er spielen?

Es gab nur eine Rolle, die für ihn geeignet war. Er musste lediglich sicherstellen, dass niemand versuchte, sie zu übernehmen. Während Remiel an der Seite seines Bruders mit den Flügeln schlug, überlegte er, ob es nicht besser wäre, ihm jetzt den Kopf abzureißen und sich die Mühe später zu ersparen.

DIE ANKÜNDIGUNG DES DRACHEN

Aber der Tod war so endgültig. Wenn er Samael tötete, würde er nicht nur die Freude verlieren, seinen Erzfeind zu quälen, sondern auch seinen einzigen Bruder.

Ein klitzekleiner Teil von ihm wollte den einzigen wahren Verwandten, den er hatte, nicht töten.

Bevor er sich gänzlich entscheiden konnte, was er mit seinem Bruder tun sollte, durchbrach das Wummern von Rotorblättern den pfeifenden Wind.

»Das kann nicht gut sein. Ein anderes Mal, Bruder.« Mit einem Salut entfernte sich Samael, und da Remiel Besseres zu tun hatte, als mit mechanischem Spielzeug zu spielen, flog er in eine andere Richtung.

Als er das Geräusch der Hubschrauber hinter sich gelassen hatte, kehrte er zu seinem ursprünglichen Dilemma zurück. Wo war Sue-Ellen? Wie sollte er entscheiden, welchen Weg er einschlagen sollte? Die Welt war ein sehr seltsamer Ort. Außerdem ein großer Ort für einen Drachen, der an seine eigene winzige Sphäre gewöhnt war.

Fühle nach ihr.

War nicht der größte Teil seines Problems die Tatsache, dass er zu viel fühlte?

Nutze das, um sie zu finden.

Wie?, fragte er, und doch warf er gleichzeitig einen Blick in sein Inneres und suchte nach der winzigen Ranke, die ihn seit ihrer ersten Berührung mit seinem Engel verband.

Da war sie, ein schwacher Puls in ... Er drehte ab und fing einen neuen Luftstrom in einer leicht veränderten Richtung ein. Er wickelte die winzige Ranke um eine Faust und zog sich zu ihr hin. Näher. Näher.

Plötzlich verschwand sie, und für einen Moment erstarrte er in der Luft und ließ sich treiben.

Was hatte es zu bedeuten? War sie tot? Nein. Nicht tot. Er weigerte sich, das zu glauben. Er würde es wissen, wenn sie tot wäre. Es platzte kein plötzliches Loch in seinem Herzen. Sie lebte, aber sie war vor ihm verborgen.

Nicht viele Leute konnten das tun – aber Drachen schon. Er breitete seine Flügel aus und studierte das Land unter ihm. Der Abendhimmel bedeutete, dass nur der kärgste Schatten über den Boden geisterte, um seinen Weg zu verraten.

Er musste nachdenken. Wohin würde Sue-Ellen gehen, jetzt, da sie geflohen war? Wo würde sie sich sicher fühlen?

Es gab nur einen Ort, auf den er wetten würde. Ihr Bruder.

Wenn Remiel sich überhaupt an seinen Politikunterricht erinnerte, der von Anastasia und einem Lineal – scharf wie eine Klinge – gehalten wurde, dann hatte Brandon, der falsche Goldene, ein Silvergrace-Mädchen geheiratet. Aber wie konnte man sie kontaktieren?

Hier kamen ihm sein Wissen und sein Gedächtnis zugute. Anastasia hatte genauso viel Zeit damit verbracht, Remiel zu unterrichten, wie sie ihn lernen ließ. Daher kannte er alle Familiennamen. Ihre Domänen. Er hätte die Orte, die als Besitz bestimmter Septs galten, auf einer Karte nachzeichnen können. Sie hatte ihn und Samael dazu ausgebildet, eines Tages König zu sein. Seltsam, dass sie vergessen hatten zu fragen, wie sie beide herrschen konnten, wo doch die Prophezeiung nur einen vorsah.

Remiels Wissen bedeutete, dass er wusste, wo er in jeder größeren Stadt hingehen musste, um Informationen zu bekommen. Aber zuerst brauchte er eine Hose.

Remiel rüstete sich aus, bevor er am nächsten Tag das Büro der Silvergraces aufsuchte. Wobei *Büro* eine falsche Bezeichnung war, da es sich in dieser neutralen Zone eher um eine Botschaft für die Silbernen handelte.

Einige Großstädte auf der Welt wurden von anderen

kryptozoiden Sekten beherrscht. Hier in Las Vegas hatten die Dschinns eine starke Stellung, machten aber gern Geschäfte mit Drachen. Kein Wunder, denn der Silberne Sept besaß ein ausgedehntes, silberfarbenes Hotel- und Kasino-Resort. Irgendjemand in ihrem weitläufigen Bürogebäude würde die Informationen haben, die Remiel brauchte.

Trotz eines fehlenden amerikanischen Ausweises schlenderte Remiel einfach hinein, ohne sich Gedanken um einen Termin zu machen.

Die Leute würden sich seinem Willen beugen und ihm dafür danken, dass er sich die Zeit für einen Besuch genommen hatte. Sobald sie merkten, mit wem sie es zu tun hatten, konnten sie gar nicht schnell genug gehen. Es brauchte nur ein Aufblitzen seiner Augen, ein goldenes Aufflackern, um die Leute dazu zu bringen, nach seiner Pfeife zu tanzen.

Im Handumdrehen wurde er in den obersten Stock geführt und einer älteren Frau vorgestellt. Im Bohème-Stil gekleidet, saß sie in der Ecke eines großen, prunkvollen Raumes. Ein Raum ohne Fenster und mit nur einer Tür. Eine Stahltür für ein schickes Gefängnis?

Nicht schon wieder.

Als die junge Frau, die ihn begleitete, sie einschließen wollte, hielt Remiel die Tür auf. »Die bleibt offen.«

»Aber die Schallisolierung –«

Die ältere Frau hob eine Hand. »Ist schon in Ordnung, Babette. Ich glaube, der Junge braucht die Gewissheit, dass ihm nichts passieren wird.«

»Sie denken, ich habe Angst vor Ihnen?« Er schnaubte fast ungläubig.

»Was soll ich denn denken? Du erlaubst uns nicht, allein in einem Raum zu sein. Oder willst du behaupten, dass du die Tür offen hältst, um meine Tugend zu bewahren, denn ich kann dir versichern, dass dieser Zug schon vor langer Zeit abgefahren ist.«

Er würde sich von dieser Frau nicht unterkriegen lassen.

Anstatt zu antworten, schlug er die Tür zu. Dann nahm er Platz und starrte.

Er starrte eine Weile lang.

Starrte, bis die Frau die Stirn runzelte. »Du bist nicht Samael D'Ore.«

Er schüttelte den Kopf und lächelte.

»Noch ein Golddrache. Ich will verdammt sein«, murmelte die Frau.

»Sollten Sie nicht lieber einen Knicks machen?«

Daraufhin zuckten ihre Lippen. »So eine Arroganz. Wie ist dein Name?«

»Mein Titel ist Eure Hoheit, aber mein Geburtsname, wie er auf meinem Panzer steht, ist Remiel D'Ore. Ich bin der letzte Goldene König.«

Ein König, der nicht respektiert wurde, da die alte Frau kicherte. »Das wird ja richtig unterhaltsam. Und ich bin so unhöflich, mich nicht vorzustellen. Ich bin Waida Silvergrace Montague. Schwester von –«

»Der Matriarchin des Silbernen Septs. Ja, ich weiß. Ich hatte meinen Anteil am Geschichtsunterricht, und Ihre Abstammung ist mir im Moment ziemlich egal. Ich bin aus einem anderen Grund hier. Ich bin auf der Suche nach jemandem. Einem Mädchen.«

»Sue-Ellen Mercer.«

Er sprang von seinem Platz auf und stand blitzschnell vor der grauhaarigen Frau, die Hände auf die Armlehne ihres Stuhls gestützt, über ihr aufragend. »Sie kennen sie. Wo ist sie?«

»Laut dem Anruf, den ich vor ein paar Stunden erhalten habe, ist sie in Sicherheit.«

»Wo in Sicherheit? Was haben Sie mit Sue-Ellen gemacht?« Er umklammerte die Armlehnen und schüttelte den Stuhl ein wenig.

Waida zog eine Augenbraue hoch. »Ich habe nichts getan. Niemand ist so dumm, Brandons Schwester etwas anzutun.«

»Ich will, dass sie zu mir gebracht wird.«

»Das kann ich nicht tun.«

Nicht können? Was für ein hässlicher Ausdruck. Und völlig inakzeptabel. »Sie gehört mir.«

Die Augen der älteren Frau wurden schmal. »Da sie unverpaart und vaterlos ist, obliegt es eigentlich ihrem Bruder, sie zu beschützen.«

»Sagen Sie ihm, ich brauche sie zurück. Sue-Ellen gehört mir.« *Ganz mir.* Sein einziger Schatz.

»Jemand scheint ein wenig besitzergreifend zu sein. Ich finde, das Mädchen sollte diese Entscheidung selbst treffen dürfen.«

»Sie haben recht, das sollte sie.« Denn er hatte keinen Zweifel daran, dass sie die richtige Entscheidung treffen würde. »Sagen Sie mir, wo sie ist, und ich werde sofort mit ihr sprechen.«

»Na, du bist aber fordernd. In vielerlei Hinsicht wie dein Bruder, und doch nicht.«

Überhaupt nicht wie er. Gar nicht ... »Sie hatten mit Samael zu tun? Was wissen Sie über ihn?«

»Nicht so viel, wie ich es gern täte. Nur, dass er unserem Haus vor einiger Zeit einen Besuch abgestattet hat. Ich hielt ihn für eingebildet und arrogant, aber wie ich sehe, war er nur ein blasses Imitat des Echten.«

»Mein Bruder hatte eine verwöhnte Kindheit.«

»Und wie war deine?«

»Ich werde keine rührselige Geschichte darüber erzählen, dass ich die meiste Zeit meines Lebens in einem Käfig eingesperrt war. Widrigkeiten machen mich stärker, und wie Sie sehen, konnte der Käfig mich nicht halten.«

»Wer hat dich gefangen gehalten? Parker?«

»Irgendwann, aber zuerst war ich ein Gefangener der Blutroten Priesterin. Sie hat meine Erziehung überwacht, und als ich mich den Wünschen der roten Priesterin nicht fügen wollte, wurde ich weggesperrt.«

Waida schürzte die Lippen. »Diese Frau wird zu einem echten Problem.«

»Wird? Ich würde sagen, sie ist schon weit über diesen Punkt hinaus.« Aber keine Sorge, er hatte Pläne für sie – er musste nur erst ein paar Zutaten besorgen und den richtigen Baum zum Verbrennen finden.

»Hasse sie, wenn du willst, es spielt keine Rolle. Sie hat gewisse Dinge in Gang gesetzt, und wir haben jetzt keine andere Wahl, als ihr zu folgen. Schade, dass wir nicht schon früher von dir wussten. Sie hat Samael bereits als den Goldenen Erben präsentiert.«

»Einen falschen Erben. Ich bin der wahre Goldene.«

»Bist du das? Ich kann nicht glauben, dass wir noch einen gefunden haben.« Waida schüttelte den Kopf. »Es ist interessant, dass wir vor einem Jahr überhaupt keine Goldenen hatten, um die Septs zu vereinen, und jetzt haben wir zu viele.«

»Ich bin der einzig wahre Goldene.«

»Aber bist du derjenige, der angekündigt wurde?« Sie beugte sich vor und fixierte ihn mit einem aufmerksamen Blick. »Hast du das Zeug dazu, Remiel D'Ore, dein Volk durch die kommenden dunklen Zeiten zu führen? Dein Bruder Samael hat mit Hilfe des Blutroten Septs eine große

Streitmacht aufgestellt. Die Roten, Blauen und einige der Grünen haben ihm die Treue geschworen.«

»Sie werden ihre Meinung ändern, sobald sie erkennen, dass er der Betrüger ist.«

»Werden sie das? Er verspricht ihnen die Welt. Was kannst du ihnen geben? Du hast selbst zugegeben, dass du ein Gefangener warst, was bedeutet, dass du nicht einmal einen Schatz hast, um eine Armee zu kaufen.«

»Kaufen?« Er zog eine Augenbraue hoch. »Ein König kauft keine Truppen. Sie dienen. Und ich habe durchaus einen Schatz. Er wurde nur verlegt, deshalb bin ich hier.«

Waida verstand schnell. »Du sprichst von dem Mädchen, nicht wahr?«

»Ja. Wo ist sie? Bringen Sie mich sofort zu ihr.«

»Ich kann es dir sagen, aber du wirst sie nicht mitnehmen können. Vor allem wenn ihr Bruder zuerst da ist.«

»Ich habe Ihnen bereits gesagt, dass dieser Bruder keinen Anspruch hat.«

»Und ich habe dir gesagt, dass es ihre Entscheidung sein wird.«

»Sie gehorchen Ihrem König nicht!« Erneut ragte er über der sitzenden Frau auf. »Sagen Sie es mir sofort.« Das Timbre der Forderung hallte im Raum wider, erfüllt von Macht.

Die ältere Frau leckte sich über die Lippen und schüttelte den Kopf. »Oh, du bist gut. Und stark. Fast stark genug, um mich gefügig zu machen, aber du bist auch ungeschult.«

»Ich könnte Sie mit einer Drehung meines Handgelenks töten«, knurrte er, packte sie an der Kehle und hob sie hoch. Er wusste, dass er irrational handelte, aber im Moment konnte er nur an diese Frau denken, die zwischen ihm und seinem Schatz zu stehen schien.

Sie hält mich von meinem Engel fern.

»Mache keine Drohungen, die du nicht wahrmachen willst. Erste Regel des Königtums.«

»Ich mache keine leeren Drohungen.«

Schnaub. Die alte Frau hatte immer noch keinen Respekt. »Du wirst mich nicht töten, denn Könige töten ihre Untertanen nicht. Und sie ermorden ganz sicher nicht ihre Berater.«

»Sie sind nicht mein Berater. Ich arbeite allein.«

»Nicht mehr. Es ist gut, dass du mich gefunden hast, denn wenn du regieren willst, kannst du nicht einfach lostürmen und den Leuten Befehle erteilen.«

»Ich bin König.«

»Ja, und wenn du willst, dass man dir zuhört und dich respektiert, musst du mehr tun, als es nur zu verkünden. Darüber werden wir später noch mehr reden.«

»Sie glauben wirklich, dass Sie mir einen Rat geben werden.« Die Idee schien lächerlich, und doch schien die alte Frau es ernst zu meinen.

»Ein König kann nicht allein regieren.«

»Und deshalb brauche ich das Mädchen.«

»Wenn ich dir sage, wo sie ist, versprichst du mir dann zuzuhören?«

»Geben Sie mir Sue-Ellen.«

»Ich kann sie dir nicht geben, das kann nur sie selbst entscheiden, aber wenn du mir zuhörst, helfe ich dir nicht nur, deine Königin zu finden, ich zeige dir auch, wie du ihr die Welt geben kannst.«

»Nun gut. Ich bin mit Ihren Bedingungen einverstanden.« Denn selbst Sue-Ellen würde zugeben müssen, dass die Welt ein verdammt gutes Geschenk war.

DIE ANKÜNDIGUNG DES DRACHEN

So kam es, dass er noch in derselben Nacht in einen Privatjet stieg und am nächsten Morgen zu einem großen Gelände hinter mehreren Sicherheitsschichten gefahren wurde.

Er trug einen Anzug und hatte sein Selbstvertrauen mitgebracht, um Sue-Ellen für sich zu gewinnen.

Was er stattdessen hätte mitbringen sollen, war Drachinnen-Abwehrmittel.

KAPITEL EINUNDZWANZIG

Der ferne Aufruhr lockte Sue-Ellen an. Wer konnte schon das aufgeregte Geschnatter der Frauen und das gelegentliche dumpfe Geräusch überhören, als sie sich um eine bessere Position drängelten?

Was hatte sie so aufgeregt?

Andererseits, brauchte es dazu viel? Sue-Ellens Ankunft im Silvergrace-Herrenhaus – und mit Herrenhaus meinte sie heilige Quadratmeter, praktisch eine Kleinstadt – löste zweifellos Bestürzung aus. Sue-Ellen wäre am liebsten in einer Schlammpfütze versunken, als sie in einem rosafarbenen Trainingsanzug ankam, der ihr von dem silberhaarigen Mädchen zur Verfügung gestellt worden war, das sie buchstäblich vom Himmel geholt hatte, als Sue-Ellen aus dem Gebäude sprang. Die Begegnung war ... interessant.

Das Timing erwies sich jedoch als gut gewählt. Das andere Mädchen, ein paar Jahre älter als Sue-Ellen, hatte von ihrer Drachen- in die Menschengestalt gewechselt, sobald sie sich auf einem Dach befanden. »Wenn du fliegen willst, solltest du vielleicht versuchen, mit den Flügeln zu schlagen.«

»Ich habe mit ihnen gessschlagen«, grummelte Sue-Ellen lispelnd. Sie waren offensichtlich defekt.

»Erinnere mich daran, dir zu zeigen, wie man richtig fliegt. Und was immer du tust, lass Tante Yvonne nicht wissen, dass du es nicht kannst. Sie ist von der alten Schule, was bedeutet, dass sie dich auf das höchste Gebäude, das sie kennt, mitnimmt und dich runterstößt.«

»Deine Tante klingt verrückt.«

»Ist sie auch. Ich hoffe, dass ich eines Tages so sein werde wie sie«, seufzte das Mädchen mit offensichtlicher Heldenverehrung.

»Wer bist du?«, fragte Sue-Ellen.

»Deka Silvergrace, zu deinen Diensten. Und gerade noch rechtzeitig. Gut, dass Tantchen mir gesagt hat, ich solle mich beeilen.«

»Jemand hat dir gesagt, du sollst mich suchen?«

»Eigentlich waren ihre genauen Worte: *Lass nicht zu, dass sich das Mädchen auf dem Bürgersteig zu Brei verwandelt.*«

»Aber woher wusste deine Tante, dass ich fallen würde?«

»Sie wusste es einfach, und wir stellen keine Fragen.«

Sue-Ellen konnte das respektieren. Sie hatte ein paar Verwandte, die dieselbe Art von unerschütterlichem Respekt verlangten.

»Hier, das kannst du anziehen, bis wir zum Wagen kommen.« Dabei handelte es sich um einen langen Trenchcoat, den die Frau ihr zuwarf. Sue-Ellen wechselte die Gestalt und schlüpfte schnell in die Jacke. Obwohl sie das Geschenk annahm, hatte sie nicht vor, bei Deka zu bleiben. Das würde das Mädchen in zu große Gefahr bringen. Sie bezweifelte sehr, dass Samael und Anastasia sie so einfach gehen lassen würden.

Als sie den Gürtel über ihre Blöße band, sah Sue-Ellen auf und bemerkte, dass Deka sie anstarrte.

Mit großen Augen stieß sie einen Finger in Sue-Ellens Richtung. »Heiliger Strohsack. Ich kenne dich.«

»Das bezweifle ich.« Sue-Ellen kannte nur sehr wenige Leute.

»Eigentlich schon, denn ich und die anderen Mädchen haben dich vor einiger Zeit gesucht. Du bist Brandons Schwester. Wir haben den Versuch, dich zu retten, nach deiner Geburtstagsparty aufgegeben, als du du ihn hast abblitzen lassen.«

Diese seltsame Retterin wusste, wer Sue-Ellen war, was bedeutete: »Du kennst meinen Bruder?«

»Ihn kennen? Er ist mit meiner Cousine verheiratet. Obwohl er durchaus meiner hätte sein können, wenn ich ihn zuerst gefunden hätte. Aber auch wenn er das falsche Mädchen geheiratet hat, sind wir trotzdem eine Familie. Glaub nur nicht, dass du dir den Wagen ausleihen kannst«, sagte Deka und zeigte auf den silbernen Mercedes mit den dunkel getönten Scheiben, der auf der Straße parkte. »Das Baby gehört mir.«

Dieses Baby fuhr viel zu schnell um die Kurven.

Es war recht belebend. Sue-Ellen begehrte dieses Gefühl und betrachtete den Wagen mit neuem Interesse.

Die zufällige Begegnung mit Deka hatte dazu geführt, dass Sue-Ellen in einem Flugzeug gelandet war, in einem knallpinken Trainingsanzug auf dem Weg zur Hochburg des Silbernen Septs.

Bei der Ankunft im Herrenhaus erlebte sie einen unheimlichen *Das Dorf der Verdammten* Moment. Frauen mit silbernen Haaren, manche mit roten, blauen oder sogar grünen Reflexen, strömten aus allen Ecken und Enden herbei, wie es schien. Aus dem Torbogen des Haupteingangs, auf dem Balkon vor der Treppe. So viele neugierige Augen, viele von ihnen grün leuchtend. Es ließ sie fast erstarren.

Gefahr.

Sie brauchte keine Warnung, um ihre Nasenlöcher angesichts der Bedrohung durch so viele Raubtiere auf einem Fleck aufzublähen.

Da half es auch nicht, dass ein kleiner silberner Kobold zwischen zwei Beinen hindurchlief und vor ihr zum Stehen kam. Eine mit Sommersprossen bedeckte Nase wurde gerümpft. »Sie riecht komisch.«

Sue-Ellen, die unter Cousins im Sumpf aufgewachsen war, wusste, was in einer solchen Situation zu tun war. Sie beugte sich tief hinunter und flüsterte: »Vorsichtig, kleines Mädchen. Ich habe schon Eichhörnchen gegessen, die größer waren als du. Und ich bin hungrig.«

Die Augen wurden groß – vor Freude –, die Lippen verzogen sich zu einem reizend entsetzten *O* – des Vergnügens – und das kleine Raubtier in Ausbildung lief kreischend – und kichernd – davon.

Erster Test bestanden. Mehrere der Personen, die sie musterten, verschwanden, sodass sie nur noch mit einer Handvoll von ihnen allein war.

Eine von ihnen, eine stattliche Frau im Hosenanzug mit hochgestecktem Haar, beäugte sie mit Interesse. »Ein weiterer Mercer in einem nicht aufgestiegenen Zustand. Wie ich sehe, hat Parker an mehr als nur einem Familienmitglied experimentiert.«

»Selbst nach seinem Tod schafft Parker es immer noch, uns zu überraschen«, sagte eine andere Frau, die Sue-Ellen tatsächlich erkannte. Zahra, die Matriarchin des Silvergrace-Clans, von der es hieß, sie sei der mächtigste weibliche Drache. Eine Behauptung, über die Anastasia spöttisch schnaubte.

»Mein Onkel hatte eine Menge Geheimnisse.«

»Und wie viele hast du, Mädchen?« Zahra starrte sie mit entschlossenem Blick an, der jede Lüge und Tarnung, die sie vielleicht hatte, zunichtemachte.

»Geheimnisse sind das, was mich als Sklavin unter der Fuchtel meines Onkels gehalten hat. Ich bin es leid, benutzt zu werden.«

»Dann hör auf.« Deka, die in der Nähe geblieben war, hüpfte von dem Buffet, auf dem sie gehockt hatte – ein Möbelstück, das direkt aus irgendeinem Schickimicki-Magazin stammte und in Weiß und Silber vergoldet war. »Wenn es bei dir nicht funktioniert hat, dich auf den Rücken zu drehen und nett zu sein, warum hast du es dann weiterhin getan?«

»Ich dachte, ich würde jemanden beschützen«, brummte sie, und selbst jetzt fragte sich Sue-Ellen, ob sie zurückgehen sollte. Sich wieder in Gefahr begeben, nur um einen arroganten Drachen zu retten.

»Wen hast du beschützt?«, fragte die Frau mit dem Dutt. »Ein weiteres Mitglied der Mercer-Familie? Ich kann mich nicht erinnern, dass Brandon erwähnt hat, dass noch jemand entführt wurde.«

»Nicht gerade Familie.«

»Ich wette, ich weiß, warum sie nicht geflohen ist.« Deka deutete mit einem Finger in ihre Richtung. »Du bist wegen eines Jungen bei deinem Onkel geblieben.«

Es hatte keinen Sinn zu lügen. »Eigentlich ist er jetzt ein Mann und total arrogant, weil er ist, wer er ist. Obwohl man meinen sollte, er wüsste es besser, als so eingebildet zu sein, wenn man bedenkt, dass er in irgendeiner Grube gefangen ist.«

»Von wem redest du?«, fragte Yolanda. »Mir war nicht bekannt, dass noch mehr von uns gefangen gehalten werden.«

Angesichts all der neugierigen Blicke hatte es keinen Sinn, die Wahrheit zu verbergen. Außerdem waren es Geheimnisse, die zu all dem Ärger geführt hatten. »Ich schätze, ihr habt noch nichts von Remiel gehört. Er ist der Bruder von Samael. Halbbruder. Und er ist ein reiner Goldener.«

Nach dieser Aussage verbrachte sie gut zwei Stunden mit der Beantwortung von Fragen. Erst als die Matriarchin und ihre Stellvertreterin – diese Yolanda mit den stählernen Augen – das Gefühl hatten, dass sie ihr das Gehirn ausgesaugt hatten, ließen sie Sue-Ellen entkommen – in ein Gästezimmer.

Sie war keine Gefangene, aber Sue-Ellen war auch nicht in der Stimmung, der großen, weiten Welt zu trotzen. Sie wollte Sicherheit genießen, die ihr in diesen Mauern versprochen worden war. Sie hatte es verdient, verdammt.

Sie nahm sich die Zeit, zu duschen und sich anzuziehen, und fragte sich, was der Silvergrace-Sept mit Remiel machen würde. Sue-Ellen hatte seinen Status als Gefangener erklärt. Wie sie Sue-Ellen gegen ihn benutzt hatten. Sie hatte gefragt, ob sie ihn retten würden, und man hatte ihr gesagt, sie solle sich »keine Sorgen machen«. Sie wollten ihr nicht die geringste Ahnung geben, was sie mit dem Wissen zu tun gedachten.

Als Sue-Ellen als neue und saubere Frau aus dem Bad kam, war sie nicht überrascht, Deka auf ihrem Bett liegend vorzufinden. Das silberhaarige Mädchen zeigte mit der Fernbedienung auf den Fernsehbildschirm. »Ist das der Typ, den du so begehrt hast?«

Als Sue-Ellen auf den Bildschirm blickte, fiel ihr sofort

das lange goldene Haar auf, das ihm locker über die Schultern fiel. Das weiße Hemd steckte in einer engen Jeans.
»Das ist er. Remiel. Aber wie?« Hatte Samael ihn endlich freigelassen? Sie konnte sehen, wie sich seine Lippen auf dem Bildschirm bewegten. »Was sagt er?«, fragte Sue-Ellen, die nahe genug herankam, um sich auf das Bett plumpsen zu lassen.

Deka drehte die Lautstärke auf. »Im Grunde genommen: *Hey Leute, ignoriert meinen Bruder. Ich bin der wahre Drachenkönig.*«

»Das ist alles?«

»Reicht das nicht? Ich meine, er hat gerade angekündigt, dass die Goldenen zurück sind und es Ärger geben wird.«

Sue-Ellen runzelte die Stirn. »Das hat er nicht wirklich gesagt, oder?«

»Nein, aber die Andeutung ist durchaus vorhanden. Es war unglaublich heiß, wie er es einfach so dreist gesagt hat. Ich fand diesen Samael ja ganz süß, aber dieser Typ ... Er ist einfach so sexy, und in ein paar Wochen habe ich Geburtstag. Ich brauche also dringend einen Gefährten. Irgendwelche Tipps, wie ich ihn anziehen kann?«

»Du willst mit Remiel ausgehen?« Die schockierte Frage kam ihr über die Lippen.

»Ausgehen. Ficken. Behalten. Kannst du dir vorstellen, wie viele Pluspunkte ich bekäme, wenn ich mir den Goldenen König als Gefährten angeln würde? Ganz zu schweigen davon, dass der Mann eine Bestie im Bett sein muss.«

»Du. Wirst. Ihn. Nicht. Berühren.« Ohne Luft zu holen oder auch nur zu blinzeln, fand sich Sue-Ellen dabei wieder, wie sie Deka auf dem Bett umdrehte, den Arm über ihrem Hinterkopf und ein Knie in die Mitte ihrer Wirbelsäule gedrückt. Sie zischte: »Er gehört mir.«

Entsetzt über ihr Verhalten hätte Sue-Ellen sich beinahe entschuldigt, aber Deka zuckte mit den Schultern und sagte: »Na gut. Aber da du ihn für dich beansprucht hast, behalte mich für seinen Bruder im Hinterkopf.«

»Samael ist ein Psychopath, der mich in eine Grube geworfen hat.«

»Ein Mann mit ein bisschen Rückgrat. Das gefällt mir.«

»Du bist verrückt.«

»Danke. Mach dir keine Sorgen. Bald wirst du verstehen, wie die Welt funktioniert.«

»Was soll das denn heißen?«, fragte Sue-Ellen.

»Nur, dass sich die Welt um unsere Art dreht.«

»Ich gehöre nicht zu eurer Art.«

»Wovon redest du? Ich habe dich gesehen. Du bist ein Drache.«

»Nein, bin ich nicht«, entgegnete sie vehement, doch ... hörte sie da nicht ein kaltes Kichern? *Dummkopf. Du wirst es nicht mehr lange ignorieren können.*

»Doch, das bist du. Vergiss nicht. Ich habe dich nicht nur in deiner nicht aufgestiegenen Form gesehen, ich kann es an dir riechen, und es wird immer stärker.«

Na toll. Intensiver Körpergeruch. Genau das, was jedes Mädchen wollte. »Wenn ich wegen Onkels Experimenten irgendetwas bin, dann ist es ein Wyvern, kein Drache. Du irrst dich.«

»Kein Irrtum. Ich dachte, du wüsstest es.«

Konnte das wahr sein? Sicher, es war Brandon passiert. Er hatte sich in einen Drachen verwandelt. Aber es hatte doch sicherlich nicht zweimal funktioniert?

Das Telefon auf dem Nachttisch – ein verziertes zinnfarbenes Ding mit einer Wählscheibe und einem richtigen Hörer – klingelte.

Klingeling.

»Wirst du rangehen?«, fragte Deka von unter ihr.

Sue-Ellen rollte sich von der Frau ab und griff nach dem Telefon.

»Hallo?«, sagte sie zaghaft.

»Bist du in Ordnung?« Die Stimme ihres Bruders dröhnte in ihrem Ohr.

Sie schnitt eine Grimasse. »Nicht mehr. Ich glaube, ich bin taub.« Es mochte eine Weile her sein, dass sie miteinander gesprochen hatten – *mein Fehler* –, aber sie würde seine Stimme immer noch überall erkennen. Sie ließ ihre Augen tränen.

»Sei nicht so ein Klugscheißer. Was höre ich da, dass du dich aus einem Gebäude stürzt? Es ist mir egal, ob du beschlossen hast, nicht mit mir zu reden, aber ich werde nicht zulassen, dass du dir etwas antust.« Weil er sie liebte.

Das wusste sie, und die Tränen befreiten sich. »Ich habe nicht versucht, mich umzubringen.«

»Warum hast du dann etwas so Dummes und Verrücktes getan?«

»Ich habe Flügel, Brandon.«

Diese sanften Worte brachten ihn abrupt zum Schweigen. Sie konnte ihn nicht einmal mehr atmen hören.

»Brandon?«

Ein schwerer Seufzer drang an ihr Ohr. Dann ein Strom von Schimpfwörtern, der ihren prüden Onkel – der tatsächlich Priester geworden war – wahrscheinlich ein zweites Mal hätte sterben lassen, wenn er ihn gehört hätte. Der Mann bekam jedes Mal einen Anfall, wenn die Mercers fluchten, Schimpfworte benutzten und mit vorehelichem Sex prahlten.

»Es tut mir so leid, kleines Schwesterchen. Ich hätte dich besser vor unserem Onkel beschützen müssen.«

»Es war nicht deine Schuld. Du wusstest es nicht.«

»Doch, ich wusste es. Er hat das Gleiche mit mir gemacht. Deshalb verstehe ich auch nicht, warum du nicht mit mir gekommen bist, als ich dich retten wollte.«

Wie sollte sie erklären, dass sie geblieben war und sich in Gefahr begeben hatte, weil sie dachte, sie liebte einen Jungen?

Dachte?

Wenn Sue-Ellen ehrlich war, würde sie nicht zugeben, dass sie ihn *immer noch* liebte? Remiel hatte sich nicht verändert. Er war immer noch ein Opfer ihres Onkels. Immer noch der Junge, der ihr bei jeder Berührung einen elektrischen Schauer über den Rücken jagte. Aber war das Grund genug für sie, um zusammenzubleiben?

»Es ist kompliziert«, sagte sie schließlich zu ihrem Bruder. »Es ist immer noch kompliziert, und deshalb kann ich nicht hierbleiben, Brandon. Ich könnte diese Leute in Gefahr bringen. Es ist gut möglich, dass Samael oder Anastasia mich zurückhaben wollen.« Vor allem wenn Sue-Ellen wirklich ein Drache wurde.

»Sie können es versuchen, aber sie werden dich nicht zurückbekommen. Das kann ich dir versprechen. Also warte ab. Wage es nicht, einen Fuß vor die Tür dieser Villa zu setzen, bis ich wieder im Lande bin.«

»Wo bist du?«

»In der Karibik, in den Flitterwochen mit meiner Ehefrau.«

Ehefrau? Sue-Ellen hätte weinen können. *So viele Dinge, die ich verpasst habe.*

Das würde jetzt aufhören. Sie stand nicht mehr unter der Fuchtel von Onkel Theo oder Anastasia.

Deka beugte sich vor und rief: »Keine Sorge, Brand, wir kümmern uns um deine Schwester. Sie wird nirgendwo hingehen. Und was noch besser ist, sie wird mich mit einem bösen Drachenherrscher verkuppeln.« Das Beängstigende an dieser Behauptung? Deka meinte es völlig ernst.

Verrückte Frau.

Fast so verrückt wie der Mann, der die Villa betrat. Sie konzentrierte sich wieder auf den Moment und die Aufregung im Erdgeschoss. Alle Bewohner des Hauses schienen von dem Vestibül angezogen zu werden, ein Meer aus Silber mit Farbschimmern. Aber nur eine Krone war mit Gold überzogen.

»Remiel!« Sie flüsterte seinen Namen nur, aber irgendwie hörte er ihn. Er hob den Kopf und sein bernsteinfarbener Blick fand sie. Er blähte die Nasenflügel auf und seine Augen füllten sich mit goldenem Feuer.

»Engel.«

Das Wort hallte in ihrem Kopf wider. Der besitzergreifende, tiefe Tonfall drückte sie. Es war erheiternd und beängstigend zugleich. Sie trat einen Schritt zurück und schüttelte den Kopf in dem Versuch, das nachhallende Gefühl in ihr zu verdrängen, das sie dazu drängte, ihm entgegenzukommen.

Warum halte ich mich zurück? Er ist da. Er gehört mir. Die Vehemenz der Aussage ließ sie einen Schritt zurücktreten.

»Oh nein, das tust du nicht.«

Sie konnte hören, wie er mit ihr sprach, auch wenn es niemand sonst zu bemerken schien. Das war eine Sache zwischen ihnen allein.

Ein weiterer Schritt, und sie konnte ihn nicht mehr sehen, bis Remiel einen Schritt auf sie zu machte, aber sein weiteres Vorankommen wurde durch zu viele Frauen behindert. Junge Frauen.

DIE ANKÜNDIGUNG DES DRACHEN

Wollen wir wetten, dass sie unverheiratet sind? Bei dieser verschlagenen Erwiderung spannte sie die Finger an ihren Seiten an.

Hände weg. Sie wollte es laut herausschreien, als sie sich auf ihn stürzte, bereit, ihn kühn zu beanspruchen.

Es wird nichts beansprucht. War sie wahnsinnig?

Nun, sie hatte Zeit mit Deka verbracht. Aber so schnell und einfach fing man sich Verrücktheit doch sicher nicht ein? Nachdem sie sich an den D'Ore-Brüdern verbrannt hatte, musste sie sich fernhalten.

Irgendeinen Anspruch auf Remiel zu erheben würde schlecht enden – für sie.

Außerdem gab es immer noch dieselben Gründe, die sie und Samael voneinander getrennt hatten, erst recht, wenn es um Remiel ging.

Ein Alligator mit dem wahren Goldenen König? Das konnte niemals passieren.

Sie verschränkte die Hände hinter dem Rücken und bewegte sich, bis sie mit dem Rücken an die Tür ihres Zimmers stieß, aber sie betrat es nicht. Sie blieb stehen und lauschte.

Ein wenig Gemurmel von unten wurde ihr fast zum Verhängnis.

»Er gehört mir. Ich habe ihn zuerst gesehen.«

»Du hast ihn nicht zuerst gesehen, denn du warst nicht einmal hier, als er hereinkam.«

Die Frauen stritten sich um ihn, aber er gehörte Sue-Ellen.

»Ich werde ihn ablecken.«

Ohne Zunge würde das Flittchen es nicht tun.

»Ich werde ihn so was von beanspruchen!«

»Du kannst ihn nicht beanspruchen. Er ist der König.

Nur er kann eine Königin beanspruchen, und mit Königin meine ich mich.«

Sie lagen beide falsch, denn Remiel gehörte zu Sue-Ellen. *Mein.*

Und ich werde ihn umarmen und ...

Sie schüttelte den Kopf, als das heftige Bedürfnis, ihn zu besitzen, sie ergriff.

Was ist nur los mit mir?

Remiel gehörte ganz sicher nicht ihr, und warum sollte sie ihn besitzen wollen?

Denn wenn er mir gehört, können sie ihn nicht haben. Es würde nicht lange dauern, bis Remiel sich an eine Drachin gebunden sah. Der letzte wahre Goldene Drache. Sue-Ellen konnte sich vorstellen, wie wichtig es für die Zukunft seiner Art wäre, wen er wählte.

Es war ja nicht so, als würde er unter dem Interesse der schönen Frauen an ihm leiden. Er konnte sich die Form und Größe aussuchen. Er konnte sich dafür entscheiden, sein Imperium aufzubauen, indem er sich mit einer alten Familie verbündete, einer, die bereits reich und mächtig war und seinen Anspruch festigen konnte.

Alles Dinge, die Sue-Ellen ihm nicht geben konnte, und trotz allem, was Deka sagte, wusste sie, dass sie kein Drache sein konnte. Ein solches Glück hatte sie nicht.

Aber das Gute ist, dass ich noch am Leben bin. Und allein.

Niemals allein. Die Worte wurden geflüstert. Aber wessen Worte waren es?

Sie wirbelte herum, griff nach dem Türknauf in ihrem Rücken und drehte ihn, aber sie war nicht schnell genug, um sein Brüllen zu überhören.

»Genug!« Der Befehl, ganz männlich und sehr kraftvoll, hallte im Eingangsbereich wider. Sofort herrschte Stille.

Ein paar Sekunden lang.

Dann Gekicher.

»Seht nur, wie er versucht, Befehle zu erteilen.«

»Diese Angewohnheit werden wir ihm austreiben müssen.«

»Alberner Mann.«

Närrinnen. Sie mochten jetzt lachen, aber Remiel erlangte gerade erst seine Kraft. Sicherlich konnten sie die Rohheit spüren. Sie pulsierte in ihm und würde wachsen. Er würde an Macht gewinnen müssen, wenn er wirklich König werden wollte.

Die Geschichte wird Geschichten über ihn erzählen.

Sie wollte gerade den Raum betreten, als sie in ihrem Kopf ein sehr deutliches Knurren hörte: *»Geh nicht weg. Ich komme gleich.«*

Was? Sie wirbelte herum und trat näher an das Geländer heran, um einen verschwommenen Blick auf Gold zu erhaschen. Dann nichts.

Im einen Moment stand Remiel noch da. Und im nächsten? Puff. Verschwunden. Er löste sich in Luft auf, was Bestürzung verursachte.

Alle spähten über ihre Schultern und drehten sich um. Aber Remiel war wirklich verschwunden.

»Wo ist er hin?« Die Ehrfurcht in ihren Stimmen bestärkte sie nur noch mehr in ihrer Annahme.

Will ich mit einem Mann zusammen sein, der auf Schritt und Tritt beobachtet wird?

»Natürlich willst du das.« Die sanften Worte kamen aus dem Nichts und hätten sie eigentlich erschrecken müssen.

Aber sie kannte diese Stimme.

Als sie den Mund öffnete, brachte sie nur ein winziges Quietschen heraus, bevor seine Hand über ihrem Mund weitere Geräusche verhinderte.

»Du musst deine Freude darüber, mich zu sehen, in Grenzen halten.«

Das Schlimmste an seiner Arroganz? Er hatte nicht ganz unrecht. Ein Teil von ihr war wirklich erfreut über sein Erscheinen.

Mit der Hand über ihrem Mund und seinem ganzen Körper an sie gepresst, unsichtbar, wie sie hinzufügen sollte, was es unheimlich machte, führte Remiel sie zurück in ihr Zimmer. Die Tür schloss sich mit einem Klicken. Erst dann ließ er sie los.

Sie wirbelte herum und sah nichts. Sie begann, mit der Faust in die Luft zu stoßen, in dem Versuch, ihn zu finden.

»Du hast eine seltsame Art, Hallo zu sagen«, behauptete er, als er sichtbar wurde. Er wirkte so selbstzufrieden.

»Das ist dafür, dass du versucht hast, mich dazu zu bringen, mir in die Hose zu machen«, schnauzte sie ihn an, bevor sie ihm einen Schlag in den Bauch versetzte. Sie hätte genauso gut eine Wand schlagen können. Das Pochen in ihren Fingerknöcheln und sein breites Grinsen ließen sie nur finster dreinschauen. Vor allem weil er so verdammt süß war.

»Ich habe dich auch vermisst.«

»Habe ich nicht. Warum bist du hier?«

»Weil ich dich finden musste.«

Man sollte ihr eine Frau nennen, die einem Mann widerstehen konnte, der das sagte. Wer könnte standhaft bleiben, wenn er das mit solcher Aufrichtigkeit zu ihr sagte? »Ich hasse dich.« Sie warf sich ihm an den Hals und presste ihre Lippen auf die seinen.

Seinem Mund schien der Angriff nichts auszumachen. Er griff um sie herum, um ihren Hintern fest in beide Hände zu nehmen. Er zog sie näher an sich heran und übernahm die Kontrolle über die leidenschaftliche Umarmung.

»Ich wusste, dass du mich vermisst hast«, sagte er zwischen den Küssen, viel zu zufrieden mit sich selbst.

»Ich dachte, du wärst tot.« Zu wissen, dass er es nicht war, dass er gekommen war, um sie zu suchen, war das euphorischste Gefühl der Welt.

Obwohl, wenn diese Küsse weitergingen, würde sie diese letzte Aussage vielleicht revidieren.

»Ich bin nicht so leicht zu töten.« Er zog mit den Zähnen an ihrer Unterlippe. Er neckte sie, während er die Form ihres Hinterns abtastete, die Backen umfasste und knetete, während er sie gegen seine offensichtliche Erregung drückte.

Es war ein wenig zu viel, zu schnell. Ihr Kopf und ihr Herz waren so verwirrt. Sie zog sich zurück. »Wie hast du mich gefunden?« Ihre Lippen pochten und sie starrte auf seinen Mund. Sie wollte seinen Mund, seine Küsse waren eine Droge, die ihre Glieder schwach und ihre Augenlider schwer machte. »Hat Anastasia dich rausgelassen?«

»Nicht direkt. Ich bin geflohen.«

»Ich dachte, die Grube, in der wir waren, wäre idiotensicher?«

Remiel knabberte an ihrer Unterlippe und saugte dann daran. »Für einen gewöhnlichen Drachen vielleicht. Aber ich bin etwas Besonderes.« Und dann erklärte er ihr, wie einfach es war.

Sie starrte ihn mit offenem Mund an und schauderte vielleicht ein paarmal, als er lässig davon erzählte, wie er durch ein Nest von sehr wütenden Spinnentieren gewatet war – sie waren recht pikiert, dass er ihre Cousins getötet hatte. Dann rang er mit mehreren Dutzend Schlangen, bis sie sich unterwarfen – laut seiner Prahlerei würde es eine lange Zeit dauern, die Knoten zu entwirren. Er beendete seine Flucht mit einem langen Schwimmen auf einem einzigen Atemzug durch einen eiskalten unterirdischen Bach, der schließlich auf dem Grund eines großen Sees mündete.

»Du bist wirklich entkommen, also warum bist du hier?«

»Um dich zu finden. Ich werde dich immer finden.«

»Fast wäre ich nicht hier gewesen, um dich zu finden. Ich bin aus dem Fenster gesprungen und hätte beinahe den Bürgersteig geküsst.«

»Das habe ich gehört. Ich habe deinen Sprung aus dem Fenster um einen Moment verpasst.«

»Aber woher wusstest du, dass du dort hingehen musst?« Sie wusste nicht einmal, wo sie war, bis Deka es ihr sagte.

»Ich habe dich gefunden, weil wir miteinander verbunden sind.«

Sie runzelte die Stirn. »Inwiefern verbunden?«

»Du weißt schon, wie süß es ist, wenn du die Stirn runzelst, oder?«

»Wechsle nicht das Thema.«

»Warum nicht? Du hast noch nicht nach dem wichtigsten Grund gefragt, warum ich hier bin.«

»Weil du ein König ohne Schloss bist und einen Platz zum Bleiben brauchst.«

»Wer sagt, dass ich kein Königreich habe?«

»Du hast in einem Loch im Boden gelebt.«

»Für eine kurze Zeit in meinem Leben. Ich denke, wenn ich jemanden dazu bringe, meine Memoiren zu schreiben, werde ich sie als meine Sabbatjahre bezeichnen. Ein Moment des Friedens, bevor die eigentliche Arbeit begann.«

»Und was ist die eigentliche Arbeit? Willst du wirklich

König werden? Hast du eine Vorstellung von der Verantwortung, die das mit sich bringen könnte?«

»Ich fürchte weder die Arbeit noch die Tatsache, dass die Menschen angefangen haben, sich gegen uns wenden.«

Es war faszinierend, dem Weg seiner Gedanken zu folgen, denn er bot ihr so viele Möglichkeiten, die sie erkunden konnte. Sie hielt sich an eine. »Was meinst du damit, dass die Menschen sich gegen uns wenden?«

»Das ist im Moment nicht das wichtigste Thema für mich.«

Wenn die Menschen sich auf einen Krieg vorbereiteten, mussten sie sich dann nicht damit befassen? »Was könnte wichtiger sein?«

»Dich davon zu überzeugen, mich zu akzeptieren.«

Diese Aussage raubte ihr jeden Atemzug, den sie vielleicht noch hatte. Sie klang so perfekt, so wahr. Und doch wusste sie, dass es eine Lüge war.

Sie stieß sich von ihm ab und verpasste ihm eine schallende Ohrfeige.

Er zuckte nicht zusammen. Er rührte sich nicht einmal. Er klang neugierig, als er fragte: »Wofür war das?«

»Dafür, dass du mich von dem Schwachsinn überzeugt hast, dass ich dein Schatz bin.« Für einen Moment in der Grube hatte sie es geglaubt, und dann, als er gekommen war, hatte sie die Wahrheit, die Anastasia offenbart hatte, fast vergessen.

»Du bist mein Schatz, Engel. Mein Ein und Alles.«

»Bin ich das wirklich? Ich habe nämlich gehört, dass du mit anderen Frauen geschlafen hast.« Sie stemmte eine Hand in die Hüfte. »Dachtest du, ich würde es nicht herausfinden?«

»Theoretisch gesehen habe ich nicht mit ihnen geschlafen.« Auf ihr Knurren hin hob er kapitulierend die Hände.

»Sei nicht böse auf mich. Ich sollte mich nicht rechtfertigen müssen, aber da du offensichtlich aufgeregt bist, lass mich ein paar Dinge klarstellen. Erstens, diese Begegnungen fanden während meiner vergesslichen Zeit statt. Ich wusste nicht, dass du existierst.«

»Wenn ich so verdammt wichtig bin, hättest du es doch unterbewusst wissen müssen.«

»So wie du wusstest, dass du nicht den richtigen Mann küsst.«

Scham errötete ihre Wangen. Da hatte er recht. Sie hatten beide Dinge mit anderen Leuten getan, ohne zu merken, dass etwas daran nicht stimmte. Das stimmte nicht ganz, sie hatte das fehlende Summen bemerkt, wenn sie sich berührten, sie hatte nur nie verstanden, was es bedeutete.

Doch jetzt, da sie zusammen sein konnten, war es immer noch nicht richtig. »Ich kann nicht dein Schatz sein. Ich kann nichts für dich sein. Du hast doch gesehen, wie es unten bei diesen Drachinnen war. Du bist ein hohes Tier.«

»Sie wollen mich nur wegen meines Körpers.« Er sah nach unten. »Genauer gesagt wegen meines Samens.« Er hob den Blick, um den ihren zu treffen. »Du wolltest mich immer nur meinetwegen.«

Das stimmte. Aber wollen war nicht genug. »War es dein Ernst, König zu werden?«

»Vielleicht. Wenn ich es nicht tue, bedeutet das, dass Samael das Sagen haben wird, und da Anastasias Absichten bisher nicht gerade rein waren, ist das wahrscheinlich keine gute Sache.«

»Willst du mir weismachen, dass du dich jetzt um die Welt sorgst? Was ist aus *scheiß auf alle außer mir* geworden?«

»Oh, es geht immer noch nur um mich. Allerdings habe

ich den Eindruck, dass ich eine aktivere Rolle bei den Geschehnissen in der Welt spielen sollte. Schließlich werden unsere Kinder ein Königreich brauchen, das sie erben können.«

An diesem Punkt gaben ihre Knie irgendwie nach.

KAPITEL ZWEIUNDZWANZIG

Sein süßer Engel wurde schwach vor Verzückung und Remiel fing sie gnädigerweise auf. Dann ließ er sie fast fallen, als sie sagte: »Ich werde nicht deine Kinder gebären.«

»Warum nicht? Es werden spektakuläre Kinder sein.« Die fantastischsten Kinder von allen.

»Zum einen bin ich jung. Viel zu jung, um Mutter werden zu wollen. Ich bin gerade aus einem Gefängnis freigekommen und ich habe nicht vor, mich an einen Herd zu fesseln und Kinder zu gebären. Ich will die Welt sehen.«

»Also werden wir ein Kindermädchen haben.«

Sie funkelte ihn an.

»Zwei Kindermädchen?«

Sie funkelte weiter.

»Vielleicht könnten wir erst die Welt bereisen und dann mit der Zeugung unserer Linie beginnen.«

Es befreite sie nicht gänzlich von ihrer finsteren Miene.

»Wenn du so sehr Babys willst, dann nimm eine der alleinstehenden Damen da unten. Die sehen mehr als begierig nach dir aus.«

»Aber ich will sie nicht.« Was recht bockig klang, also fügte er hinzu: »Ich will dich.«

Sie seufzte. »Und ich muss eine Närrin sein, weil ich dich auch will.«

»Ich wusste, dass du mich magst.«

Wieder seufzte sie.

»Du tust so, als wäre das etwas Schlechtes.«

»Ich denke nur an all die Komplikationen.«

»Wir werden Leute einstellen, die sie lösen.«

Sie stemmte die Hände wieder in die Hüften. »Das ist es ja gerade. Man kann nicht einfach Leute einstellen, die sich um alles kümmern. Für einen Mann, der es gewohnt war, allein zu sein, scheinst du ziemlich bereit zu sein, andere deine Drecksarbeit machen zu lassen.«

»Ein guter König weiß, wann er delegieren muss.«

»Du bist kein König.«

»Noch nicht.«

»Nur weil du es erklärst, ist es noch lange nicht so. Es gibt Regeln, um dieses Land zu regieren.«

»Menschliche Regeln.« Er wedelte mit der Hand. »Die gelten nicht für mich.«

»Ich kann das nicht tun.« Sie stürmte aus dem Raum, und bevor er ihre Absicht erfassen konnte, schrie sie: »Er ist hier drin.«

Im Nu füllten silberhaarige Frauen den Raum, ihre Augen blitzten in so vielen Farben auf – violett, blau und braun in der Ruhe, aber grünes Feuer, wenn sich ihre bestialische Seite erhob, um einen Blick darauf zu werfen.

Sein Engel – der sich als äußerst hartnäckig erwies – hatte ihn den heiratswilligen Drachinnen vorgeworfen. Welch Grausamkeit. Wie konnte sie ihm das nur antun? Wie konnte sie ihn verlassen?

Das brachte ihn nur dazu, sie noch mehr zu begehren.

Sie war so unbeeindruckt von seinen hervorragenden Goldenen Genen. Sie ließ sich von seinen leidenschaftlichen Worten nicht beeindrucken.

Er befahl. Sie gehorchte nicht. Gab es nicht irgendwo eine Regel, dass das nicht passieren durfte?

Allein die Tatsache, dass er sie nicht zu seinem Willen zwingen konnte, weckte noch mehr Sehnsucht in ihm.

Aber wie sollte er sie umstimmen?

Mach ihr den Hof, Idiot. Er würde ihr zeigen müssen, dass er ihrer würdig war. Ab jetzt, indem er bewies, dass keine andere Frau sein Interesse weckte.

Als ihm das Geschnatter um ihn herum zu viel wurde, zog er sein Spiegelbild nach innen und schlüpfte durch die Atome und Momente der Zeit, vorbei an den greifenden Müttern und ihren Töchtern, die sich seit seiner Ankunft an der Tür vervielfacht zu haben schienen.

Er machte sich auf den Weg die Treppe hinunter, mit der Absicht, zu Sue-Ellen zu gelangen, indem er der Spur ihrer Aura folgte, doch ihm wurde aufgelauert.

Ein Kribbeln des Bewusstseins ließ ihn über seine Schulter blicken, wo er einen Mann entdeckte. Einen großen Mann.

Einen wirklich großen Mann mit finsterem Blick, der sich von seinem Mantel der Unsichtbarkeit nicht täuschen ließ. »Du dreckiges blondes Arschloch, lass Sue-Ellen in Ruhe.«

Und dann lernte Remiel die Faust des Mannes aus nächster Nähe kennen.

KAPITEL DREIUNDZWANZIG

Ich kenne diese Stimme. Sue-Ellen steckte den Kopf gerade noch rechtzeitig aus dem Wohnzimmer, um Remiel dank des rechten Hakens ihres Bruders zu Boden sinken zu sehen.

»Warum hast du ihn geschlagen?«, quiekte sie.

»Ich habe dir doch gesagt, dass er dich nicht zurückbekommt.« Brandon funkelte auf Remiel herab.

»Das ist nicht Samael, das ist Remiel, sein Bruder, du Idiot.« Schnell ging sie an Remiels Seite, ließ sich auf den Boden sinken und legte seinen Kopf auf ihre Oberschenkel. Sie strich sein blondes Haar zurück und warf ihrem Bruder einen Blick zu. »Ich kann nicht glauben, dass du das getan hast.«

»Komm mir nicht damit. Ich bin dein großer Bruder. Es ist meine Aufgabe, dich zu beschützen, und erzähl mir nicht, du hättest keinen Schutz gebraucht. Er hat dich offensichtlich angegriffen. Er trägt deinen Geruch.«

»Weil wir uns geküsst haben.«

Nicht nur Brandon schnappte nach Luft. Auch andere hörten zu.

Sollen sie doch lauschen. Dann werden sie wissen, dass er mir gehört.

»Du hast ihn geküsst?«

Sie reckte ihr Kinn. »Was soll's, wenn ich es getan habe? Ich bin jetzt eine erwachsene Frau.«

Brandon schüttelte den Kopf. »Falsch. Du bist meine kleine Schwester. Und kein Mann wird jemals schmutzige Dinge mit der kleinen Schwester eines Jungen tun. Deshalb ist es meine Pflicht, ihn zu töten, bevor er dich beschmutzt.«

»Wage es nicht.«

»Ich muss es tun. Das steht im Regelbuch für große Brüder.«

»So etwas gibt es nicht, und außerdem scheinst du zu vergessen, dass das hier Remiel und nicht Samael ist.«

»Das ist mir egal. Keiner von beiden ist meiner kleinen Schwester würdig.«

Ihre Lippen zuckten. Bis jetzt war ihr nicht bewusst gewesen, wie sehr sie ihren großen Bruder vermisste. »Dir ist schon klar, dass du die gesamte Goldene Linie beleidigt hast, als du sie als unwürdig bezeichnet hast.«

Er blinzelte. »Sie sind nicht die einzigen Goldenen hier.«

»Was soll das denn bedeuten?«

»Es bedeutet«, sagte Brandon und half ihr auf die Beine, während Remiel von zu vielen willigen Händen weggetragen wurde, »dass es mehr als einen Goldenen Drachen gibt, der Anspruch auf den Thron erheben kann.«

»Aber die Prophezeiung spricht von dem einen, der angekündigt wurde.«

»Das tut sie, und bis vor Kurzem nahm jeder an, dass sie von Samael spricht. Aber tut sie das? Ich meine, wir reden hier über ein paar alte Worte. Worte, die von jemandem gesprochen wurden, der wahrscheinlich eine epische, drogeninduzierte Halluzination erlebt hat. Denk doch mal nach. Wie kann eine bestimmte Sept-Farbe eine Person zu einem Anführer machen?«

»Wenn die Farbe nicht das Wichtigste ist, was ist es dann? Köpfchen? Reichtum?«

»Eigentlich wollte ich Eier sagen, aber deine Antworten sind auch gut. Aber am wichtigsten ist wahrscheinlich, wer die größere Machtbasis hat. Apropos, ich glaube, es ist an der Zeit, dass du meine Frau kennenlernst.«

Brandons Frau? Die Silvergrace-Tochter selbst. Sue-Ellen verspürte den nervösen Drang, ihr Haar zu überprüfen. Was, wenn ihre neue Schwägerin sie hasste?

Was, wenn seine Frau sie, nachdem sie gerade erst wieder mit Brandon vereint war, nie wieder zusammenkommen ließ?

Was, wenn ...

»Es wird auch Zeit, dass ich meine neue Schwester kennenlerne.« Die Arme griffen wie aus dem Nichts zu und umarmten Sue-Ellen mit knochenbrechender Festigkeit. Sie hoben sie außerdem hoch und schüttelten sie. »Sieh dich an. Du bist winzig. Warte, bis Adi dich zu fassen bekommt.«

»Wer ist Adi?«

»Meine Schwester.«

Sue-Ellens Füße landeten auf dem Boden und endlich konnte sie einen Blick auf die Frau ihres Bruders erhaschen. Sie hatte sie schon einmal aus der Ferne gesehen. Eine silberhaarige Schönheit mit den erstaunlichsten amethystfarbenen Augen – Augen, die auf verrückte Weise mit grünem Feuer glühen konnten.

Wenn ich wirklich ein Drache bin, werden meine dann auch so glühen wie ihre?

»Du bist Dekas Cousine.« Sie konnte die Ähnlichkeit sehen.

»Das bin ich, aber du bist meine neue Schwester.« Aimi verschränkte die Hände. »Wie lange dauert es, bis du mich zur Tante machst?«

»Eine Weile. Ich bin nicht verpaart.« Und das würde sie auch nie sein, wenn es so weiterging. Remiel würde mit ihrem Bruder nicht glücklich sein.

»Wirklich? Ich habe gehört, dass du den neuesten Goldenen beansprucht hast.«

»Nein.«

»In diesem Fall«, Amis Lippen verzogen sich zu einem Lächeln, »wird es dir nichts ausmachen, wenn ich es meinen unverheirateten Cousinen sage.«

»Remiel kann zusammen sein, mit wem er will.« Wenn es jedoch jemand anderes als Sue-Ellen war, würde diejenige sterben.

Wie bitte?

Ihr inneres Ich hatte nur ein kaltes Glucksen als Antwort.

»Apropos Remiel, wo haben sie ihn hingebracht?«, fragte Sue-Ellen. Sie versuchte, so zu tun, als interessierte es sie nicht, und doch verzehrte er ständig ihre Gedanken.

»Sie haben ihn in das Labor von Tante Xylia gebracht. Solange er bewusstlos ist, wird sie wahrscheinlich Tests mit ihm machen wollen.«

»Tests im Sinne von Blutabnahme und so?« Sue-Ellens Augen weiteten sich. Das würde nicht gut gehen. »Ich muss los.«

Sie sollte sich besser beeilen. Sie folgte einer Spur, die sich durch das Herrenhaus zog. Es war keine Spur, sondern eher ein Instinkt. Sie wusste einfach, wohin sie gehen musste, als verbände ein Faden sie mit Remiel, und sie folgte ihm einfach zurück zur Quelle.

Sie war nicht schnell genug.

Der Boden unter ihren Füßen bebte.

Oh, oh.

Sie lief schneller.

KAPITEL VIERUNDZWANZIG

Remiel hielt die Frau an der Kehle fest, seine goldenen Hände mit den Krallen drückten gegen ihre Haut.

Wie leicht es wäre, sie zu töten. Sie ein paarmal gegen die Wand zu schleudern. Sie wie einen Ball durch die mit Gläsern gefüllte Vitrine zu werfen. Oder er könnte einfach ihren Kopf drehen und ablösen.

Ich hasse Ärzte. Selbst die hübschen wie die, die er in der Luft baumeln ließ.

Man stelle sich seine Überraschung vor, als er in einem sauberen Bett aufgewacht war. Man stelle sich seine noch größere Überraschung vor, als er merkte, dass ihn jemand so hart geschlagen hatte, dass er bewusstlos geworden war.

Beeindruckend und inakzeptabel. *Ich werde die Person umbringen müssen.*

Doch zuerst beschloss er, die Frau zu töten, die es gewagt hatte, ihn mit einer Nadel zu stechen.

Und so fand sein Engel ihn einen Moment später, als sie in den Raum gelaufen kam.

»Töte sie nicht. Lass sie runter.«

Stattdessen starrte er die Frau an, Wut brannte in

seinen Adern. »Sssie hat mich mit einer Nadel gessstochen«, lispelte er.

»Sie hat es nicht getan, um dir zu schaden.«

Sein Engel legte ihre Hände auf seinen Bizeps, und ihre Berührung beruhigte ihn augenblicklich. »Ich mag keine Nadeln, Nadeln sind bössse.« Das S rollte von seiner gespaltenen Zunge.

»Das tut niemand, aber das heißt nicht, dass du dich deswegen wie ein großes Baby aufführen darfst.«

»Baby?« Er drehte sich um und sah sie über seine Schulter an. »Hast du mich gerade ernsthaft als Kind bezeichnet?« Er setzte die Frau ab und ließ sie los, bevor er sich ganz verwandelte.

»Nun, du jammerst ganz schön viel. War es, weil sie dir keinen Lutscher angeboten hat?«

»Reiz mich nicht.«

»Ich werde dich reizen, wenn ich es verdammt noch mal will. Was willst du denn machen? Mich schlagen?« Sie stand direkt vor seinem Gesicht und er konnte sehen, dass sie sich darauf vorbereitete.

Er wollte etwas töten, aber es war ganz sicher nicht sie. »Ich würde dir nie etwas antun.« Niemals. *Ich werde jeden töten, der das tut.*

»Wenn ich etwas sagen darf, auch Clan Silvergrace wollte dir nichts Böses«, fügte die ältere Dame hinzu, während sie sich über das Haar strich. Ihre Stimme klang rau.

»Ihr wollt mir nichts Böses, und doch wurde ich in eurem Haus angegriffen.« Angegriffen und niedergeschlagen. Remiel würde sich mehr anstrengen müssen, damit so etwas nicht wieder passierte. Er war in seinem Lernen und Training nachlässig geworden.

Die alte Dame schürzte die Lippen. »Das ist unsere

Schuld, da wir nicht wussten, dass Sue-Ellens Bruder so schnell kommen würde.«

Bruder? Der große Kerl war mit seinem Engel verwandt? Mist. Das bedeutete wahrscheinlich, dass er nicht zurückschlagen konnte. »Warum wolltet ihr Proben, wenn ihr mir nichts Böses wollt?«

»Meine Schwester Waida hat uns erzählt, dass sie dich getroffen, aber keine genetischen Spuren bekommen hat. Wir wollten deine Behauptung überprüfen.«

»Ihr wollt einen Beweis dafür, wer ich bin.« Remiel lächelte. Er hoffte, dass es seine knallharte Version war. »Sieh mir in die Augen. Sieh deinen Beweis.« Während andere Drachen verschiedene Augenfarben hatten, hatten alle ein grünes Feuer, wenn sich die Bestie erhob.

Mit Ausnahme von Remiel. Seine Augen blitzten golden.

»Erstaunlich«, behauptete Xylia. Doch anstatt auf ein Knie zu sinken und ihm die Treue zu schwören, wirbelte sie von ihm weg und tippte auf einem Tablet auf dem Tisch hinter ihr, um sich Notizen zu machen. »Ist eine deiner besonderen Fähigkeiten die schnelle Heilung deiner Wunden?«

»Eher jahrelange Übung als Sandsack.« Die Ärzte testeten so gern seine Grenzen aus. Er erwähnte es nicht aus Mitgefühl, sondern aus reiner Ehrlichkeit. Es ging nach hinten los. Er sah das Mitleid auf ihren Gesichtern und knurrte. »Ich muss euch nicht leidtun. Es macht mir nichts aus.« Das hatte es schon eine ganze Weile nicht mehr. Vor allem nachdem er die getötet hatte, die ihm wehgetan hatten.

»Sag uns nicht, was wir fühlen sollen. Es wird mir leidtun, was sie getan haben, weil es das Richtige ist. Niemand hätte dich auf diese Weise verletzen dürfen.« Wie wütend Sue-Ellen klang. Immer beschützte sie ihn.

So wie ich sie immer beschützt habe. Aber er konnte sie nicht beschützen, wenn er ein Gefangener war. Die Welt könnte hinter ihnen her sein. Er brauchte eine Armee. Sofort.

Er wandte den Blick zu der silberhaarigen Frau. Er nahm seine ernsthafteste Miene an. »Ich kenne dich, Xylia Silvergrace. Du bist die Schwester der Matriarchin und leitende medizinische und wissenschaftliche Angestellte des Silbernen Septs. Du hast außerdem mehrere Abschlüsse in Biotechnologie und Chemie. Wie ich sehe, waren die Berichte über dein unterirdisches Labor keine Übertreibungen.«

»Du bist gut informiert.«

»Ich habe keine untätige Kindheit verbracht. Jede wache Stunde war eine Art Unterricht.« Damals hatten er und Samael gemeinsam gelernt. Ihre Rivalität hatte sich noch nicht wirklich entwickelt, und so hatten sie sich gegenseitig unterstützt. Sie hatten sich gegenseitig abgefragt, um sich Belohnungen zu verdienen. Bis zu dem Tag, an dem Samael ihn verriet.

»Ich möchte noch einmal betonen, dass dir trotz deiner Vergangenheit die Treue des Silbernen Septs sicher ist, jetzt, da wir von deiner Existenz wissen. Wie früher auch sind wir der Goldenen Linie gegenüber loyal und bereit, unseren Eid abzulegen.«

»Klingt gut. Solange die Verbindung mit den Silbernen Familien nicht mit einer Heirat verbunden ist. Ich bin bereits vergeben.« Als Sue-Ellen protestieren wollte, legte er ihr eine Hand auf den Mund. Er lächelte Xylia an. »Sie ist zu schüchtern, es zu verkünden.«

Xylias Blick huschte kurz zu Sue-Ellen. »Du solltest vielleicht darüber nachdenken, eine Markierung zu setzen, die deine Hingabe zeigt.«

»Gute Idee, und ich kümmere mich darum, sobald du weg bist.«

Ein Biss in seine Finger veranlasste ihn dazu, die Hand zurückzunehmen, und Sue-Ellen rief aus: »Wir kümmern uns um gar nichts.«

»Gut. Ich werde die ganze Arbeit machen, und du kannst es genießen.«

»Du wirst nicht –«

Da sie mit ihren Widerworten nicht gerade produktiv war, bedeckte er ihr Grummeln mit einem Kuss. Da dies ihre Anspannung nicht löste, küsste er sie weiter. Dann küsste er sie einfach, weil er es genoss.

Irgendwann, während des Küssens, ging Xylia weg. *Endlich allein.*

Und wusste seine Frau das zu schätzen?

Nein!

Sie biss ihn und stieß ihn weg. »Glaube nicht, dass du mich einfach küssen und das alles verschwinden lassen kannst.«

»Ich hatte vor, mehr zu tun, als nur zu küssen.«

»Was, wenn ich nicht geküsst werden will?«

Ein langsames Lächeln umspielte seine Lippen. »Du willst es.« Er sagte es selbstgefällig, da er ihre Erregung riechen konnte.

Ihre Wangen färbten sich rosa. »Was mein Körper will und was ich will, sind zwei sehr unterschiedliche Dinge.« Sie warf den Kopf zurück. »Es gibt zu viel Ballast zwischen uns.«

»Ich werde ihn verbrennen.«

»Das kann nicht dein Ernst sein.« Sie stemmte die Hände in die Hüften, niedlich in ihrer Wut. Ärgerlich in ihrer Weigerung, endlich die Wahrheit zuzugeben.

»Es ist mir mehr als ernst. Mein ganzes Leben lang haben die Leute Spielchen mit mir gespielt. Sie haben mir gesagt, was ich tun soll. Mich eingesperrt, wenn ich mich weigerte. Es gibt nur eine Sache, die ich jemals auf dieser Welt wollte. Nur eine.«

»Frei zu sein?«

»Nein. Ich wollte immer nur dich.«

Ihr Blick wurde weicher. »Wie kannst du das sagen, nach allem, was passiert ist?«

»Weil es wahr ist. Ich sehe dich und es ist, als ginge die Sonne auf, auch wenn es dunkel ist. Ich rieche dich und spüre ein Gefühl der Wiedergeburt, der Hoffnung. Wenn ich dich berühre …« Er streckte die Hand aus und zog sie zu sich heran. »Fühle ich mich lebendig.«

»Aber –«

»Es gibt kein Aber«, sagte er, bevor er sie mit seinen Lippen zum Schweigen brachte. Er zog seinen Engel näher heran und vertiefte die Umarmung. Zu seiner stöhnenden Freude erwiderte sie den Kuss und ihre Lippen öffneten sich, um ihn zu akzeptieren. Während seine Zunge auf die Suche ging, drückte er sie fest an seinen Körper, um keinen Raum zwischen ihnen zu lassen. Wenn sie jetzt nur keine Kleidung tragen würden.

Andererseits konnten sie, auch wenn Xylia gegangen war, jeden Moment unterbrochen werden.

Am besten, sie waren schnell. Er hob sie in seine Arme und brachte sie zum Bett – das irgendwie wie ein alter Steinaltar aussah, der mit einem weißen Laken bedeckt war.

Er fuhr mit den Fingern durch ihr Haar, während er sie weiter küsste, während er an ihrer Hose zerrte, mit der Hand unter den Bund glitt und ihre Hüfte streichelte.

Sie stöhnte in seinen Mund und ihre Temperatur stieg.

Er befreite seine Hand und entschied sich, sich ihr auf dem Bett anzuschließen. Sie spreizte die Beine und schien es zu begrüßen, dass sich sein Gewicht zwischen sie schmiegte. Sogar durch die Kleidungsschichten hindurch konnte er spüren, wie ihr heißer Schritt gegen seine Erektion drückte. Er rieb sich an ihr, übte noch mehr Druck aus, und sie schnappte nach Luft.

Ein heißer Atemzug traf auf seine Lippen, die immer wieder mit lustvollem Wimmern erzitterten, während er sich gegen sie presste.

Und das war nur der Anfang des Vergnügens, das er ihr bereiten würde.

Er wanderte über ihren Kiefer zur weichen Muschel ihres Ohrs. Er umspielte sie mit seiner Zunge und spürte, wie sie ihre Finger in seine Seiten grub und ihr Körper unter ihm bebte.

Langsam bahnte er sich seinen Weg an ihrem Hals hinunter zum Kragen ihres T-Shirts. Ein T-Shirt, das ihm im Weg war.

Reiß.

Jetzt nicht mehr. Er entblößte seinen Engel vor seinem Blick. Und unter seiner feurigen Beobachtung verhärteten sich ihre Brustwarzen zu Knospen – Knospen, die nach seinem Mund bettelten.

Stattdessen neckte er sich selbst – und sie –, indem er mit dem Daumen über die Spitze einer Brustwarze strich. Reiben. Streicheln. Sie spannte sich weiter an und ihr Körper bebte.

Die Knospe rief nach ihm. Er beugte sich vor und saugte sie ein, zog so viel von ihrer Brust in seinen Mund, wie er konnte. Ein kehliges Stöhnen verließ sie, ein leiser, sexy

Laut der Begierde, der seinen Schwanz nur noch mehr anschwellen ließ.

Er saugte an ihren süßen Beeren, leckte und knabberte an ihrem empfänglichen Fleisch und liebte es, wie sie sich unter ihm wand.

Sie gab die bezauberndsten wimmernden Laute von sich. Aber nur, wenn sie atmen konnte. Meistens stockte ihr der Atem, während sie den Kopf hin und her warf.

Ihre gerötete Haut verströmte Wärme und Sinnlichkeit, und er musste mehr davon spüren.

Erneut ließ er seine Hand nach unten wandern und über den Bund ihrer Hose gleiten. Er fuhr mit den Fingern über die Seide ihres Slips. Dann schob er einen Finger hinein. Er fuhr über ihren Schamhügel und spürte die kurzen Haare, die sich bis zum Übergang ihrer Oberschenkel zogen. Er ließ seinen Finger daran vorbeigleiten und fuhr mit ihm über ihre feuchten Schamlippen.

Ja, feucht. Feucht für ihn.

Er fuhr mit weiteren Fingern hin und her und spürte, wie sie erschauderte.

Er konnte sehen, fühlen und sogar riechen, wie sehr sie ihn begehrte, aber er musste es auch hören. Er wollte, dass sie ihn endlich laut akzeptierte. »Willst du, dass ich aufhöre?«

Sie antwortete nicht, sondern griff nach ihm, packte ihn am Hals und zog ihn zu einem Kuss herunter. »Bitte, Remiel.«

Bitte. Er war derjenige, der betteln sollte.

Er hatte definitiv vor, sie anzubeten. Er schob ihre Hose nach unten, um besseren Zugang zu haben.

Er ließ einen Finger zwischen ihre Schamlippen gleiten und tauchte in ihren Honigtopf ein. Die Süße tropfte heraus. Sie tränkte seinen Finger und er benutzte sie, um ihre Klitoris zu reiben. Er rieb sie nur einen Moment, bevor sie sich krümmte und seinen Namen schrie.

Ihr jungfräulicher Körper konnte es nicht ertragen. Sie kam so schnell, aber er war noch nicht fertig. Er fixierte sie mit seinem Körper, während seine Hand zwischen ihnen blieb, um sie zu streicheln.

Sie schluchzte gegen seinen Mund, während seine Hand weiterhin ihre Magie wirken ließ, tiefer ging, rieb und ihre Lust zwang, sich erneut aufzubauen. Er berührte sie weiter, spürte ihre Hitze und ihr Verlangen und musste doch geduldig sein.

So geduldig. Als sie gegen seinen Mund wimmerte: »Bitte, Remiel«, wusste er, dass sie bereit für ihn war.

Schnell schob er sich die Hose von den Hüften, um sich zu befreien. Mit einer Hand ergriff er seine Erektion, während er sich mit der anderen über ihr abstützte.

Die Härte seines Schafts fühlte sich in seinem Griff schwer an, aber er genoss das erotische Gefühl, als er die Spitze seines Schwanzes an ihr rieb.

Sein Engel schnappte nach Luft und wieder krümmte sie sich, ihre süßen Brüste in der Luft. Er rieb sich wieder und wieder an ihr, befeuchtete seinen Schwanz und machte sie ein wenig verrückt vor Lust.

Als sie die Augen öffnete und die braunen Iriden mit einem seltsamen gelben Feuer glühten, konnte er nicht umhin, davon fasziniert zu sein.

Er küsste sie mit weit aufgerissenen Augen. Mit der Spitze stieß er an den Eingang ihrer Muschi und hielt dann inne, als er spürte, dass ihm etwas im Weg war.

Sie spreizte sich weiter für ihn und grub die Finger in seine Taille. Ihre Beine waren um ihn geschlungen und er spürte, wie er gegen ihr Jungfernhäutchen drückte, es aber nicht ganz durchbrach.

Eine Jungfrau zu sein bedeutete bei diesem ersten Mal Schmerzen für sie. Er wollte es nicht tun. Er konnte ihr nicht wehtun. Er hielt inne, schwebte über ihr, Schweiß glänzte auf seiner Haut, als er zögerte.

»Du kannst jetzt nicht aufhören«, murmelte sie gegen seine Lippen.

»Das wird uns unwiderruflich verbinden.« So sehr er es auch hasste, ihr die Wahl zu lassen, er tat es dennoch. Er ließ ihr die Wahl, obwohl alles, was er wollte –

Offenbar gefiel Sue-Ellen sein Zögern nicht. Sie spannte die Beine an, zog ihn mit den Händen näher, in ihren Körper hinein, während sie die Hüften nach oben stieß und ihn in sich hineinrammte, was ihn vollständig in ihr vergrub.

Heiliger verdammter Gott.

Es war ein sehr religiöser Moment. Er war sich ziemlich sicher, dass Engel sangen. Er spürte definitiv, wie ein Blitz einschlug, ein Blitz, der ihm Sue-Ellen noch bewusster machte als je zuvor.

Er musste nicht fragen, ob sie es auch spürte. Er wusste bereits, dass sie es tat, denn er spürte es durch diese neue Verbindung, und daher wusste er, dass es ihr gut ging – und sie bereit für mehr war.

Seine Lippen auf die ihren gepresst, begann er, sich zu bewegen, mit den Hüften zu stoßen und zu reiben, während er in sie eindrang und sich zurückzog. Er glitt und dehnte sie, spürte, wie sie sich um ihn herum anspannte und weiter zusammenzog, je näher sie dem Höhepunkt kam. Er war selbst am Rande dessen, und jeder Stoß brachte ihn näher. Näher.

Als sie ihm in die Lippe biss, fest genug, um die Haut zu

brechen, schwoll sein Schwanz an und explodierte, was ihn ein letztes Mal tief hineinzwang und einen Schrei seines Engels auslöste, gefolgt von schwanzquetschenden Wellen der Lust, als ihr Kanal reagierte. Er pulsierte um ihn herum und rang ihm das letzte Quäntchen Lust ab, das er aufbringen konnte.

Ausgewrungen und gesättigt brach er fast auf seinem Engel zusammen. Er schaffte es, sich mit den Armen so abzustützen, dass er sie nicht mit seinem ganzen Gewicht erdrückte. Ihre Augen waren geschlossen und ihre Lippen öffneten sich, während sie sich erholte. Er rieb seinen Mund an ihrem, woraufhin sie glücklich seufzte.

»Das war episch.«

»Du bist episch«, sagte er mit einem leisen Schnauben. »Und mein.«

»Als wäre ich das nicht schon vorher gewesen.«

»Aber jetzt ist es offiziell.« Seine pochende Unterlippe verkündete es. So wie das Durchbrechen ihres Jungfernhäutchens sie beansprucht hatte. Blut für Blut, um sie für ein ganzes Leben zu verbinden.

»Offiziell kompliziert«, grummelte sie, aber sie sprach mit dem süßesten aller Lächeln. Sie streckte eine Hand aus, um seine Wange zu streicheln. Durch das Band, das sie teilten, spürte er ihre absolute Zufriedenheit. Glück.

Liebe.

Sie liebte ihn genauso, wie er sie liebte. Als könnte er je daran zweifeln. So eine Großartigkeit wie ihn hatte man seit Jahrhunderten nicht mehr gesehen.

Noch immer in ihrem engen, feuchten Körper vergraben, wurde sein Schwanz wieder hart. Er hatte so lange darauf gewartet, mit ihr zusammen zu sein, dass ein einziges Mal nicht genug sein würde. Ein ganzes Leben würde vielleicht nie genug sein.

Aber zumindest im Moment würde die zweite Runde

DIE ANKÜNDIGUNG DES DRACHEN

noch warten müssen. Zum einen war sie noch Jungfrau gewesen. Sie war untenrum wahrscheinlich wund, und er war immer noch in ihr vergraben. Er zog sich zurück und rollte sich auf die Seite.

Sie knurrte. Recht laut. »Was glaubst du, wo du hingehst?«

»Denjenigen töten, der uns unterbrechen will.«

Zu spät.

Die Tür flog auf und ein silberhaariges Mädchen steckte den Kopf hinein.

»Yo, Suzie. Wir haben Besuch.« Das Mädchen zog sich zurück, nur um den Kopf wieder hineinzustecken, ihm zuzuzwinkern und zu rufen: »Netter Arsch.«

»Sie wird sterben.« Es sollte angemerkt werden, dass nicht er, sondern Sue-Ellen die Drohung aussprach.

»Wer ist das?«, fragte er, rollte sich ganz vom Bett herunter und zog seine Hose hoch.

»Das ist Deka Silvergrace.«

»Ihre neue beste Freundin«, rief Deka aus, die wieder einmal hereinplatzte. »Ihr müsst euch beeilen, Turteldrachen. Die Blutrote Matriarchin beziehungsweise Priesterin der Goldenen ist hier und verlangt eine Audienz, und Tante Yolanda ist supernett, was wirklich beängstigend ist.«

»Warte mal. Sagtest du Blutrote Matriarchin? Seit wann?«, fragte Remiel.

»Seit die vorherige Blutrote Anführerin mit allen Töchtern bis auf eine abgekratzt ist. Die übrig gebliebene ist minderjährig, also ist die Priesterin als Vormund eingesprungen und kontrolliert jetzt den Blutroten Sept. Und jetzt hält sie sich für die Größte, weil sie ohne Termin aufgetaucht ist und Forderungen stellt.«

»Was für Forderungen?«, fragte er, während er sein Haar mit den Fingern kämmte.

»Sie sagt, du seist verlobt, und besteht darauf, dass du die Bedingungen dieser Abmachung erfüllst.«

»Sie will, dass du heiratest?«, kreischte Sue-Ellen, und er lachte über die Wut, die er durch ihr Band spürte.

Eifersucht stand ihr gut.

KAPITEL FÜNFUNDZWANZIG

Gut, dass Remiel sie an der Taille festhielt, denn für einen Moment drehte Sue-Ellen irgendwie durch.

Verlobt? Wer war das Flittchen, das ihre Krallen in Sue-Ellens Mann zu versenken gedachte?

»Du kannst dich beruhigen, Engel. Ich bin nicht verlobt. Wenn sie irgendetwas behaupten, dann geschah es unter Zwang und ohne meine Zustimmung.«

Deka lehnte sich an den Türpfosten und deutete mit dem Daumen in den Flur. »Nun, das solltest du ihnen vielleicht erklären, denn sie ist hier und sie ist nicht allein gekommen.«

»Mein Bruder ist bei ihr?« Seine Miene hellte sich auf.

»Ja, das ist er. Meinst du, du kannst ein gutes Wort für mich einlegen?«, antwortete Deka.

»Ich werde gehen, aber du bleibst hier und bewachst Sue-Ellen. Ich will nicht, dass Anastasia in ihre Nähe kommt.«

Mit dieser gebieterischen Forderung schlenderte er zur Tür hinaus. Er dachte, er könne Entscheidungen für sie treffen.

Ha. Unwahrscheinlich.

Sue-Ellen blickte finster drein, während sie sich die Hose wieder über die Hüften zog. »Dieser arrogante Idiot. Führt sich auf, als wäre er mein Chef. Zieht alleine los, ohne einen Plan zu haben. Er wird sich noch umbringen lassen.«

»Umbringen? Unwahrscheinlich. Im Moment ist er heiße Ware. Versehentlich verheiratet andererseits? Sehr wahrscheinlich.«

»Einen Teufel wird er tun und heiraten.« Remiel war bereits beansprucht, und jetzt, da es passiert war, konnte sie es voll und ganz verteidigen.

Trotz seines Befehls stand es außer Frage, dass Sue-Ellen zurückbleiben würde. Nicht wenn Remiel möglicherweise in Gefahr war.

Deka machte keine Anstalten, Sue-Ellen daran zu hindern, Xylias Labor zu verlassen, aber das Silvergrace-Mädchen hatte das Bedürfnis, einen Kommentar abzugeben, als sie Remiel ins Erdgeschoss folgten. »Sieht aus, als wäre jemand entjungfert worden, und das auch noch von einem König. Sollen wir das königliche Laken an die Wand hängen, damit alle Septs von eurer Vereinigung erfahren?«

Mit glühenden Wangen brummte sie: »Ich werde dich hängen, wenn du auch nur ein Wort zu irgendjemandem sagst.«

»Ein Wort worüber?«, fragte Brandon, der sie gehört hatte, als er die Treppe herunterkam.

»Nichts.« Sue-Ellen sagte es ein wenig zu schnell, aber das war nicht das, was sie verriet. Ihr Bruder schnupperte an der Luft. Er legte die Stirn in Falten. Er schürzte die Lippen, woraufhin kleine Hände seinen Bizeps umfassten. Er schien es nicht zu bemerken, da er den Arm hob und seine Frau gleich mit.

»Er ist tot«, knurrte er.

»Wage es nicht, ihn anzurühren!«, brüllte Sue-Ellen. »Ich meine es ernst. Er hat mir nichts angetan, was ich nicht wollte.«

»Ich habe das Stöhnen gehört. Sie macht keine Witze«, fügte Deka hinzu, um die Situation zu entschärfen.

»Ich will das nicht hören!« Brandon steckte sich die Finger in die Ohren und sang: »La, la, la.«

Aimi hatte es aufgegeben, seinen Arm zu halten, und lehnte sich stattdessen lachend gegen die Wand. »Und ich dachte, meine Familie wäre unterhaltsam.«

Sue-Ellen hatte wichtigere Dinge, um die sie sich kümmern musste, als den fehlgeleiteten Sinn ihres Bruders für Ritterlichkeit. Sue-Ellen war eine erwachsene Frau und als solche hatte sie kein Problem damit, an ihrem Bruder vorbeizumarschieren – und ihm einen gemeinen Schlag in die Leiste zu verpassen, der ihn nach Luft schnappen ließ.

Sie stürmte an ihm vorbei und die restlichen Stufen hinauf, wobei sie dem nun viel dickeren Faden zwischen ihr und Remiel folgte.

Sie folgte ihm bis zu einem Flur mit grauem Schieferboden und weiß verputzten Wänden. Die silbernen Kronleuchter spendeten kein Licht, da das Tageslicht durch die Fenster strömte. Es half, die Menge zu erhellen, die sich vor der riesigen Doppeltür versammelt hatte, die Ohren gespitzt und lauschend.

Wonach lauschten sie?

Deka bahnte sich mit dem Ellbogen einen Weg nach vorn, wobei sie Sue-Ellen mit sich zog. Im Nu war Sue-Ellens Ohr an die glatte, kühle Oberfläche gepresst und sie versuchte, Geräusche aufzunehmen.

Zuerst hörte sie weibliches Gemurmel. Dann ein gebrülltes: »Unwahrscheinlich.« Remiel klang nicht erfreut. Aber Sue-Ellen war es, denn sie hörte deutlich, wie er erklärte: »Ich bin bereits beansprucht, also kannst du deine Verkupplungspläne vergessen.«

Die Hitze seiner Worte durchflutete sie mit Freude und sie konnte sich ein albernes breites Lächeln nicht verkneifen – *er hat mich gewählt.*

Natürlich bedeutete das, dass etwas schiefgehen musste. Im Haus wurde es plötzlich still, als der Strom ausfiel, und einen Moment lang war kein einziger Laut zu hören, nicht einmal ein Atemzug.

Erwartung hatte kein Geräusch.

In der Stille konnte niemand das Dröhnen eines sich nähernden Hubschraubers überhören. Aber viel besorgniserregender war das Glas, das zu zerbrechen begann, weil Kugeln abgefeuert wurden.

KAPITEL SECHSUNDZWANZIG

Das klirrende Glas ließ Remiel zu Boden gehen.

Zahra brüllte: »Wer greift da an? Wieso wurden wir nicht gewarnt?«

Das war seine Schuld. Vielleicht hatte er auf seinem Weg ins Herrenhaus einige der Verteidigungssysteme ausgeschaltet. Sie waren ihm im Weg.

Außerdem verwehrte man einem König nicht den Zutritt, schon gar nicht, wenn er nach der Summe seiner Existenz suchte.

»Spielt es eine Rolle, wie sie auf das Grundstück gekommen sind?«, brummte Yolanda.

Die Silberne Matriarchin hockte hinter ihrem Schreibtisch und ihre Augen leuchteten grün. »Wie können sie es wagen, in mein Gebiet einzudringen?« Mit diesem bedrohlichen Knurren lief Zahra zu der zerbrochenen Terrassentür und sprang hindurch, ein verschwommener Fleck aus Frau, zerfetztem Stoff und glitzerndem Silber.

Das sah nach Spaß aus. Remiel war nicht abgeneigt, sich ihr anzuschließen, vor allem weil er Antworten brauchte, aber er musste nicht nach draußen gehen, um sie zu bekommen.

Er griff nach Samael, packte ihn am Kragen und zog ihn zu sich heran, bevor er fragte: »Warum greifen deine Männer an?«

»Hast du einen verdammten Knall? Das ist nicht mein Werk. Auf mich wird auch geschossen.«

Gutes Argument. Ein Blick auf die finster dreinblickende Anastasia, die hinter einem umgestürzten Tisch kauerte, machte deutlich, dass sie das auch nicht inszeniert hatte.

Wer blieb damit übrig?

Wagen es die Menschen, uns auf dem Gelände der Silbernen anzugreifen?

Das deutliche Wummern eines Hubschrauberrotors wurde lauter, und als schwarz gekleidete Gestalten auf das Haus zurasten, die hinter unsichtbaren Jalousien herauskamen – von der magischen Art, deren Existenz ihm bis zu diesem Moment nicht bekannt gewesen war –, seilten sich noch weitere aus dem Himmel ab.

Das Haus befand sich in einem Großangriff. Wie episch.

Was für ein Spaß.

Als König oblag es ihm, bei der Verteidigung des Anwesens zu helfen.

Und doch ... als Remiel aus dem Fenster sprang und sich auf den ersten Idioten stürzte, der eine Waffe auf ihn richtete, stellte er fest, dass der Angriff, so auffällig er auch sein mochte, recht vergeblich war.

Er schnappte sich das Gewehr von dem Kerl in der schwarzen Kampfmontur und riss es aus seinem menschlichen Griff. Bevor er Antworten verlangen konnte, krampfte der Körper und brach zusammen, sodass Remiel über der

Leiche stehen blieb. Er war nicht der Einzige, der schwer enttäuscht war.

Ein Meer aus Silber ergoss sich aus dem Haus und zerbarst in seine ursprünglichen Gestalten. Geschmeidige Körper, glitzernde Schuppen, scharfe Krallen und Flügel erfüllten den Himmel. Sie trillerten, als sie jagten, erwiesen sich als wunderbar tödlich, wenn sie zuschlugen und den angreifenden Feind zerfetzten, bis nur noch einer übrig war. Ein wehleidiger Mensch im Griff von Remiels Bruder.

»Wer hat dich geschickt?« Samael schüttelte den Menschen, und dieses Mal sah Remiel das Glitzern von etwas in seinem Mund. Sein Bruder musste es auch gesehen haben, denn er neigte den Menschen und schlug ihm auf den Rücken, bis etwas herausschoss. Eine Kapsel.

Wollen wir wetten, dass sie voller Gift ist?

Jemand wollte nicht, dass sie Antworten bekamen.

Schade.

Unzufrieden mit dem Kampf, hatte Remiel wenig Geduld mit dem Wiesel, das sich immer noch weigerte, Samael zu antworten.

Remiel riss den Angreifer aus dem Griff seines Bruders, schleuderte ihn durch die Luft und sah ihm bei der Landung zu, bevor er fragte: »Wer hat dich geschickt, um mich zu töten?«

»Er wollte damit sagen«, warf Samael ein, »wer hat dich geschickt, um mich zu töten? Den rechtmäßigen König.«

Auf dem Rücken liegend grinste der Mensch, der nach seiner eigenen Sterblichkeit stank, durch blutige Zähne. »Der wahre Anführer kommt. Heuchler müssen sterben.« Mit dieser lächerlichen Behauptung presste sich der Mensch eine Hand vor den Mund. In nur einer Sekunde begann er zu sprudeln, im wahrsten Sinne des Wortes.

Schaum floss aus seinem Mund und tropfte an seinem Kinn hinunter, seine Augen traten hervor und die Adern in ihnen platzten einen Moment, bevor die Augäpfel selbst explodierten.

Remiel presste die Lippen zusammen und wischte sich mit einem Arm über das Gesicht, bevor er sagte: »Ich brauche einen Drink.«

Eigentlich hatte er schon in dem Moment, in dem er Zahras Arbeitszimmer betrat und Anastasia an Samaels Seite stehen sah, einen Drink gebraucht. Ihre Anwesenheit hier konnte nur eine Falle sein.

Die gute Nachricht? Keiner von beiden sah erfreut aus.

Die schlechte Nachricht? Die Matriarchin der Silbernen würde das Blut auf ihrem weißen Marmor wahrscheinlich nicht zu schätzen wissen. Die Flecke ließen sich kaum entfernen.

Remiel rieb seine Hände aneinander. »Wem verdanke ich das Missvergnügen dieses Besuchs? Sagt es mir nicht. Samael ist hier, um vor dem rechtmäßigen König niederzuknien und mich um brüderliche Vergebung zu bitten, und du hast beschlossen, dich zur Sühne für deine Existenz in Brand zu setzen.«

»Ich bin auf der Suche nach Sue-Ellen hierhergekommen. Ich wusste nicht, dass *sie* kommen würde.« Samael funkelte Anastasia an.

»Wegen dieser kindischen Einstellung kannst du nicht König sein«, erwiderte die Priesterin. »Apropos, du«, sie deutete mit einem rot manikürten Finger auf Remiel, »hast ein Versprechen zu halten.«

Zahra, die ebenfalls anwesend war und ein wachsames Auge und Ohr hatte, fragte: »Welches Versprechen?«

Yolanda, die eine Brille auf der Nasenspitze trug, hob den Kopf vom Laptop und fügte hinzu: »Denkt daran, dass ein mündlich gegebenes Versprechen unter einem bestimmten Alter nicht rechtsverbindlich ist.«

Anastasia sah viel zu erfreut aus. »Der König ist verlobt. Als sein Vormund habe ich es arrangiert. Daran ist nichts Illegales.«

»Ich habe nicht zugestimmt, und es wird einfach nicht passieren.« Remiel zuckte mit den Schultern. »Tut mir leid, dass du den ganzen Weg hierhergekommen bist. Man sieht sich.«

»Egal was du von mir hältst, du kannst dich nicht vor deiner Pflicht drücken.«

»Ich drücke mich nicht vor meiner Pflicht. Um die Zeugung des Erben habe ich mich tatsächlich gerade erst gekümmert.« Er achtete darauf, seinen Bruder anzugrinsen.

Samaels verärgerte Miene verriet, dass er die Andeutung verstanden hatte.

Genau wie Anastasia. »Schade, dass du deinen Samen verschwendet hast, aber jetzt, da du das Mädchen losgeworden bist, kannst du tun, was für den Sept richtig ist.«

»Du meinst, was für *deinen* Sept richtig ist«, wandte Zahra ein.

Die Vorstellung der Blutroten von dem, was für den Sept richtig war, und die der Silbernen war zwar ähnlich – innerhalb der Familie zu heiraten –, hatte aber einen entscheidenden Fehler.

Remiel war bereits beansprucht.

Er kehrte in den Moment und das sinnlose Gemetzel zurück. Warum angreifen? Sicherlich hatten sie gewusst, dass sie nicht gewinnen konnten.

Samael, der sich wie sein Bruder nie die Mühe gemacht hatte, seine Gestalt zu ändern, wischte sich die Hände ab und kam näher. »Liegt es an mir oder scheinen diese angreifenden Menschen etwas Verrücktes an sich zu haben?«

»Du meinst, mehr als sonst?«

»Menschen begehen normalerweise nicht auf diese Weise Selbstmord. Nicht ohne einen Grund.«

»Nein, das tun sie nicht.« Die Frage, warum sie angegriffen hatten, blieb unbeantwortet.

»Wollen die Menschen einen Krieg mit uns beginnen?« Samael sprach vor allem zu Remiel. Jegliche Fehde zwischen ihnen schien plötzlich innezuhalten oder vergessen zu sein, da eine größere Gefahr auf sie zukam.

Wenn sein Bruder dachte, er könne ein großer Mann sein, dann würde Remiel ihm zeigen, dass er größer sein konnte. »Eine Handvoll fehlgeleiteter Menschen macht noch keine Verschwörung auf globaler Ebene aus.«

»Es heißt auch nicht, dass die Menschen allein dahinterstecken. Die Drachen haben viele Feinde«, bemerkte Yolanda, die sich ihrer kleinen Gruppe genähert hatte, zusammen mit der Silbernen Matriarchin, die es geschafft hatte, sich ein Gewand zu besorgen, um sich zu bedecken.

»Wer könnte das sein?«, fragte Zahra. »Wir haben keine Streitigkeiten mit anderen Gruppen.«

»Ist das wichtig?« Anastasia kochte förmlich, als sie auf sie zumarschierte, wobei das Blut, das sie bedeckte, Teile ihrer roten Kleidung noch dunkler machte. »Diese menschlichen Ungläubigen haben uns angegriffen.«

»Und wir haben uns um sie gekümmert.« Samael machte eine Geste. Die Aufräumarbeiten hatten bereits begonnen.

»Wir müssen mehr tun als das. Sie werden es wieder versuchen.«

»Was schlägst du vor, was wir tun sollen?«, fragte Zahra. Obwohl sie keinen silbernen Anzug trug, verringerte das Gewand nicht im Geringsten ihr höhnisches Grinsen. »Wir können nicht wirklich gegen die Menschen in den Krieg ziehen. Es gibt Milliarden vergleichen mit unseren Tausenden.«

»Nur ein Bruchteil würde tatsächlich kämpfen«, bemerkte Remiel und beugte sich hinunter, um die Leiche zu betrachten. Er hob eine Hand. »Erkennt jemand dieses Symbol, das er trägt?« Er hielt das Medaillon hoch, das vom Kragen seines Hemdes gefallen war. Das Symbol darauf neckte ihn mit seiner Vertrautheit.

»Welchem Klub sie auch immer angehören, er wird nicht mehr lange existieren. Seine Tage sind gezählt. Wir können nicht zulassen, dass Außenstehende den potenziellen König angreifen«, erklärte Zahra.

»Könige«, änderte Samael. »Wir sind zwei.«

»Drei, wenn man den Freak mitzählt, den Parker geschaffen hat.« Anastasia konnte sich einfach nicht zurückhalten.

»Meint ihr nicht vier?« Deka, die immer wieder auftauchte, mischte sich in das Gespräch ein.

»Wer ist der vierte?«, fragte Anastasia.

Aber Remiel konnte es sich plötzlich denken. Denn wenn es einem Mercer gelungen war, zu einem teilweise Goldenen zu werden, dann ...

Er sah Deka stirnrunzelnd an. »Solltest du nicht auf Sue-Ellen aufpassen?«

»Das habe ich, aber dann hat sie darauf bestanden, dass wir uns die Dinge ansehen, und nun ja, sie ist technisch gesehen ranghöher als ich.«

»Wo ist sie? Wurde sie bei dem Angriff verletzt?«

»Verletzt?« Deka schnaubte. »Nicht einmal annähernd. Brand und Aimi haben sie weggebracht, während ihr gespielt habt.«

»Wo hat er sie hingebracht?«, fragte Samael, und Remiel wirbelte zu ihm herum.

»Warum willst du das wissen? Ich habe dir bereits gesagt, dass sie mir gehört.«

»Für den Moment. Wie lange, glaubst du, braucht eine Witwe, um zu trauern?«

»Willst du mir drohen?« Remiel stand aufrecht neben Samael. Aber sie waren beide gleich groß. Hatten fast das gleiche Gewicht. Es würde ein epischer Kampf werden.

Remiel knackte mit den Fingerknöcheln. Er hatte lange auf diesen Moment gewartet. »Was sagst du, Bruder? Sollen wir das ein für alle Mal beenden?«

»Jungs! Genug!« Die Zurechtweisung war ein Befehl, und die Jungen drehten sich, um Zahra anzusehen. Ihre übereinstimmenden Mienen verrieten ein klares »Wie bitte?«.

»Euer Getue ist zwar sehr unterhaltsam, aber ihr verschwendet eure Zeit und Energie damit, euch gegenseitig zu bekämpfen, während wir uns um viel schwerwiegendere Probleme kümmern müssen.«

»Ich weiß nicht, wie es euch geht, aber da Sue-Ellen im Moment bei ihrem großen Bruder in Sicherheit ist, habe ich Zeit, meinem kleinen Bruder hier eine Lektion zu erteilen.«

Besagter Bruder hob einen Finger, den er in lockender Geste krümmte. »Mein Kalender ist auch ziemlich frei«, sagte Samael.

Sie erhoben erneut die Fäuste und ein übereinstimmendes, grimmiges Grinsen machte sich auf ihren Gesichtern breit, als sie sich in Kampfstellung begaben.

»Idioten. Ihr seid Idioten. Seht ihr es nicht? Jemand hatte es auf euch beide abgesehen, und es war ihm egal, wie öffentlich es ist. Das hier ist wichtiger als jede Fehde.«

Anastasia verzog das Gesicht. »Ich muss der alten Hexe

zustimmen. Aber nicht aus demselben Grund. Diese Menschen gehören offensichtlich zu einem Kult, dem es nichts ausmacht, seine Mitglieder zu töten. Sie sind nur unbedeutende Störfaktoren, die sich leicht unterdrücken lassen. Worüber du dir Sorgen machen solltest, ist die Tatsache, dass Brandon das Mädchen mitgenommen hat. Verstehst du nicht, was das bedeutet?«

»Er liebt seine Schwester?«

»Er will sie in Sicherheit bringen?«

»Nein!« Anastasia kreischte fast. »Denkt nach, ihr Idioten. Warum sollte Brandon die Gefährtin eines Goldenen Königs nehmen?«

»Möglicher König«, warf Samael ein.

Remiel kam die Antwort zuerst, auch wenn der Gedankensprung wegen der Kühnheit des Gedankens etwas dauerte. »Du denkst, Brandon wird versuchen, meinen Thron zu besteigen und Sue-Ellen als Druckmittel bei den Septs zu benutzen.«

Oh verdammt, nein. Der Thron und der Engel gehörten ihm, und zwar ihm allein.

Es war Zeit, sie zurückzubekommen.

Er war nicht der Einzige, der diese Idee hatte. Eben noch stand Samael bei ihnen, im nächsten Moment war er verschwunden.

»Dieser Mistkerl.« Remiel streckte seine Sinne aus und nahm einen Hauch der Aura seines Bruders wahr, als dieser unter dem Deckmantel der Unsichtbarkeit floh.

Remiels Plan, Samael niederzureißen, wurde durch eine Hand auf seinem Arm gestoppt.

Remiel starrte auf die zarten Finger, die es wagten, ihn aufzuhalten.

Zahra entfernte sie nicht, noch entschuldigte sie sich für ihre Frechheit. »Lass den Jungen gehen. Wir wissen, wohin er flieht, und Brandon wird ihn nicht in die Nähe des Mädchens lassen.«

»Samael wird kein Problem mehr sein, sobald ich seinen Hals in die Krallen bekomme.«

»Du kannst ihn nicht töten.« Es war nicht Anastasia, die sprach, sondern Zahra. »Die Goldenen sind zu wenige und zu wertvoll, um sie wegen kleinlicher Streitereien zu verschwenden.«

»Kleinlich? Er hat mich in eine Grube gesperrt.«

»Und?« Zahra musterte ihn. »Du siehst nicht so aus, als hättest du gelitten.«

»Hübsche Prinzessin«, hustete Deka in eine Faust.

»Er stellt mein Recht zu herrschen infrage.«

»Bist du nicht stark genug, um ihm zu widerstehen?«

»Das bin ich.« Er blähte die Brust auf. »Aber ich sollte mich nicht ständig verteidigen müssen. Nicht wenn es eine einfachere Lösung gibt.«

»Und wenn ich etwas Besseres hätte als den Tod?«

Während Remiel sich den Plan der Silbernen Matriarchin anhörte, grinste er. Dann lachte er.

Nachdem er zugestimmt hatte, ging er los, um seinen Engel zu finden.

Meine Königin.

KAPITEL SIEBENUNDZWANZIG

»Du wirst *was* tun?« Sue-Ellen kreischte, und das nicht zum ersten Mal. Sie hatte viel gekreischt, seit ihr Bruder sie aus dem Chaos von zerbrechendem Glas und Kugeln gerissen hatte. Er hatte sie unter einen Arm geklemmt, zusammen mit seiner Frau, die darauf bestand: »Wir sollten wegen des Kampfes bleiben.«

»Das ist kein Kampf«, erwiderte Brandon. »Es ist ein Ablenkungsmanöver. Und das werden wir ausnutzen.« Ihr Bruder führte Sue-Ellen zu einem gepanzerten Hummer, der in der Garage geparkt war, und fuhr mit quietschenden Reifen davon, mit Aimi am Steuer. Ein geölter Blitz war nichts im Vergleich zu ihrer neuen Schwägerin. Offenbar waren Geschwindigkeitsbegrenzungen etwas fürs gemeine Volk.

»Ich habe gesagt, dass ich mich zum König ernennen werde.« Brandon schritt durch das Wohnzimmer der Wohnung, die er und Aimi sich geliehen hatten. Tante Waida war offenbar immer noch verreist. »Verstehst du nicht? Das macht am meisten Sinn.«

»Nein, das verstehe ich nicht. Du bist kein König. Du

bist nicht einmal königlich. Als du klein warst, bist du ohne Windeln durch den Bayou gelaufen, weil Ma sich nichts Derartiges leisten konnte.«

»Und du hast Raupen gegessen. Das hat Remiel nicht davon abgehalten, dich zu einem Teil seines Hortes zu machen.«

»Woher weißt du das?«

Brandon verdrehte die Augen. »Dachtest du wirklich, ich würde es nicht herausfinden?«

»Deine Informationen sind ein wenig falsch. Ich bin nicht nur ein Teil seines Schatzes, ich bin sein einziger Schatz.« Weil er sie liebte. Durch das Band, das sie miteinander verband, konnte sie seine Sorge spüren – und seine Verärgerung.

Es wird nicht mehr lange dauern, bis er nach mir sucht.

Der Gedanke erfüllte sie mit Wärme, aber ihr Bruder versuchte, sie zu löschen.

»Du bist sein einziger Schatz?« Er klang fassungslos. »Weiß er, dass du das Mädchen bist, das drei Jahre hintereinander den Rülps-Alphabet-Wettbewerb gewonnen hat?«

Das waren die Dinge, die ein Mädchen nicht in den Lebenslauf schrieb – und sie würde Brandon umbringen, wenn er Remiel jemals davon erzählte.

Apropos ... »Bist du sicher, dass Remiel in Sicherheit ist?« Denn in der Aufregung konnte sie sich nicht sicher sein. Wenn man kopfüber über die Schulter eines überfürsorglichen Bruders geworfen wurde, passierte das eben. Ihre Verbindung strahlte keinen Schmerz aus, aber Remiel, da er ein Mann war, würde es sich nicht unbedingt anmerken lassen.

»Ich glaube nicht, dass dein Schönling Hilfe braucht«, brummte Brandon.

»Woher weißt du das?«

»Weil ich mir ziemlich sicher bin, dass er gerade auf dem Dach gegenüber von uns gelandet ist.«

Sie lief zum Fenster, um nachzusehen.

Ein Goldener Drache hockte definitiv auf der anderen Seite des Weges. Aber er war nicht aus purem Gold, und nichts zerrte an ihr. Nicht in dieser Richtung. »Das ist nicht Remiel.«

»Ist es der andere Heuchler? Mit dem wollte ich auch schon lange reden. Nett von ihm, sich in Reichweite zu begeben.« Brandon knackte mit den Fingerknöcheln.

»Du wirst ihn nicht töten.«

»Ich habe gehört, was er getan hat. Der Typ ist ein Psycho.«

»Das ist er, aber ...« Sie biss sich auf die Lippe. Samael blieb auch Remiels Bruder. Ein Mann, der sein Leben lang manipuliert worden war. Konnte man ihm wirklich die Schuld für das geben, was geschehen war?

Sie zögerte zu lange.

Brandon schob die Terrassentür auf und stürzte aus der Öffnung, wobei er sich mitten im Sprung verwandelte.

Sue-Ellen warf Aimi einen erstaunten Blick zu. »Willst du ihn nicht aufhalten?«

»Warum sollte ich das tun? Wenn er so groß und machohaft sein will, dann lass ihn doch. Er ist zum Teil ein Goldener. Dominanz zu zeigen liegt ihnen im Blut. Du musst zugeben, dass Brand eine gute Wahl für den König wäre.«

Der Thron gehört rechtmäßig Remiel. Die Worte kamen ihr fast über die Lippen, aber sie hielt sie zurück.

Was geschah? Wie waren die Drachen davon, keine Könige zu haben, dazu übergegangen, zu viele zu haben? Und warum kämpften sie um den Thron?

Weil derjenige, der über die Septs herrscht, allmächtig ist.

Wenn sie nur diese Macht hätte. Wenn sie sie hätte, würde ihr niemand mehr sagen, was sie tun sollte. Niemand würde versuchen, Remiel zu schaden. Niemand würde ihren Kindern etwas antun – denn, ja, sie würden irgendwann Kinder haben, und diese Kinder müssten beschützt werden.

Sie werden mein Schatz sein. Einen Moment lang sah sie die Welt in Grün- und Goldtönen. Dann blinzelte sie und das Gefühl war verschwunden.

Ein Klopfen an der Tür ließ sie herumwirbeln, zumal es ein Vorbote dafür war, dass die Tür durch einen kräftigen Schlag aus den Angeln gehoben wurde.

Über die Trümmer, die er verursacht hatte, schritt Remiel. Er schüttelte den Staub ab, der sich an ihm festzusetzen versuchte, und ging direkt auf sie zu, sein Laserblick entschlossen. Er sah gefährlich und stark aus.

Mein.

»Engel.«

Sie lächelte. »Hat ja auch lange genug gedauert.« Sie hatte seine Annäherung gespürt, sich aber nicht getraut, es Brandon wissen zu lassen.

»Ich habe ein paar Abmachungen mit der Matriarchin der Silbernen geschlossen.« Er blieb wenige Schritte von ihr entfernt stehen.

»Was für Abmachungen?« Soweit sie wusste suchte der Silberne Sept nach männlichen Drachen im Zuchtalter. Männchen wie Remiel.

»Sagen wir einfach, dass Samael in nächster Zeit etwas zu beschäftigt sein wird, um dich zu stören, da ich beschlossen habe, ihn leben zu lassen.«

Sie zog die Augenbrauen hoch. »Heißt das, ihr habt euch versöhnt?«

»Niemals.« Seine Augen leuchteten golden auf. »Aber wenn er Drachinnen abwehrt, die Prinzessinnen sein wollen, dann wird er zu beschäftigt sein, um dich zu belästigen.«

»Bis ihn jemand festnagelt.« Deka kam ihr in den Sinn. »Und dann könnte er wieder hinter deinem Thron her sein.«

»Dann werde ich mich um ihn kümmern.«

»Wie kümmern?«

»Das werden wir später besprechen. Lass uns gehen, bevor dein Bruder zurückkommt.«

»Mein Bruder ist gerade irgendwie damit beschäftigt, mit deinem zu ringen.« Sie deutete auf das Fenster, als gerade zwei Drachen vorbeiflogen.

»Und zu gewinnen«, fügte Aimi von ihrem Platz aus hinzu.

»Zeit für uns zu gehen.« Er streckte seine Hand aus. Eine Hand, die, wenn sie sie nahm, bedeutete, ihre neu gewonnene Freiheit aufzugeben und Teil des Chaos zu werden, das das Leben mit Remiel mit sich bringen würde.

Darüber musste sie nicht wirklich nachdenken. Sue-Ellen hatte ihre Entscheidung bereits vor Jahren getroffen.

Sie umschloss seine Finger mit den ihren. »Wohin gehen wir?«

»Die Welt regieren.«

Mit dieser Erklärung wurden sie beide unsichtbar und ließen eine schreiende Aimi zurück, als sie aus der Wohnung liefen.

»*Seit wann kannst du unsichtbar werden?*«, fragte sie, wobei sie die Worte dachte und über den Faden weitergab, der sie verband.

»*Seit ich gesehen habe, wie mein Bruder es gemacht hat.*

Das ist nur eines der Kunststücke, die ein Goldener machen kann.«

Es erwies sich als hilfreich, um unbemerkt zum Treppenhaus zu gelangen und an den Gaffern vorbeizukommen, die aus den anderen Wohnungen auf dieser Etage lugten. Sie gingen hinauf statt hinunter, da Remiel das Dach für ihre Flucht wählte.

Nur war das Dach nicht leer. Bei Weitem nicht.

»Bleib versteckt.«

Remiel schimmerte ins Blickfeld, und doch blieb Sue-Ellen irgendwie unsichtbar. Er ließ ihre Hand los und machte einen Schritt nach vorn, wobei er ihren unsichtbaren Körper teilweise verdeckte.

Die starren Linien seiner Gestalt passten zu der festen Emotion, die von ihm ausging. Vorsicht.

Anastasia stand an der Spitze einer Gruppe von Wyvern. Majestätisch und arrogant, genau wie ihre Worte. »Remiel D'Ore, wirst du zur Vernunft kommen? Wirst du das Versprechen einlösen, das du in deinem Namen gegeben hast, um dich an den Blutroten Sept zu binden und eine Prinzessin zur Königin zu machen?«

Remiel grinste spöttisch. »Meinst du nicht falsche Prinzessin? Wir alle wissen, dass die Blutrote Matriarchin sich zwar zur Königin stilisiert hat, ihr Blut aber keinen Anspruch auf das Königtum hat.«

»Ihr Rang spielt keine Rolle. Das Blut der Erbin des Blutroten Septs ist rein. Alle Kinder, die aus dieser Verbindung hervorgehen, wären –«

»Mischlinge.« Remiel legte den Kopf schief. »Weil sie nur eine Rote ist.«

»Nur?« Anastasia presste die Lippen aufeinander. »Die Blutroten sind der mächtigste der Septs.«

»Nun, da muss ich dir irgendwie widersprechen.« Aimi schlenderte ins Bild, ihr silbernes Haar fiel ihr über die Schultern, ihre Augen blitzten mit grünem Feuer. »Die Silbernen standen schon immer an zweiter Stelle in der Thronfolge.«

»Euer Sept ist schwach geworden«, fauchte Anastasia.

»Und du machst dir etwas vor«, warf Remiel ein. »Ich bin bereits gepaart, und zwar mit einer, die großartiger ist als jeder der Septs es bieten kann.«

»Das Mädchen ist eine Abscheulichkeit.« Anastasia spuckte die Worte aus und Sue-Ellen – die sich immer noch versteckt hielt – musste ein Keuchen unterdrücken, als die Augen der Priesterin aufblitzten. Sie waren nicht grün. Nicht einmal von dem Gold, das sie bei Remiel gesehen hatte.

Sondern rot. Ein bösartiger Ring aus Feuer.

»Was hast du getan?« Remiel sprach die Worte leise aus.

»Getan?« Anastasia lachte und trat einen Schritt vor, wobei ihr blutrotes Gewand wogte. Unnatürlich.

Woher kam dieses zusätzliche Kräuseln?

»Dein Geruch ist falsch.«

»Ah, ja. Die Tiere und ihr Geruchssinn.« Sie winkte mit einer schlanken Hand und der Ärmel fiel, enthüllte das dünne Handgelenk und die wirbelnden Tätowierungen, die den Unterarm hinaufkrochen. Tätowierungen, die Sue-Ellen nicht erkannte. Hatte Anastasia sie die ganze Zeit überdeckt?

»Du bist nicht die Priesterin«, stellte Remiel fest. »Wer bist du? Zeig dein wahres Ich.«

»Kluger kleiner Goldener Drache. Du bist mir auf die Schliche gekommen.« Sie legte eine Hand an ihre Brust, eine Brust, die schimmerte und sich von einer üppigen Frau in roter Seide in etwas Großes verwandelte, das in einen Mantel gehüllt war.

Ein Schatten über ihr machte ein dumpfes Geräusch, als er landete. Bald darauf folgte ein weiterer. Samael und Brandon hatten die Konfrontation zur Kenntnis genommen und standen nun in ihrem Rücken. Sue-Ellen hätte sich mit ihnen trösten sollen, vor allem, wenn man bedachte, wie erbittert sie ihre zum Kampf ausgerüsteten Drachen zeigten.

Aber ... die Zuversicht der Vermummten war beunruhigend.

Und die roten Augen ... Was bedeuteten sie? Wer war es?

Samael hob eine Klaue und zeigte, bevor er ein hohes Trillern ausstieß. Die Wyvern, die sich um die Gestalt scharten, erstarrten. Sie zögerten, aber nur einen Moment lang. In Abwesenheit ihrer Herrin konnten sie sich dem Befehl eines Goldenen nicht widersetzen.

Genauso gut hätten sie Fleisch auf eine sich bewegende Sense werfen können. Die fließende Anmut und verschwommene Schnelligkeit der verhüllten Gestalt bedeutete, dass die Wyvern keine Chance hatten. Aus den voluminösen Ärmeln kamen zwei lange Klingen hervor.

Die stumpfe Oberfläche spiegelte nicht, als sie die schlecht ausgerüstete Schwadron von Bestien in Stücke schlugen und auf der geteerten und gekiesten Oberfläche zurückließen.

So schnell wie es begann, endete es auch wieder. Die Klingen zogen sich plötzlich in den wogenden Stoff zurück und der Verhüllte verschränkte die Arme vor sich. »Ich hoffe, das war nicht dein Bestes.«

Plötzlich strömten Körper nach vorn, mehrere von ihnen. Remiel, der an seinem Drachen zerrte, sodass sich die goldenen Schuppen unter seiner fleischigen Haut kräuselten. Brandon schnellte herbei, die Flügel fest an den Rücken gepresst. Sogar Aimi schwebte vorbei, ihre silbern schimmernden Schuppen fingen das Licht ein.

Sie alle, selbst Samael, der mitten im Flug erwischt wurde, erstarrten mit einer Handbewegung. Sie alle bildeten eine stumme Mannequin-Streitmacht, an Ort und Stelle gefroren. Keiner atmete, blinzelte oder bewegte einen Muskel.

»Bevor ihr angreift, sollte ich euch vielleicht etwas zeigen. Ich habe ein Geschenk für den neuen König und seine zukünftige Königin.«

»Was für ein Geschenk?« Remiel sprach mit steifen Lippen, auch wenn er sich nicht bewegen konnte.

»Das Geschenk eines reibungslosen Übergangs. Seht, euer größter Feind.« An einer Faust baumelnd, die roten Locken in der Hand, mit vor Überraschung erstarrtem Ausdruck, war Anastasia. Oder zumindest ein Teil von ihr.

»Du hast die Priesterin der Goldenen und das amtierende Oberhaupt des Blutroten Septs getötet«, erklärte Remiel.

»Gern geschehen.«

»Ich habe nicht darum gebeten.«

»Und doch ist es mein Geschenk an dich.«

»Was willst du?«

»Was ich will?« Die Worte erklangen auf einer strömenden Flöte aus Tönen, die Tonlage auf- und abschwellend, weiblich und doch schroff. »Ich will nichts weiter, als dem Paar zu seiner Hochzeit gratulieren. Aber du scheinst unhöflich entschlossen, mein Geschenk abzulehnen.« Die behandschuhten Finger, die das rote Haar der Priesterin hielten, ließen den Kopf los, der mit einem fleischlichen Aufprall herunterfiel. Doch niemand rührte sich. Keinen einzigen Muskel. Selbst Sue-Ellen in ihrer Unsichtbarkeit wagte nicht zu zucken. Sie blieb verborgen und hielt den Atem an, weil sie die Kälte spürte, die von der Gestalt ausging. Das Böse.

»Merkt euch diesen Tag.« Die Worte drangen aus dem dunklen Schleier, leise und doch so mächtig, weder wirklich männlich noch weiblich. »An diesem Tag beginnt das Ende von allem. Die Prophezeiung des Goldenen tritt in ihre zweite Phase. Die Zeit der Menschen, die Sterblichkeit der Drachen ... alles wird nur noch durch Sandkörner gemessen, die durch die Sanduhr der Zeit gleiten.«

Wahrscheinlich steckte darin eine wirklich tiefgründige Botschaft, eine Art Begründung für die Verrücktheit, die aus dem Nichts auftauchte.

Sue-Ellen war das egal. In dieser verhüllten Gestalt sah sie eine Gefahr, nicht nur für sich selbst, sondern für alle, die sie liebte.

Sie lief auf leisen Sohlen, gab keinen Laut von sich, und doch hörte die Person in dem Umhang sie und starrte Sue-Ellen direkt an. Rot glühende Augen blickten aus den Tiefen der Kutte. Eine einzige erhobene Hand war alles, was nötig war.

Wumm. Der Stoß gegen Sue-Ellens Brust fegte sie von den Füßen. Direkt über den Rand des Gebäudes.

Hatte sie erwähnt, dass es kein Netz gab?

Kein Remiel oder Deka, die losstürzen und sie retten konnten.

Immer noch kein verdammter Fallschirm.

Ich brauche keinen verdammten Fallschirm. Ich habe Flügel. Die Kälte in ihr flehte: »*Lass mich raus.*«

Die Wildheit in ihr pulsierte. Sie versprach Macht. Sie würde ihr Kraft geben. Würde sie davor bewahren, ihre Eingeweide auf dem Bürgersteig zu verteilen.

Sie nahm es an.

DIE ANKÜNDIGUNG DES DRACHEN

Ihre Haut kräuselte sich. Dehnte sich. Oh mein Gott, wie sie sich dehnte. Ihr Körper wurde leichter, größer und noch leichter. Alles in ihr knisterte, aber der Schmerz war flüchtig und euphorisch.

Als es vorbei war ... war sie ein verdammter Drache, der trotz seiner Flügel immer noch fiel.

KAPITEL ACHTUNDZWANZIG

Remiel gab vor, wie die anderen zu erstarren, hauptsächlich, um den Fremden beobachten zu können. Um vielleicht einen Hinweis auf seine Identität zu bekommen.

Aber der Geruch war anders als alles, was ihm je begegnet war. Die Aura war so, wie er sie noch nie gesehen hatte – wirbelnder Rauch.

Die Macht war gewaltig, und ein unbedeutenderes Wesen wäre davon betroffen. Nicht jedoch ein Goldener. Deshalb konnte Sue-Ellen sich vermutlich bewegen und wollte die Sache selbst in die Hand nehmen.

Sie hatte versagt. Derjenige, dem sie gegenüberstanden, verfügte über Magie, eine Magie, die weder Drache noch irgendetwas war, was er je gesehen, gehört oder gelehrt bekommen hatte.

Als Sue-Ellen auf magische Weise vom Gebäude gestoßen wurde, stand er vor der Wahl. Sue-Ellen oder die Welt retten?

Die Person in dem Umhang stellte eine eindeutige und gegenwärtige Gefahr für ihn und seine Art dar.

DIE ANKÜNDIGUNG DES DRACHEN

Sue-Ellen war nur eine Person.

Wie bei allen Entscheidungen in seinem Leben gab es nur eine Antwort.

Er stürzte sich von der Brüstung seinem Engel hinterher und sah so den Moment, in dem sie endlich die Verbindung zu dem Drachen herstellte, der irgendwie den Weg in sie gefunden hatte. Er sah, wie sie sich in eine fabelhafte goldene Bestie von epischer Größe und Schönheit verwandelte, deren Schuppen mit grünen Rändern gesäumt waren, ein Hinweis auf ihr Bayou-Erbe. Ihre Flügel entfalteten sich auf ihrem Rücken, mächtige Segel aus dünnem Gespinst. Er sah die Panik in ihren Augen, als sie mit ihnen flatterte, aber trotzdem fiel.

»Sie funktionieren nicht!«

Er hörte ihr mentales Kreischen der Verärgerung und hätte beinahe gelächelt. *»Keine Sorge, Engel. Ich werde dich nicht fallen lassen.«* Er würde sie niemals fallen lassen.

Er tauchte ab, die Flügel eng an seinen Rücken gepresst, flog auf sie zu und streckte sich aus.

»Nimm meine Hände.«

»Pfoten?«

»Wie auch immer.« Er fing sie auf und drehte sie in der Luft, sodass sie oben war. Dann wies er sie an.

»Streck deine Flügel ganz aus.«

Einer öffnete sich sofort, der andere wackelte.

»Beide.«

»Ich versuche es ja.«

»Streng dich mehr an.«

»Tyrann.« Eine Beschwerde, und doch tat sie, was er ihr sagte. Schnapp. Der zweite Flügel war voll ausgefahren und sie fing ein wenig Luft ein. Er hielt sie jedoch auf sich, wobei seine eigenen Flügel die Hauptlast der Arbeit trugen, aber nicht mehr lange.

»*Mach dich bereit zu flattern, aber bleib in diesem Windstrom.*« Er ließ sie los und drehte sich um, um ihr ein Beispiel zu geben.

Euphorie pulsierte durch seine Verbindung mit ihr.

»*Es funktioniert.*«

»*Als gäbe es irgendeinen Zweifel. Drachen sind zum Fliegen bestimmt.*«

»*Ich fliege.*« Ein Gefühl der Verwunderung erfüllte die Verbindung zwischen ihnen.

Tatsächlich flog sie endlich, aber die Lektion dauerte ein paar Augenblicke zu lange, und als sie wieder auf dem Dach ankamen, war die verhüllte Gestalt verschwunden. Die Priesterin war noch immer kopflos und Aimi war am Telefon, vermutlich um einen Aufräumtrupp anzurufen, der sich um das Chaos kümmern sollte. In der Zwischenzeit hielt Brandon Samael im Schwitzkasten fest.

Bei der Landung konnte Remiel sich ausreichend stabilisieren, damit Sue-Ellen nicht rollte.

»*Ich kann nicht glauben, dass ich ein tollpatschiger Drache bin*«, brummte sie, als er sie auffing.

»*Du brauchst nur Übung.*«

»*Übung, ein verdammter Drache zu sein.*« Sie schüttelte ihren majestätischen Kopf, wobei die seidenen Strähnen ihrer Mähne schimmerten. »*Ich bin ein Drache.*«

»*Ich weiß, Engel.*« Und ein wunderschöner dazu.

»*Bedeutet das mit dem Gold, dass wir verwandt sind?*«

Eine gute Frage. Es gab nicht viele Goldene, und später an diesem Tag beantwortete Xylia die Frage tatsächlich, als sie plötzlich eine Kriegsratssitzung abhielten, um zu besprechen, was geschehen war.

Alle vier Goldenen waren eingeladen worden, obwohl Samael unter Bewachung stand, damit er keine Tricks versuchen konnte. Remiel hatte fast Mitleid mit ihm, vor allem als Deka murmelte: »Keine Sorge, Remi«, ihr Spitzname für ihn, »ich werde ein Auge auf den bösen Herrscher haben. Er wird mir nicht entkommen.«

Er lachte fast über den ängstlichen Ausdruck in Samaels Augen.

Niemand erhob Einwände, als Waida eintraf, um die Sitzung zu leiten, aber sie fügte dem Gespräch nicht viel mehr hinzu, als zu sagen: »Ja, es gibt eine wachsende Bewegung unter den Menschen gegen Drachen und andere Kryptos. Ja, es gibt ein großes Interesse daran, die neu aufgetauchten Goldenen zu entführen oder zu kontrollieren, aber nicht aus Machtgründen. Die Menschen wollen ihre Gene.«

Xylia erklärte: »Irgendwie haben die menschlichen Wissenschaftler herausgefunden, dass die Essenz eines Goldenen dazu beitragen kann, Mutationen bei Menschen zu erleichtern, ohne dass diese wahnsinnig werden. Aber noch interessanter sind die Ergebnisse der Blutuntersuchung. Remiel und Samael sind zwar definitiv verwandt, aber ihr Gold-Gen ist nicht dasselbe wie das des Mercer-Zweigs.«

»Wir sind also nicht Bruder und Schwester?«, fragte Sue-Ellen. »Gott sei Dank.«

»Wessen Goldene Essenz tragen sie dann?«

Keiner hatte eine Antwort auf diese Frage.

Genauso wie niemand wusste, wer zum Teufel in diesem Umhang gesteckt hatte.

»In den Geschichtsbüchern wird doch sicher eine Rasse mit roten Augen erwähnt«, blaffte Remiel.

Tante Xylia schüttelte den Kopf. »Nein. Die Augen der Drachen sind grün.«

»Und gold«, ergänzte Remiel.

»Die der Gestaltwandler leuchten gelb. Die der Feen sind amethystfarben.«

»Was ist mit den Meerleuten?«, fragte er.

»Die stumpfe Dunkelheit des Seetangs aus den tiefsten Tiefen.« Xylia breitete ihre Hände aus. »Ich kenne kein Volk mit feurigen Augen.«

»Die Menschen schon.« Alle Augen richteten sich auf Yolanda.

»Erkläre das«, forderte Zahra.

»Ihr müsst nur eine ihrer Bibeln lesen, um es zu finden. Dämonen.«

»Die gibt es nicht«, rief Xylia aus.

»Uns angeblich auch nicht.«

Mit dieser spöttischen Erwiderung begann ein ermüdendes Hin und Her, das zu nichts führte.

Das Treffen dauerte mehrere Stunden, und das Einzige, was dabei herauskam, war, dass Brandon sich bereit erklärte, seinen Anspruch als König aufzugeben – zu viel Arbeit, wie er behauptete –, wenn es Remiel wirklich ernst damit war, Sue-Ellen zu seiner Frau zu machen.

Samael erhob Einwände dagegen, dass Remiel Sue-Ellen behielt, woraufhin Deka beleidigt reagierte. Niemand war überrascht, als es ihm gelang, während einer Pause zu entkommen. Auch war niemand überrascht, als Deka danach nicht zurückkehrte. Was jedoch schockierte, war, dass sie mit leeren Händen zurückkehrte – und darüber nicht glücklich war.

Mit seinen zwiespältigen Gefühlen gegenüber seinem Bruder ließ Remiel Samael vorerst fliehen. Remiel hatte wichtigere Dinge zu erledigen, wie etwa die Sicherung der Position seiner zukünftigen Königin.

Diesmal wählte er ein Bett für seine Handlungen.

Als sich alle zur Nachtruhe begaben, nutzte Remiel die

DIE ANKÜNDIGUNG DES DRACHEN

Gelegenheit, um Sue-Ellen in ihr Schlafzimmer zu geleiten. Es war nicht die große Suite, die einer Königin gebührte, aber für den Moment würde es reichen.

Als er die Tür hinter sich schloss, öffnete er den Mund und fand ihn von Sue-Ellen angegriffen. Heftig angegriffen.

»Endlich erliegst du meiner Großartigkeit«, bemerkte er.

»Ich bin nur froh, dass du noch lebst.« Die Aussage wurde von einem Lecken seiner Unterlippe begleitet.

»Als bestünden daran Zweifel.«

»Irgendwie bin ich noch am Leben, obwohl ich von einem Dach geworfen wurde.«

»Ich würde nie zulassen, dass dir etwas zustößt.« Niemals.

»Sieht so aus, als wären wir immer noch in Gefahr.«

»Das versteht sich von selbst.«

Sie legte ihre Handflächen auf seine Brust. »Ich liebe dich.«

Natürlich tat sie das. »Ich habe dich immer geliebt.« Er würde immer nur sie lieben. Für diese Frau, seinen Engel, würde dieser König niederknien. Er sank auf die Knie, verzichtete aber auf eine blumige Rede.

»Würdest du mir die Ehre erweisen, meine Gefährtin zu sein?«

»Hättest du das nicht fragen sollen, bevor du mich verführt hast?«, fragte sie. »Und bevor du den Drachen gesagt hast, dass ich dir gehöre? Und bevor du mit meinem Bruder verhandelt hast?«

»Hätte sich die Antwort geändert?«

»Nein.« Sie kniete sich vor ihn und umfasste seine Wangen. »Seit ich dich das erste Mal gesehen habe, wusste ich, dass du der Richtige bist. Und jetzt, da wir endlich zusammen sind ...«

»… kann uns nichts mehr trennen.«

Das Versprechen ertönte zwischen ihnen und es trug möglicherweise eine eigene Form von Magie in sich – eine lustvolle Art –, denn sofort danach rissen sie aneinander und prallten mit den Zähnen zusammen, als sie ihre Lippen aufeinanderpressten.

Es war eine Leidenschaft, die niemals abebben würde.

Wie ein Feuer würde sie nur noch stärker werden. Und zu seinem Glück schien Sue-Ellen entschlossen zu sein, diese Lust zu schüren.

»Leg dich für mich hin. Hände hinter den Kopf.«

KAPITEL NEUNUNDZWANZIG

Sue-Ellen hätte nicht sagen können, woher sie den Mut nahm, ihn herumzukommandieren. Aber sie tat es. Sie drückte ihn flach auf den Rücken und setzte sich rittlings auf ihn. Sie beugte sich so weit vor, dass ihre Brüste seinen Oberkörper streiften und ihre Lippen die seinen kitzelten.

»Ich glaube, wir tragen zu viel Kleidung«, schnurrte sie.

»Finde ich auch.« Er fuhr fort, ihr und sich selbst die Kleider vom Leib zu reißen, das Zerreißen des Stoffes aufregend und eine Erinnerung daran, dass ihr Palast einen großen und gut gefüllten Kleiderschrank bräuchte, sollte das zur Gewohnheit werden.

»Der größte, den du willst«, stimmte er zu, und die Tatsache, dass er sie so leicht lesen konnte, war nicht länger ein beängstigender Gedanke. Es war nur richtig, dass ihr Gefährte sie so gut verstand.

Die heiße Härte seines Schaftes stieß gegen ihren Hintern und sie nahm sich einen Moment Zeit, um fast zu schnurren, als sie sich an ihm rieb, wobei der Hautkontakt sie vor Lust beinahe nach Luft schnappen ließ.

Es gab so viel für sie zu entdecken, angefangen mit

einem sehr beharrlichen Ständer. Sie glitt an seinen Oberschenkeln hinunter und packte ihn fest.

Er keuchte. Das Geräusch gefiel ihr so gut, dass sie ihre Hand fester um ihn schloss und experimentierte, indem sie ihn auf und ab streichelte.

Seine Hüften bebten. Eigentlich zitterte alles an ihm. Was für ein Spaß. Aber was, wenn sie ihn kostete?

Sie senkte den Kopf und er brüllte bei der ersten Berührung ihrer Zunge ihren Namen. Es ermutigte sie nur noch mehr, ihn in den Mund zu nehmen und an seiner Spitze zu saugen. Dass sie bis vor Kurzem noch Jungfrau gewesen war, bedeutete nicht, dass sie keine Ahnung von Sex hatte.

Es war schön, es endlich ausprobieren zu können.

Aber Remiel begnügte sich nicht damit, sie spielen zu lassen. Er rang mit ihr, bis sie auf dem Bett lagen und sie rittlings auf ihm saß, seinen Füßen zugewandt. Da sie immer noch lecken und spielen durfte, machte es ihr nichts aus, obwohl sie ihn fast gebissen hätte, als seine Lippen sie zum ersten Mal berührten.

Es war knapp. Vermutlich hinterließ sie Zahnabdrücke an seiner Erektion. Andererseits war es seine Schuld. Die feuchte Berührung seiner Zunge wurde ihr fast zum Verhängnis.

Und dann wurde es ein Wettbewerb, wer besser lecken und saugen konnte. Wer das größte Vergnügen bereiten konnte.

Sie kam zuerst und schrie ihre Glückseligkeit um den Schwanz in ihrem Mund. Möglicherweise erdrückte sie ihn, als ihr Körper erschlaffte.

Sie bebte, vor allem ihr Kanal, und als er sie losließ, drehte sie sich auf ihm, bis sie richtig herum auf ihm saß. Sie breitete ihre Hände auf seiner Brust aus und hob ihre Hüften so weit an, dass ihr feuchter Schritt über ihm schwebte. Sie neckte ihn sogar, indem sie die pralle Spitze an ihren Schamlippen reiben ließ.

Als hätte er die Geduld für noch mehr Necken – sie merkte, dass er sie nicht hatte. Mit den Händen umklammerte er ihre Hüften und stieß nach oben, während er sie festhielt und sich in ihr versenkte.

Sie warf den Kopf zurück und stöhnte. Wie sollte sie auch nicht, wenn die Lust so intensiv war?

Sie drückte sich auf ihn, spießte sich förmlich auf und spürte, wie ihr immer noch bebender Kanal ihn rundherum zusammenpresste.

Die Hände auf ihren Hüften halfen ihr mit ihren Bewegungen, trieben ihn tiefer, die Lust ein intensiver Schock, immer und immer wieder stieß er gegen ihren G-Punkt, was ihr den Atem stocken ließ.

Und immer noch glitt er in sie hinein, schaukelte sie, drehte sie, sodass alle Arten von Intensität ihren Körper für einen zweiten Orgasmus anspannten. Diesmal kam er mit ihr, und durch ihre Verbundenheit spürte sie seine Lust, als wäre es ihre eigene, und es verstärkte die ihre, ließ die Wellen erst in die eine, dann in die andere Richtung rollen. Wieder und wieder.

Erst als sie auf ihm schnaufte in dem Versuch, wieder zu Atem zu kommen, stöhnte sie auf. »Verdammt. Wir haben wieder vergessen, ein Kondom zu benutzen.«

»*Ich weiß.*« Er lächelte.

EPILOG

Trotz aller Nachforschungen fand niemand die Identität der vermummten Gestalt auf dem Dach heraus. Nach einer Weile ließ das Interesse an ihr nach, da die Angriffe aufgehört hatten. Für wen auch immer diese Menschen arbeiteten, zu welcher verrückten Gruppe sie auch immer gehörten, sie hielten den Mund und gerieten wieder in Vergessenheit.

Trotz der verstärkten Sicherheitsvorkehrungen auf dem Gelände der Silbernen warf niemand auch nur einen Blick in ihre Richtung. Sehr zu ihrem Verdruss.

Von Samael wurde keine einzige Spur gefunden. Niemand wusste derzeit, wo er sich aufhielt oder was er vorhatte. Remiel wollte ihn jagen, wurde jedoch aufgehalten.

Die Beraterin des Königs, die sehr weise Silberne Waida, hielt Remiel zurück. »Ein König hat sich um wichtigere Dinge zu kümmern als um einen pflichtvergessenen Bruder«, sagte sie.

Und doch konnte er nicht anders, als sich Sorgen zu machen, auch wenn das Leben weiterging.

DIE ANKÜNDIGUNG DES DRACHEN

Da Anastasia nicht mehr da war und die Blutroten durch das Fehlen eines Anführers geschwächt waren, hatten sie nicht länger Interesse an dem nächsten König und der nächsten Königin.

Die Zeremonie zur Krönung des Goldenen Königs verlief reibungslos und wurde von allen wichtigen Persönlichkeiten besucht, angefangen bei Präsidenten bis hin zu den Leitern der Septs. Sogar einige der weniger bedeutenden Rassen waren eingeladen, darunter auch Gestaltwandler.

Sue-Ellen hatte in weiser Voraussicht die Hundeleckerlis und Bälle zum Apportieren vor dem Eintreffen der Gestaltwandler versteckt. Mehr als ein paar Drachengesichter wurden finster, dass sie ihnen den Spaß verdorben hatte.

Das riesige Festmahl wurde von einem Löwenrudel ausgerichtet, das sich beliebt machen wollte. Es wurden dicke Steaks, reichlich Beilagen und außerordentlich dekadente Desserts angeboten, dazu die teuersten Weine.

Alle amüsierten sich prächtig, vor allem Remiel, der zwei Wochen lang mit seinem Engel auf einer Insel in den Flitterwochen war.

Eine Zeit lang war alles gut. Die Menschen waren von dem Königspaar fasziniert. Auf der ganzen Welt herrschte ein schwacher Frieden zwischen Menschen, Kryptozoiden und Drachen.

Die Zukunft schien rosig zu sein.

Etwa acht Monate nach dem Kräftemessen auf dem Dach – acht Monate, nachdem er Sue-Ellen auf eine rasante Tour über den Planeten mitgenommen hatte – brachte sein Engel Zwillinge zur Welt, ein Mädchen und einen Jungen mit blondem Haarschopf.

Die Schwangerschaft war nicht wirklich geplant, aber

das erste Mal, das sie zusammen gewesen waren, erwies sich als fruchtbar. Sehr fruchtbar.

Aber glücklicherweise störte es Sue-Ellen nicht. Seit sie sich mit ihrer neuen Bestie verbunden hatte, hatte sie ihre Sichtweise auf gewisse Dinge geändert. Zum Beispiel behauptete sie jetzt, die Welt drehe sich um sie, nicht um ihn.

Sie hatte recht, und er betete seine Königin mit Freuden an.

Trotz ihrer anfänglichen Ängste begrüßte Sue-Ellen die Geburt ihrer Kinder und nahm die Mutterschaft mit Begeisterung an. Wenn Remiel jetzt nur herausfinden könnte, wie sie das so mühelos schaffte. Er hatte Schwierigkeiten damit, ein guter Vater zu sein. Besonders in Momenten wie diesem.

Remiel sprach ein königliches Gebot aus. »Hör auf zu weinen. Ich befehle es dir.«

Die beiden vollkommensten Engel mit Augen aus purem Gold starrten ihn an und weinten weiter. Und sie weinten laut. Sie besaßen mächtige Lungen. So mächtig, dass ihm die Ohren schmerzten.

Remiel schickte einen panischen Gedanken zu seiner Frau.

»Sie gehorchen nicht!«

»Das sollte dich nicht überraschen, schließlich sind sie deine Nachkommen«, sagte Sue-Ellen, die nicht einmal versuchte, ihre Heiterkeit zu verbergen, als sie ins Zimmer trat. »Sie müssen gewickelt werden, was bedeutet, dass du ein paar Feuchttücher und saubere Windeln holen musst.«

»Haben wir dafür nicht Kindermädchen?« Er winkte mit der Hand in die Richtung des Gifthauchs, der von seinen ach so perfekten Kindern ausging.

DIE ANKÜNDIGUNG DES DRACHEN

»Es ist ihr freier Abend. Also rate mal, Daddy, du darfst mit anpacken.«

»Ein König wischt keine Kacke ab.«

»Ein König wischt Kacke ab, wenn er jemals wieder Sex haben will«, gab sie zurück. »Und vergiss den Puder nicht.«

Es war absolut würdelos, was er für seine Frau tat.

Meine Königin.

Aber das war es wert. Die Reichtümer, die er seit seiner Flucht angehäuft hatte, verblassten im Vergleich zu der Frau, die ihn als Gefährten akzeptiert hatte.

Jeden Tag erinnerte sie ihn daran, warum es sich lohnte, das Leben in vollen Zügen zu genießen, und jetzt hatte sie ihm zwei zusätzliche Gründe geschenkt.

Zwei goldhaarige Wirbelwinde mit so viel ungenutztem Potenzial. Viele nannten ihn den angekündigten Drachen, aber wenn Remiel seine Nachkommen betrachtete, musste er sich wundern. Der Friede, der mit den anderen beachtenswerten Kryptozoiden ausgehandelt worden war, war bestenfalls brüchig. Es würde nicht viel brauchen, um ihn zu stürzen. Die Anarchie lauerte und wartete darauf zuzuschlagen.

Ich kann es kaum erwarten.

Die Drachen waren in die Welt zurückgekehrt, und jetzt waren sie an der Reihe zu regieren.

⁓

DIE WELT BRANNTE NICHT.

Noch nicht.

Aber der Tag rückte immer näher.

Es war amüsant, die Heuchler zu beobachten, die dachten, ihnen gehöre der Thron. Sie herrschten über ihr Territorium, als hätten sie Rechte. Alberne kleine Ameisen, wenn man das große Ganze betrachtete.

Die Dunkelheit des Umhangs floss, als Schritte den Körper zu einem Häuflein in der Ecke bewegten.

Die goldenen Schuppen, stumpf und matt von Dreck und Verzweiflung, raschelten aufgeregt. Eine Hand wurde ausgestreckt, um den Preis zu berühren. Der gefangene Drache zuckte zusammen und zog den Kopf zurück, wodurch das Halsband die daran befestigte feine Kette klimpern ließ, die ihn festhielt. Sie hielt die Bestie gefangen.

Vom Beinahe-Anführer zur erbärmlichen Ruine.

Meine Geheimwaffe. Aber eine Waffe, die nicht zu früh enthüllt werden durfte. Die Dinge mussten noch in Position gebracht werden. Aber wenn die Zeit gekommen war, würde nichts mehr den kommenden Krieg aufhalten.

Die Welt würde unter Zorn und Rache leiden.

Und brennen.

DAS IST NOCH NICHT DAS ENDE. ES SCHEINT, DER ARME SAMAEL WURDE GEFANGEN GENOMMEN. ABER WIRD SICH JEMAND FINDEN, DER IHN RETTET? LESEN SIE WEITER IN ***DIE WIEDERGEBURT DES DRACHEN.***

www.ingramcontent.com/pod-product-compliance
Lightning Source LLC
LaVergne TN
LVHW031537060526
838200LV00056B/4540